Publication

© Copyright 2025 FB Romans – Florence Barnaud Tous droits réservés

Édition : BoD · Books on Demand, 31 avenue Saint-Rémy, 57600 Forbach, bod@bod.fr
Impression : Libri Plureos GmbH, Friedensallee 273, 22763 Hamburg (Allemagne)
ISBN : 978-2-8106-2958-9
Dépôt légal : juin 2025
Première édition : mai 2025

***

Couverture : Ouroboros Design
Correction : Florence Clerfeuille

Ce livre est une fiction. Toute référence à des événements historiques, des comportements de personnes ou des lieux réels serait utilisée de façon fictive. Les autres noms, personnages ou lieux et événements sont issus de l'imagination de l'autrice. Toute ressemblance avec des personnages vivants ou ayant existé serait totalement fortuite.

Les erreurs qui peuvent subsister sont le fait de l'autrice.

Le piratage prive l'autrice et les personnes ayant travaillé sur ce livre de leurs droits.

***

Note de l'autrice : ce livre comporte des scènes pouvant heurter la sensibilité des plus jeunes. Âge minimum conseillé : 18 ans.

LA MEUTE DES WAROUS

Tome 2 - Résurrection

Florence Barnaud

« La possession du pouvoir corrompt inévitablement la raison. »
Emmanuel Kant

Prologue

Mon corps chute lourdement au sol au milieu d'une énorme éclaboussure. Ma respiration se coupe et un réflexe conditionné me fait inspirer. Un liquide épais et nauséabond pénètre dans ma gorge. Immédiatement, je me redresse et suffoque, crachant tout ce que je peux. Un goût de pourriture colle sur ma langue. Le dégoût monte de mon ventre, foudroie mes entrailles. Ces dernières sont prises de spasmes et un horrible haut-le-cœur me secoue. Dans une souffrance terrible, je rends tripes et boyaux. Mon palpitant tambourine si fort dans ma poitrine que je crains qu'il ne s'arrête.

À la force des bras, je parviens tant bien que mal à me mettre à genoux. Ça grouille autour de moi. Transi de froid, mon corps tremble de toute part. J'essaie de me ressaisir. Je ne suis pas morte, bon sang ! La preuve : j'ai mal partout. Pas une parcelle de ma chair n'est épargnée.

Les yeux masqués par ce liquide visqueux, je peine à discerner où je suis. Autour de moi, tout n'est que brouillard. Je frotte mes paupières avec mes mains tout aussi sales, pressée de faire le net sur ma situation.

Où suis-je ?
— Tiago ! j'appelle dans un sanglot.
Un vent glacial siffle à mes oreilles pour toute réponse.
Je me redresse un peu plus. Les brumes sont si denses que je n'y aperçois rien. Alors, je baisse les yeux. Je suis à genoux dans un liquide épais, de la boue... peut-être.
Je dois fuir cet endroit !
Dans un sursaut, mes jambes forcent pour se tendre, mais je me lève difficilement. Aucune prise stable sous mes voûtes plantaires. Et même, mes pieds s'enfoncent.

La panique me saisit à nouveau. Je vacille. Mes bras battent des ailes. Mon pied droit glisse. La terre, probablement, passe au travers de mes orteils, ainsi que d'autres choses que je préfère ignorer tant le contact visqueux me fait rater un battement de cœur.

Ai-je atterri dans un marécage ?

Un bruit de terreur sort de ma bouche malgré moi tandis que mon corps chancelle en arrière. Mes fesses tombent durement et entrent en contact avec une surface tout aussi froide que mouillée. Sous le choc, je suis tétanisée. Tous les sens aux aguets, je scrute autour de moi. Le brouillard bouge en volutes plus épaisses, comme si un mouvement chassait cette brume blanchâtre.

Alors, j'écoute !

Immédiatement, ma folle adoratrice couine à l'intérieur.

Une bouffée d'amour et de soulagement m'inonde.

Ma louve est là.

Elle jappe pour affirmer sa présence.

Nous sommes toutes les deux... comme toujours, ensemble dans la tourmente. Malgré tout, je perçois que quelque chose a changé. J'ai beau scruter, analyser, je ne saisis pas la différence dans ce que je ressens.

Ma louve grogne méchamment, coupant court à mes observations.

Je sursaute et regarde de nouveau autour de nous.

Le danger rôde, c'est certain. Et je réalise que je dois me faire la plus petite possible. Aussitôt, je me ratatine.

Une odeur de soufre se fait plus présente. Je pince mon nez. Cette émanation, en plus de la pourriture, est abjecte. Un nouveau spasme me saisit. Mon palpitant martèle fort dans ma poitrine. Les jambes empêtrées dans une robe longue, je parviens tout de même à me remettre sur mes pieds.

Tout est mouillé ici. Ce terrain spongieux sur lequel mes orteils perçoivent des touffes d'herbe épaisse n'est pas plus rassurant que l'eau croupie de laquelle j'ai réussi à m'extraire. L'atmosphère ambiante est si humide que si mes vêtements n'étaient pas trempés, je serais tout aussi ruisselante. Pourtant, ce n'est pas de la pluie. Une flamme au loin jaillit du sol, se consume et disparaît rapidement. Je cille pour en déterminer la distance et d'où elle sort.

Un chassement d'air me bouscule soudain et je recule instinctivement pour me protéger.

Une ombre noire grandit devant moi.

Je devine le mal incarné, tant l'atmosphère se fait piquante. Ma langue en prendrait presque feu. Je serre les mâchoires, tentant de discerner à nouveau mon environnement et la dangerosité de la menace. Je dois trouver la meilleure direction à prendre pour me sortir de cet enfer.

Le mouvement se fait plus pressant devant moi. Ni une ni deux, je décide de fuir... comme toujours. Je pivote et accélère.

Mon pied s'enfonce dans cette drôle de contrée. Je n'ai pas le temps de réaliser un nouveau pas qu'une griffe se referme sur mon épaule. Sidérée, je clos fermement mes paupières. J'arrête de respirer. D'une pression, je suis retournée.

— On se revoit enfin, Horia, ma chère enfant.

Son rire de folle éclate autour de moi et pénètre chaque cellule de mon corps, comme des flèches acérées de poison. La douleur s'empare de moi et je ne peux m'empêcher de trembler devant cette vieille sorcière qui n'est autre que ma mère !

1 – Tiago

— Mais qu'avez-vous fait ?

Je sursaute sous la colère de Maius au milieu de ma clairière dévastée. La météo est soudainement calme, anormalement calme même. La tempête a disparu aussi vite qu'elle a commencé.

Sidéré, j'observe les arbres pluricentenaires cassés. Ces branches amoncelées çà et là sous la force des tornades. Plus une once de brise. En revanche, ce parfum de terre mouillée qui me réconfortait tant me laisse désormais un goût amer dans la bouche. Mes Warous sont médusés par le résultat de ce rituel.

Nous avons souhaité aider Horia et sa louve à ne faire plus qu'une. J'ai revendiqué cette jeune femme et notre enfant qu'elle porte. Nous espérions qu'une fois qu'elle retournerait sa peau, Horia pourrait bénéficier de ce pouvoir qui la caractérise tant. Non seulement j'aurais pu avoir une compagne à ma mesure, une que j'aurais pu aimer et chérir à l'image du couple que formaient mes parents, mais aussi récupérer la place qu'occupent les Warous dans notre monde lupin depuis toujours. Par cet amour interdit qui nous a frappés, cette jeune Vircolac et moi, nous aurions pu dépasser tous les tourments du passé et retrouver la paix.

Et puis, tout a vrillé. Notre Dalle s'est illuminée comme jamais. Le corps d'Horia s'est arc-bouté. Lorsqu'il est retombé, c'était probablement déjà trop tard. Le fantôme de cette harpie Vircolac, leur feue sorcière de sang était là, à nous hanter.

Aurait-elle pu rejoindre le monde des vivants ?

Je ne saurais le dire...

Une seule chose est certaine : quand la démone est partie, Horia a disparu.

Mais comment est-ce possible ?

Je ne connais personne qui soit revenu du monde des morts. Une fois la dernière étincelle de vie partie, c'est le baiser de la Faucheuse qui nous emporte pour l'éternité. Et même les sorcières et les vampires ne peuvent plus agir...

Enfin... C'est ce que l'on m'a toujours dit.

Je demeure hébété pendant que mon mental analyse les souvenirs de ce qui vient de se passer en les comparant à mes connaissances.

Des pas précipités me font immédiatement pivoter.

— Mais qu'avez-vous fait ? redemande l'Ancien.

Je le regarde en papillonnant des yeux.

J'en sais fichtre rien !

Maius scrute l'invisible à la recherche de la moindre menace... et j'observe, ahuri. La seule chose que je retiens est que ma compagne, Horia, a disparu, comme ça, comme par magie.

— Je l'ai emprisonnée de l'autre côté ! annonce Teruki.

Un mugissement hargneux monte de ma gorge et me sort aussitôt de ma torpeur.

— Qu'as-tu fait ?

Ma question attire l'attention de Teruki alors qu'elle était connectée à Maius.

— Tiago, je parle d'Ecaterina. La sorcière de sang est confinée derrière le voile !

— Et Horia ?

La vampire-sorcière pince la bouche, désolée.

— Mmmm... Elle aussi.

Je serre les poings et me rue sur elle.

Léo me bloque net. Jamais il ne me laissera faire le moindre mal à sa compagne. Son bras de fer, en travers de mon torse afin que je ne commette pas l'irréparable, me stoppe tout à coup, me ramenant à la raison.

— Tu m'as enlevé ma promise !

Mon rugissement la fait reculer sur le coup. Mais surtout, la souffrance dans mon ton me surprend. Mon loup hurle à la mort. Nous sommes condamnés tous les deux. Et mes Warous par la même occasion.

— Je n'avais pas le choix ! se justifie lamentablement cette sangsue écervelée.

Je cille.

— Il y avait forcément un autre moyen !

Mes poings se serrent. Mon corps s'érige en avant, prêt à entrer en collision avec Teruki. Ma rage déborde et je peine à la contenir. Le bras du blondinet rentre dans mon thorax pour me rappeler que je ne dois vraiment pas commettre cette erreur.

Ils nous l'ont prise, hurle mon loup dans ma tête.

Un mal de crâne me saisit tel un étau qui se referme. La pression est écrasante, à l'image de ce combat intérieur entre l'homme et la bête. Je crispe plus fort mes poings. Mes griffes pénètrent mes paumes. La douleur est un soulagement. Elle me ramène ici et maintenant. J'observe les poils sur mes bras, ordonnant au processus de s'inverser.

Vais-je gagner sur mon loup ?

Lui ne voit que notre perte. Il est incapable de raison.

Tel un bœuf, je souffle plus puissamment, espérant évacuer toute cette tension. Les paupières closes, je me concentre sur toutes les parties humaines que je perçois encore sur notre corps. Au loin, je discerne les ondes de mes bêtas, de Versipalis et de mes Warous, bien plus loin. Tous sont mobilisés pour m'aider à conserver l'ascendant sur mon âne bâté. Cette bête féroce qui mettra à feu et à sang tous ceux qui se trouveront sur notre chemin, juste pour nous venger.

Quant à elle, Inanna est prête à périr pour moi. Elle s'est postée en rempart devant Léo afin de nous protéger.

Notre maîtresse des hautes œuvres donnera sa vie pour nous !

Je prie ardemment mon loup pour qu'il se retire, afin qu'il ne massacre pas nos alliés de toujours, pour préserver tous nos Warous : c'est de sa responsabilité.

Notre survie à tous !

L'étau sur ma tête se desserre. Les poils épais de mes bras pénètrent à nouveau mon enveloppe charnelle. Mes paupières se détendent et ma respiration redevient humaine.

Quand j'ouvre les yeux, ceux-ci ont encore leur capacité de perception lupine, mais je sais que c'est l'homme qui est aux commandes maintenant.

Autour de moi, les créatures surnaturelles se décrispent un peu. Néanmoins, tous restent sur leurs gardes. Et ils ont bien raison. Moi, le premier, je ne me fais pas confiance en cet instant.

— Teruki n'avait pas le choix ! annonce placidement Maius.

Je clos mes paupières lentement pour garder le contrôle. Quand je les rouvre, je l'observe, attendant plus d'explications. Car, là, tout de même, il va falloir que mes alliés se justifient. Cette antique sangsue ne déborde plus de colère. Il a retrouvé la maîtrise de lui-même. Il contemple autour de lui avec la curiosité qui le caractérise. Tous ses sens en alerte, ce vieux philosophe emmagasine le moindre détail, comme s'il prenait des notes mentales.

Ma patience est à bout et j'attends des éclaircissements pour comprendre la conclusion de notre rituel, et surtout son horrible aboutissement. À la vérité, je ne peux plus rien entendre sans plus d'explications.

Alors, je me gratte la gorge pour attirer son attention. Au moment où ses yeux scrutateurs se posent sur ma personne, je perçois déjà que je ne vais pas aimer ce qu'il a à me dire.

Moi, je n'ai qu'une envie : hurler devant cette funeste vérité.

Mes Warous sont en péril !

2 - Tiago

— Je n'ai pas trouvé d'autre solution pour l'instant, clame Teruki. Ecaterina s'était accrochée si fort à Horia que la maintenir ici ramenait la démone avec elle !

Je la regarde, sans comprendre qu'elle ait pris une telle décision sans me consulter, et en poussant ma meute à l'extinction par la même occasion.

— Nous avions forcément d'autres options !

Teruki pince la bouche, confuse. Elle pose sa main sur mon bras en signe de soutien. Mes poils se hérissent à ce contact.

— Tous les ancêtres d'Ecaterina étaient là, pour la ramener dans le monde des vivants, encore plus puissante que jamais. Horia en serait morte : la harpie pompait son énergie pour regagner de la contenance corporelle.

Je suis choqué et cherche du regard Versipalis.

— Elle dit vrai, Alpha. La Dalle est liée à une lignée de sorcières de sang, dont Ecaterina fait partie, je suppose. Je n'explique pas autrement qu'elle ait pu avoir autant d'emprise sur notre autel. Je n'ai jamais vu tant d'esprits maléfiques avec nous pendant les rituels.

La douleur dans ma poitrine est horrible. Je vais imploser. Je ne retiens que le résultat de tout ça : la disparition d'Horia et notre chute à venir.

— Tiago, j'ai aidé Teruki à faire passer le voile à Horia et empêcher par la même occasion Ecaterina de revenir parmi nous.

Je vacille sous cette trahison.

Ce n'est pas possible !

Notre mage lupin a œuvré pour notre condamnation !

Je lève les yeux vers cette aurore funeste. En cet instant, je suis si heureux que mes parents ne voient pas notre déchéance. Je suis si triste d'en arriver là, si honteux d'avoir échoué dans ce simple rôle que je devais reprendre. Quand ils étaient à la tête de notre horde, tout paraissait si facile.

— Tiago, nous allons tout faire pour ramener Horia !

Je cille et tente d'analyser nos possibilités.

— Elle est de l'autre côté du voile ?

— Oui, mais elle n'est pas encore dans le monde des morts !

— Comme Ecaterina, en somme !

Teruki acquiesce en fronçant les sourcils. La douleur m'étreint. Ma poitrine me brûle et la souffrance s'extirpe de ma gorge en un son guttural atroce.

— Mais Ecaterina est morte ! je crie.

Si la sorcière n'est plus, comment Horia peut-elle être vivante ?

Je n'entends même plus Teruki. Je me détourne, tant je suis désabusé.

— Tiago, écoute-moi ! requiert mon amie.

J'avance pendant qu'elle s'accroche à moi et me suis.

— J'ai fusionné Horia et sa louve grâce à votre magie !

Je sursaute devant une telle affirmation et me tourne à nouveau vers elle. Encouragée, Teruki se lance :

— J'ai comblé la béance en Horia. Elle ne fait plus qu'une avec sa louve. Nous allons la ramener.

Son sourire s'agrandit.

— Comment ?

Je désire ardemment la croire. Mais je ne veux pas laisser naître un espoir absurde.

La vampire-sorcière tique et je n'aime pas ça du tout.

— Je ne sais pas encore.

Sa bouche se pince.

— Mais nous allons trouver une solution. J'ai marqué votre bébé de magie blanche et je le vois briller dans l'au-delà…

Sa voix se fait plus douce.

— Notre enfant a survécu ? je demande, en pleine confusion.

Mon palpitant s'affole et cogne fort. Mes Warous répondent à l'unisson comme si nous ne formions plus qu'un et mon cœur s'apaise, harmonisant ma meute.

— Oui ! Tous les deux ne sont pas dans le monde des morts, alors tout est permis !

Tant d'optimisme rallume ma flamme d'espérance. Mais soudain, je me rembrunis.

— Ils sont avec Ecaterina ?

Teruki gamberge et ne sait que répliquer. Je crois surtout qu'elle cherche à me bercer d'illusions afin que je garde le cap vers de possibles retrouvailles.

— Je le crains !

— Comment faire pour ne ramener qu'Horia entière ?

Teruki baisse la tête, désemparée. Ça ne lui ressemble pas.

— Nous avons beaucoup de connaissances, jeune loup ! Avec la magie des Duroy, des Warous et la Dalle, nous trouverons !

Maius, toujours si sûr de lui et impassible, me fait craindre le pire. Je vois ma Dalle sous un autre œil maintenant.

Combien de secrets cache-t-elle ?

Cette fichue pierre antique n'a pas arrêté de nous appeler « Gardiens » pendant notre rituel. C'était comme si elle nous alertait d'un danger.

Mais lequel ?

— Maius, en quoi les Warous sont-ils les gardiens de la Dalle ?

L'Ancien s'assombrit, puis soupire.

— La Dalle était l'autel sur lequel Giulia sacrifiait les vies pour ses… hum… expérimentations. C'est ainsi qu'elle m'a fait tel que je suis aujourd'hui… et c'est sur cette roche qu'est né ton ancêtre !

Son doigt pointe cette maudite table d'expérience. La nausée me crispe le ventre. Nous ne sommes que les descendants d'abominables expériences d'une folle enragée !

Tout à coup, le rire de Radu s'élève, victorieux, tonitruant. Tous, nous nous tournons vers lui. Mes invités sont tous à genoux, les mains enchaînées dans le dos, le cou encerclé dans un anneau qui les décapiterait à coup sûr s'ils retournaient leur peau.

Je l'observe, interdit.

Pourquoi une telle réaction ?

Lui, le père d'Horia, saurait-il quelque chose ?

Sentant toute l'attention sur lui, le bêta des Vircolac se tait aussitôt. J'avance à grands pas pour le rejoindre.

— Qu'as-tu à nous apprendre, Radu ?

Mon ton déterminé le fait sursauter. Je déteste son regard arrogant. Je laisse ma bête s'exprimer, libérant nos griffes sur ma main droite. Je ceins le collier métallique de Radu et plante mes serres sous son oreille afin de lui montrer que je ne reculerai devant rien. Le sang qui coule le long de sa jugulaire me fascine et je frémis de plaisir. Mon loup est ravi.

Voyant son bêta menacé, l'Alpha Vircolac grogne pour le défendre.

Je cille et pivote aussitôt vers ce chef par qui tous mes malheurs sont arrivés. Ce sont eux qui fomentent leur coup dans l'ombre depuis trop de temps. C'est par leurs mains que mon père, ma mère, mon frère et ma sœur ont péri.

Alors, en ce moment, je suis prêt à crier vengeance, à laisser se déferler toute cette souffrance tapie dans l'obscurité et ravivée par la perte d'Horia et de mon enfant à naître.

Mon museau s'allonge et je sais que d'un coup de crocs, je peux les décapiter tous les deux. La peur envahit leurs yeux. Leur expression terrorisée me ferait presque jubiler, tellement c'est bon d'enfin lâcher prise.

Je bave de la délectation à venir. Ma gueule énorme s'avance. Mon loup est transi de bonheur et se nourrit de l'effroi de ces assassins.

3 – Tiago

Soudain, mes bras sont empoignés et je recule d'un bond phénoménal, emporté par Teruki et Maius.

— Non, ils ont des informations à nous révéler ! tonne Maius. On ne peut les éliminer pour l'instant !

Ma rage explose et je hurle ma souffrance. Ne pas pouvoir me venger est très difficile à accepter.

— De nouveaux éléments pourraient nous permettre de récupérer la mère de ta descendance, jeune loup ! insiste l'Ancien.

Je maugrée dans ma barbe, mi-homme, mi-bête.

Effectivement, je dois penser à Horia. J'ai à peine eu le temps de la chérir qu'elle m'est déjà arrachée.

Nos étreintes passionnées…

Et ce bébé à naître…

Notre futur et celui de ma meute !

Notre couple qui pourrait tout résoudre en plus de m'épanouir dans l'amour.

Je me raccroche à tout ce qui peut ramener la raison en moi, faire en sorte que l'homme reprenne le dessus.

Mes griffes se rétractent. J'ignore le sang qui perle dans le cou de Radu. Ce mauvais père va vite cicatriser et dès que j'en aurai l'occasion, je lui réglerai son compte.

Radu cille et guette le moindre de mes gestes. Il sait pertinemment que sa vie ne tient qu'à un fil et qu'elle repose, en cet instant, entre mes mains.

Ça me fait mal d'être sage. Néanmoins, pour tous les sacrifices qu'ont faits mes ancêtres, mon loup se retire au tréfonds de notre corps et l'homme reprend toute la place.

— Que faisait Ecaterina ici ?! je demande au bêta avec détermination.

— La sorcière de sang est morte, Tiago ! Ce n'était qu'un fantôme…

répond Liviu à la place de son second.

Ce dernier baisse la tête, soumis, se mettant sous la coupe de son chef.

Comme c'est pratique !

L'Alpha Vircolac se tait automatiquement lorsque ma colère se dirige vers lui. Je l'examine et le hume. La frayeur transpire de sa peau. J'imagine que, comme nous tous, il a été perturbé par l'issue de ce rituel et la présence de la sorcière de sang.

— Pour un fantôme, elle était très active, annonce Teruki.

Liviu semble démuni. En revanche, Radu ne paraît pas si surpris.

— Radu, pourquoi as-tu ri à la manifestation d'Ecaterina ? Es-tu au courant de quelque chose ?

Clairement, il faisait bien plus le malin à ce moment-là !

Le père d'Horia m'ignore et demeure tête baissée. Mon coup d'œil à Liviu lui fait comprendre qu'ils vont devoir réaliser davantage d'efforts. Pour toute réponse, Liviu grogne de désapprobation et son pouvoir s'étend vers son second. Ce dernier se tend et relève la tête.

— Je ne sais rien, Alpha, se défend Radu en fuyant mon regard.

J'aimerais le croire, mais je ne le peux. Son attitude me dérange. Néanmoins, je suis incapable de définir s'il ment.

— Pourquoi avoir ri de la sorte, Radu ? demande Liviu en grondant.

L'aura de l'Alpha s'étend et englobe son second pour le contraindre. Lui aussi est surpris d'une telle réaction alors que nous étions au milieu du chaos.

Les deux compères se regardent et se jaugent. J'observe le moindre détail dans leur expression. Je suis incapable de me connecter à leur lien de meute pour suivre leur échange.

— Alpha, tu connais la sorcière, et les coups pendables qu'elle nous a joués !

Le chef Vircolac dodeline de la tête avec effarement.

— J'ai simplement pensé qu'elle avait plus d'un tour dans son sac et qu'elle n'avait pas fini de nous tourmenter après tout ce que nous avions déjà subi.

Les deux acquiescent de concert et je veux bien croire qu'Ecaterina leur en ait fait baver. Chez les Duroy, les sorcières sont tout aussi puissantes, mais celles-ci sont « gentilles »... Enfin, tant que l'on ne s'en prend pas à ceux qu'elles chérissent.

Je ferme les paupières et inspire profondément pour que ma colère ne me submerge pas à nouveau. Je me dois de garder la tête froide afin de trouver des solutions et de faire revenir Horia.

— Que pouvez-vous nous dire des pouvoirs de la sorcière de sang ?

Ma question les laisse perplexes.

— J'en ignore les possibilités, explique Liviu. Ecaterina manigançait surtout avec Fiodor. Nous n'étions que des pions, mon garçon.

Je grogne de mécontentement pour lui montrer que je refuse qu'il me parle ainsi, même si je sens une certaine tendresse dans ces propos.

— Pardon, Alpha. Je ne désirais pas te manquer de respect. Malheureusement, si Ecaterina a fomenté des plans, je ne les connais pas, tu peux me croire.

Quand il relève les yeux et plante son regard dans le mien, je suis bien forcé d'avouer qu'il dit vrai. Je m'assombris.

Une bonne bagarre m'aurait détendu.

Je marmonne dans ma barbe, fourrage dans mes rouflaquettes. J'observe Radu, toujours en position de soumission, offrant sa nuque.

Sont-ils aussi innocents qu'ils veulent bien le faire croire ?

Je n'ai malheureusement aucune preuve du contraire et je ne peux les contraindre à parler... ou il faudrait en passer par la manière forte. Je me rembrunis et décide de lâcher l'affaire pour l'instant.

— Qu'on les reconduise en prison ! j'ordonne à Teruki.

— Tu n'as pas le droit de nous garder captifs ! crie Orféo.

Ah, ça faisait un moment que l'Alpha italien ne l'avait pas ramenée.

J'avoue que j'affectionnais particulièrement son silence.

Que va-t-il exiger cette fois pour tous ces affronts qu'il a subis ?

— Pour votre sécurité à tous, annonce un Maius impassible, il vaut mieux vous mettre à l'abri.

Que nous cache encore ce vieux sage ?

— Nous allons informer vos meutes que vous rentrerez chez vous dès que possible... Nous contacterons aussi le Grand Conseil. Tant que nous n'aurons pas fait la lumière sur les agissements d'Ecaterina et cette troublante situation, nous allons limiter les déplacements au strict minimum. Vous ne voudriez pas ramener le fantôme d'une sorcière de sang avec vous ?!

Tous baissent la tête et j'en soupire de soulagement. Au moins, l'argument fait mouche et nous évite bien des palabres inutiles.

— N'oublie pas de révéler à nos meutes que nous sommes prisonniers, fait savoir Orféo avec un maximum de mécontentement.

— De quoi as-tu peur, Tiago ? demande l'Alpha danois.

Jörgen paraît calme, tout comme son héritière d'ailleurs.

— Nous ne maîtrisons pas les capacités d'une sorcière de sang morte, ricane Teruki. Vous résiderez dans notre château, dans des appartements plus confortables que les geôles, mais sous haute surveillance !

— Et nos colliers ?! exige Orféo.

— Vous n'avez rien à craindre de nous. C'est toutefois plus prudent de les conserver, le temps de faire toute la lumière sur ces événements.

Le ton tranchant de la vampire claque et mes invités sont accompagnés par quelques Warous et Duroy. Nous les regardons partir, attendant qu'ils soient loin de nos oreilles pour échanger à nouveau.

Je prends une grande inspiration et me lance :

— Pensez-vous que les Vircolac aient manigancé tout cela en amenant Horia ?

Cette question retentit soudain comme une évidence. Je considère mon comité directeur avec attention, mais aussi Maius, Teruki et Léo. Ces trois vampires vont probablement bientôt se retirer, car même s'ils sont devenus diurnes grâce aux capacités extraordinaires de Teruki, ils vont prochainement tomber dans leur régénérescence, maintenant qu'il fait jour.

— Horia a une résonance avec la Dalle alors qu'elle n'est pas une Warou ! Avec cette simple considération, un complot est possible, Tiago !

La conclusion de Teruki me fait frémir.

Ai-je été abusé ?

4 – Tiago

— Il est trop tôt pour le dire et nous n'avons aucune preuve de complot. Faisons le point sur ce que nous savons le plus sûrement.

Nous acquiesçons à la proposition de l'Ancien et attendons qu'il poursuive. Après tout, c'est lui qui arpente le monde depuis plusieurs millénaires et qui étudie aussi bien les humains que les créatures surnaturelles.

— Les Vircolac sont venus uniquement parce que tu leur en as donné l'autorisation, Tiago.

Comme son regard se fait interrogateur, j'opine simplement du chef.

— En effet, mais nous l'avons invité à accepter. C'était un gage de paix pour notre territoire, ajoute Léo, le second des Duroy.

— Et si Tiago avait refusé, les Vircolac auraient trouvé un autre moyen de nous approcher, comme lorsqu'ils l'ont fait il y a huit années déjà en créant une horde de Mordus pour nous attaquer.

Nous plongeons tous dans une intense réflexion.

— Certes, déclare tout à coup Maius. Pourtant, on ne peut pas encore les condamner... La lignée des sorcières de sang était bien plus puissante que je n'ai pu le croire. La preuve, Ecaterina est là, à nous hanter.

— Et avec elle, toute son ascendance, frissonne Teruki de frayeur, comme si elle évoquait un mauvais souvenir.

Et c'est probablement le cas !

Nous avons des perceptions différentes du monde surnaturel...

Maius soupire et c'est bien la première fois que je le vois si dépité. Il a tellement tendance à être détaché de tout, même de nos malheurs. Il ne semble pas avoir d'états d'âme.

Mais il est arrivé en colère !

Là aussi, c'est bien une première.

— Lorsque j'ai rencontré Giulia, j'avais été mordu à de nombreuses reprises par des Diaemus youngi... (son regard est parti vers le haut...

vers un passé très lointain). Ces chauves-souris vampires à ailes blanches m'avaient saigné à blanc... Enfin, c'est ce que m'a expliqué Giulia. Néanmoins, cela, je veux bien le croire, car mon corps était couvert de morsures. J'avais marché toute une journée pour pénétrer leur grotte et les étudier. J'avais soif de savoir et d'exploration. Je m'en souviens comme si c'était hier...

Il reporte son attention sur nous.

— Je n'ai pas eu connaissance de la Dalle à ce moment-là. Je me suis retrouvé dans la cabane crasseuse de la sorcière, au milieu d'innombrables artefacts dont je n'ai jamais vraiment connu l'ensemble des pouvoirs... Toujours est-il qu'elle m'a ressuscité sur votre autel. Elle a dû se faire aider pour me transporter une fois qu'elle a vu que j'avais survécu à son horrible expérience.

Il crache ses derniers mots.

Pourtant, c'est bien grâce à lui que les vampires se sont perpétués. Mon espèce aurait plutôt tendance à dire à cause de lui puisque les sangsues sont devenues nos ennemis au fil des siècles.

Nous patientons, le temps qu'il trie ses idées. J'ai besoin d'apprendre des éléments nouveaux. Dans le cas contraire, je risque d'étriper le premier qui passe à portée de mes griffes.

— Giulia ne m'a pas abandonné à mon triste sort. Elle m'a guidé dans le monde de l'obscurité, passant de nombreuses années à me soutenir... utilisant mes abondantes observations. Elle était une élève brillante et attentive[1]. Pour tout dire, je prenais beaucoup de plaisir à disserter avec elle, alors que je m'étais détourné des hommes bien avant ma transformation. Je lui faisais entièrement confiance.

Quand je vois le sourire sur les lèvres de cet ancien, je me demande si la sorcière n'a pas été plus qu'une élève.

Soudain, son visage se ferme et une forme de tristesse apparaît dans son regard.

— Pour autant, cette confiance n'était pas réciproque. Giulia disparaissait souvent, plus ou moins longtemps, et revenait sans crier gare. Rapidement, j'ai saisi qu'elle avait de nombreux secrets. Je n'en ai percé que très peu. Mais c'est comme cela que j'ai découvert son autel sacrificiel (ses yeux se posent sur la Dalle) et les terribles expériences

---

[1] Chers lecteurs, serait-ce une bonne idée d'écrire cette tranche de vie de Maius ?

auxquelles elle se livrait. Elle avait des obsessions : notamment reproduire une créature telle que moi. J'ai éliminé quelques résultats qui n'étaient pas... viables et il lui fallait toujours plus d'hémoglobine pour satisfaire son pouvoir maléfique.

Il tique sur ces derniers mots.

— Nous avions testé mes capacités physiques, mes compétences psychiques. En tant que suceurs de sang, nous avons beaucoup d'ascendant sur nos proies, mais les sorcières n'en font pas partie.

Les vampires hochent la tête.

— C'est au moment où je me suis rendu compte qu'elle multipliait ses méfaits que nous avons commencé à nous quereller. Giulia s'est toujours dite seule, mais elle portait les traces de la maternité. Je n'ai jamais découvert son engeance, même si je l'ai espionnée assidûment. Elle avait l'avantage de la lumière du soleil, alors que je tombais dans la torpeur. À force d'expérimenter sur la Dalle, cette dernière progressait petit à petit vers une forme de vie qui augmentait les facultés de la sorcière... Elle était de plus en plus terrifiante et je craignais un jour de devoir agir pour l'arrêter.

Maius se tait, pince la bouche.

A-t-il des regrets ?

— J'avais développé une sorte de solitude d'être unique. Je ne connaissais pas encore toutes mes capacités, même si la sorcière m'avait déjà bien poussé dans mes retranchements !

Un petit ricanement lui échappe.

Son audience est fascinée et je me demande bien où son histoire va nous conduire, car pour l'instant, je ne vois pas le rapport avec ce que nous vivons actuellement.

— Et puis, un jour, j'ai découvert un pauvre hère autour de sa cabane, en pleine nuit. Il semblait comme chez lui. Depuis combien de temps était-il là ? Sa physionomie n'était pas totalement humaine. Ses bras étaient bien trop longs, sa pilosité trop développée. Alors, je l'ai observé un moment, de loin... car lorsque je m'approchais, il grognait. Ce jeune homme percevait ma présence. Mais je désirais savoir ce qu'il était, et Giulia était encore partie comme elle l'avait fait tant de fois. Enfin, rapidement, il m'a révélé ce qu'il était. Tandis qu'il se transformait en loup, j'étais subjugué. Il ne pouvait être qu'une créature de la sorcière... C'est à ce moment que j'ai commencé à laisser vivre son engeance. À son regard triste, j'ai découvert qu'il était tout comme moi : si seul. Et c'est là que j'ai fait connaissance avec ton ancêtre, Tiago. Par vengeance, Giulia avait fusionné un homme et un loup. Enfin, la dépouille de la bête avait été brûlée, mais la démone avait réussi le miracle d'intégrer l'âme du loup à cet homme ! Nous pensions qu'elle l'avait aussi doté de capacités particulières.

Maius ferme les yeux et quand il les ouvre à nouveau, je découvre toute la résolution qui l'a habité à l'époque.

— Pour moi, c'était l'expérience de trop. J'avais eu le temps de faire connaissance avec Sertor, ce pauvre berger arraché à sa vie pour avoir contrarié malgré lui la vipère. Mais Sertor était courageux, il m'a donné la force d'arrêter Giulia une bonne fois pour toutes !

Son regard se fait acéré et je comprends qu'il ne faut pas démériter auprès de Maius.

— Une fois la sorcière partie pour de bon, la Dalle exhalait de la magie noire... Cette puissance avait une ascendance sur Sertor, et rapidement, nous avons pris conscience qu'une forme d'attraction était réciproque : ton aïeul avait une emprise sur la Dalle, alors qu'elle ne résonnait pas avec moi. C'est ainsi que le premier Warou est né, et par là même la première faction... Les gardiens qui devaient conserver cette pierre sacrificielle et la tenir loin des sorcières de sang. S'il en existait d'autres, à l'époque, nous n'en avions aucune trace. Pensant qu'elle renfermait votre pouvoir, mais sans doute aussi celui des sorcières de sang, nous avons préféré la mettre à l'abri définitivement.

Je fronce les sourcils. Je n'étais pas préparé à cela.

Tout à coup, je me tourne vers Versipalis et découvre avec horreur qu'il ignorait partager sa magie avec des sorcières de sang.

— Ce partage est resté secret, dis-je dans un souffle.

Maius hausse les épaules, comme si ce détail n'avait pas d'importance.

— En effet. C'était le meilleur moyen pour qu'aucun d'entre vous ne recherche l'appui des sorcières si vous deveniez assoiffés de pouvoir. Avec Sertor, j'ai décidé de taire cette subtilité afin qu'elle disparaisse à jamais. Malheureusement, avec ce qui s'est passé aujourd'hui, il se peut qu'Horia ne soit qu'une expérience d'Ecaterina !

J'ouvre grand les yeux à cette révélation. Nous sommes tous sous le choc.

5 – Horia

Face à moi, l'horreur !

Ecaterina dans toute sa diablerie !

Ses dents sont plus pointues, ses yeux brillent comme des obsidiennes ensorcelées. Et c'est probablement le cas. La brume la dévoile petit à petit. Son corps desséché n'a plus toute sa densité. Sa robe de dentelle noire déchirée tombe sur sa poitrine décharnée alors qu'elle arborait un décolleté pigeonnant qui affolait tous les amateurs de chair.

Mais le pire est son regard avide dont je ne peux me détourner. Je recule d'un pas. Sa main crochue m'agrippe l'épaule. Et alors qu'elle est évanescente, une douleur me traverse comme si la foudre s'abattait sur moi, me coupant la respiration. Je manque de chanceler. La poigne cruelle me maintient debout, me dévorant de ses billes noires. Je suffoque sous mon énergie qui s'évade.

Une goutte de bave perle à sa bouche. Telle celle d'un serpent, sa langue plus vive que l'éclair récupère cette larme et l'avale avec gourmandise.

Soudain, la pression me libère et mes poumons se remettent à fonctionner normalement.

— Mmmm... Tu es une bonne fille ! Ta vigueur me ravit !

Je hoquette. Elle a l'air si heureuse de me voir alors qu'elle m'a toujours traitée avec condescendance.

Ses yeux tombent sur mon ventre. Ma main se pose instinctivement en guise de protection sur mon giron.

— Ce n'était pas prévu, ça ! Ma foi, cela me donnera encore plus de puissance.

Soudain, elle observe autour d'elle, attentive. Personnellement, je ne distingue rien. Trop de brume nous enveloppe. Voir au travers de son corps est extrêmement dérangeant. Je peine à me concentrer sur mon environnement.

— Viens, ma fille, mettons-nous à l'abri ! Tu es une proie bien trop alléchante... Ils ne vont faire qu'une bouchée de toi.

Sans plus me demander mon avis, elle entoure mes épaules de son bras visqueux et froid. Je tremble de dégoût. Pourtant, je suis si choquée que je la suis.

N'est-elle pas le seul danger qui me guette ?

Il faut croire que non, vu sa tension. Alors, je me dis que c'est peut-être le moins grave pour l'instant, en attendant de trouver une solution pour m'échapper d'ici. D'une certaine manière, je lui suis utile, même si je n'ai pas bien compris comment ni pourquoi. Une chose est sûre : connaissant cette horrible femme, elle ne m'a pas mise au monde par hasard. Derrière tous ses actes se cache un dessein inavoué.

Et puis, avec elle, je suis en terrain connu. Mon manque de courage et ma peur me font honte.

Mais que puis-je faire ?

Je bascule sur le côté et mon bras bat de l'air encore une fois, cherchant une prise où me stabiliser. La poigne de fer me rattrape.

Comment peut-elle avoir une telle force alors qu'elle n'a pas de consistance ?

Ma main tente de s'accrocher à son bras. Néanmoins, mes doigts passent au travers d'elle. Mon corps se transit de froid à ce contact gluant sur ma peau. La nausée revient et la bile remonte dans ma bouche. Le soufre envahit mes narines et je recule aussitôt en prenant bien garde de ne pas reposer mon pied dans ce marais putride.

— Fais attention où tu mets les pattes ! Tu es toujours aussi gourde, ma pauv' fille !

Elle m'empoigne et accélère de plus belle. Ce coup-ci, je suis bien plus vigilante.

— Vous avez tué ma mère, j'ai tout vu ! dis-je avec colère.

— Alors, tu n'as pas bien observé !

Je sursaute, effarée.

C'est vrai !

Elle a raison.

— D'une part, JE suis ta génitrice. Et ce n'est pas moi qui ai supprimé l'autre !

Ma louve rugit de fureur, car celle qui devait la mettre au monde a été assassinée.

Nous revoyons les images terribles de notre père qui plonge son couteau de boucher dans le ventre rebondi de sa compagne. Ecaterina ar-

rache le bébé de ses entrailles toutes chaudes.
Elle a son offrande !
Ma louve couine devant cette terrible vision qui surgit du passé.
C'est elle, cette petite métamorphe qui aurait dû vivre !
Et elle gémit à cette horrible réminiscence. Je la rejoins dans la désolation de ces atrocités.

Sans que nous puissions l'interrompre, ce cruel souvenir se poursuit. L'accouplement entre mon père et cette démone. Ce nourrisson qu'était ma louve, sacrifié sur l'autel de l'avidité. Ecaterina qui donne naissance à cette créature, fusion de ma louve et moi. Je déglutis, paralysée de stupeur.

Ecaterina se crispe et ma louve grogne, prête à mordre.

— Ça, ce n'était pas prévu, se défend-elle, contrariée.

Elle lorgne toute ma personne.

— Cette jeune saigneuse a réussi à vous connecter, annonce la mégère avec une certaine admiration. J'avoue que ça va me compliquer la vie... (sa tête se renverse sur son rire de démente). Enfin, ma mort, pour l'instant !

Je la regarde, choquée qu'elle prenne les choses avec autant de légèreté.

Je ne peux être sa fille. Ce n'est pas possible.

Ça ne peut être qu'un cauchemar !

Sidérée, je la suis en me demandant comment je vais bien pouvoir me sortir de cette horrible situation. Je détourne le visage, observant autour de moi et jaugeant si je ne ferais pas mieux de retourner à l'endroit où je suis tombée.

L'eau à ma gauche commence brusquement à rouler et serpenter. Je déteste l'angle de progression de la créature qui fonce vers moi. Vu le mouvement, cette bestiole est énorme. Comme une petite fille, je me précipite vers celle qui m'a donné la vie. Ecaterina me pousse de l'autre côté d'elle pour faire rempart et ainsi me protéger.

— Mmm... Mets-toi là, ma putréfaction va te préserver !

J'accélère. Je ne suis pas prête à mourir. Je vois bien que je suis toujours de chair et de sang. Ma louve aboie pour me le confirmer et je la sens se replier au niveau de mon ventre, en gardienne de notre petit.

Comme si ce monstre des eaux m'avait perdue de ses radars, il replonge, et les flots ténébreux redeviennent dangereusement calmes.

Une autre chose me réconforte. Ecaterina trouve fâcheux que ma partie animale et moi ne formions qu'une seule entité.

Vais-je enfin pouvoir retourner ma peau ?

J'en ferais bien l'expérience dès maintenant, mais clairement, ça grouille dans ces eaux boueuses. Je ne désire pas me retrouver sous la forme d'une louve maladroite, découvrant ses premiers pas.

Ma folle adoratrice grogne de mécontentement, choquée de mon manque de confiance. Je l'ignore, restant concentrée sur les dangers.

En somme, nous avons deux mères. Celle de ma louve et cette maudite sorcière. Ça me débecte. Je préfère ne pas la considérer comme telle.

— Pourquoi avoir récupéré ce nourrisson pour procréer et tué NOTRE mère ?

— Arrête avec ça ! Je suis TA mère ! J'avais besoin d'un bébé avec des capacités de magie noire pour arriver à mes fins et cette métamorphe était de premier choix... C'est ton père, l'assassin ! Moi, je n'ai fait que t'enfanter.

Je rejette cette vision avec horreur, tellement elle me déchire le cœur. Ma louve couine de malheur et je m'excuse pour tous ses tourments.

— Pourquoi toute cette magie ?

La démone ricane.

— Pour survivre, bien sûr. C'est un moyen comme un autre d'acquérir l'éternité. Grâce à toi, je vais retourner dans le monde des vivants !

Je la regarde bouche bée, terrifiée. Elle ne reculera devant rien.

— Il n'en est pas question ! Vous avez commis assez de délits comme ça !

Ecaterina sourit, narquoise.

— La belle affaire ! Tu devrais me remercier. Je t'ai donné la vie ! Grâce à moi, tu as connu l'amour, non ?!

Sa bouche aux dents pointues me nargue.

Tiago !

Comment vais-je le retrouver ?

6 – Tiago

Impossible de dormir.

Je suis totalement perdu. Je gamberge à longueur de temps. Nous avons décrété une journée de repos.

Enfin... Repos pour les sangsues uniquement ! Les pauvres, ils tombent comme des mouches au bout de quelques heures. J'enrage de leur métabolisme de pacotille.

J'abuse, bien sûr.

J'avoue : je suis de mauvaise foi.

Mais c'est plus fort que moi. Ma situation est catastrophique, tout comme celle de mes Warous et d'Horia.

Mon comité directeur ne peut dormir. Je les sens s'affairer au travers de notre lien et ça me rassure pleinement.

D'ailleurs, je suis dans mon bunker en train de tenter de trouver une quelconque information qui pourrait m'aider d'une manière ou d'une autre.

À la vérité, j'ignore quoi chercher.

Je suis désormais persuadé que nous devons creuser la piste des sorcières, et plus particulièrement celles de sang. Ces démones ont l'air d'avoir des capacités sataniques, hors norme. Dans un monde manichéen avec le paradis et l'enfer, ces créatures viendraient d'en bas, c'est certain. Seulement, dans mon monde, tout est régi par la nature, il n'y a pas de Dieu ou de Satan, tout ça, ce n'est que pour rassurer les humains ou leur faire peur. Certains d'entre eux ont évolué un peu et sont conscients qu'il y a une instance bien au-delà de toutes ces religions inventées. Toujours est-il que dans l'univers, tout a une bonne raison d'exister et pour ne pas rompre l'équilibre, les créatures malfaisantes ont tout intérêt à ne pas proliférer. Je comprends la quête de Maius d'avoir tenté de conserver une certaine quiétude dans le monde de l'ombre.

Mon père ne m'a absolument pas préparé à ce rôle de chef de meute. Et pour cause, je ne devais pas en hériter. J'aurais fini par intégrer le comité directeur de mon frère aîné. Peut-être aurais-je eu quelques missions… Mais j'aurais eu une vie pour le moins paisible ou à peu près. Ma lignée aurait pu engendrer des bêtas. Marko et Falko sont issus de fratries d'Alpha, c'est un excellent moyen de conserver notre puissance.

Je soupire d'exaspération.

Dans ma base de données, aucune information sur les sorcières ou sur notre Dalle. Maius disait vrai quand il nous a révélé que certains éléments ont été dissimulés pour disparaître à jamais.

J'en suis soufflé.

Maius et Sertor, mon ancêtre, ont été véritablement inconscients.

Quelle idée de prendre de telles décisions ?

Et d'ailleurs, s'ils étaient de connivence, comment les vampires et les métamorphes ont-ils pu devenir des ennemis naturels ?

C'est une question que je vais devoir lui poser !

La preuve est faite. Aussi bien les Vircolac que les Duroy, avec notre meute, ont démontré que nous étions capables de nous allier. Comme nos ancêtres finalement.

Soudain, un tapage retentit à ma porte d'entrée.

Je me lève, ferme mon battant sécurisé afin que personne ne puisse venir jusqu'à ce puits de science. J'en ricane, tellement il ne m'est d'aucune utilité en ce moment.

Je sais déjà qui je vais découvrir devant chez moi. Irmo, l'aîné de Versipalis, est bien là, à attendre maintenant qu'il m'a informé de son arrivée via notre lien.

— Alpha !

Je réponds à son salut en opinant du chef.

— Versipalis a trouvé quelque chose ?

Mon impatience transparaît dans ma question. Sa moue qui se prolonge en grimace n'encourage pas mon espoir. Je souffle, désabusé, mais ne fais pas de commentaires. Je dois conserver le moral de mes troupes au beau fixe. J'ai accusé le contrecoup de ces derniers événements.

— Mon père a des pistes ; néanmoins, il va falloir se tourner davantage vers nos sorcières alliées. Nos pouvoirs sont loin de ressembler aux leurs. Cependant...

Je saisis aussitôt et je termine pour lui.

— Cependant, nous avons en commun une partie de la magie noire, et le passé nous a prouvé que l'on pouvait se rejoindre dans leurs sortilèges ou dans nos rituels.

— Oui ! clame Irmo avec véhémence.

— Très bien ! Je n'ai pas trouvé d'autres options de toute façon. Aucune mention des particularités de la Dalle ou des sorcières de sang dans nos bases de données.

— Et Sertor ?

J'en souris. Là aussi, le peu d'informations est risible.

— Sertor est bien inscrit dans nos registres comme étant le premier à avoir retourné sa peau. Les détails de cette métamorphose sont nébuleux et sans grand intérêt, tellement peu de renseignements ont été conservés.

Irmo semble désabusé. Les deux premières créatures à l'origine de tous ont été bien légères dans leur stratégie de pérennité. Et le pire : je ne suis pas sûr que Maius nous ait tout révélé et qu'il nous donne même davantage d'explications.

— Irmo, dans vos manuscrits, avez-vous retrouvé des traces de l'existence de sorcières avec notre meute ?

— Non, aucune. Sertor a fait en sorte que l'on oublie la possibilité de s'allier avec de telles créatures...

Songeur, je pèse ces mots.

— Une chose est indéniable : non seulement les sorcières de sang ont perduré, mais elles ont su s'approcher des vampires pour comploter avec eux. Les Vircolac en sont la preuve.

— Est-ce qu'Ecaterina a pu s'associer avec nos congénères ?

Je me rembrunis. J'en suis certain. Pourtant, je ne réponds pas. Nous n'avons aucun élément dans ce sens. Et chez les Vircolac, les vampires menaient la danse, les métamorphes n'étaient que des exécutants, avec pour certains des statuts privilégiés.

— Très bien, poursuivons nos recherches parmi nos différentes sources d'informations en attendant que Teruki et Maius réapparaissent.

***

Je ronge mon frein encore quelques heures.

Ces satanées sangsues en mettent du temps à réapparaître ! La nuit est tombée depuis un moment. Certes, ils sont diurnes et capables de rester éveillés quelques heures sous la lumière du jour, mais là, ça fait plus de huit heures qu'ils ont disparu. Ils auraient déjà dû revenir.

Un mauvais pressentiment me saisit et je me retiens d'aller au château pour découvrir ce qui s'y passe.

Je rejoins la Dalle où mon comité directeur m'attend. Je salue mes Warous sur mon chemin. Je les perçois à la fois soulagés que nos invités ne soient plus dans le village, et inquiets de notre devenir. Alors, nous échangeons peu de paroles. En revanche, j'empoigne le bras de nombre d'entre eux au passage pour leur témoigner ma confiance, mon dévouement. Je ferai tout pour eux. Leurs yeux s'écarquillent en sentant mon pouvoir et ma détermination. Aucun mot ne pourrait passer un message aussi puissant. À chaque pas, mon sourire s'agrandit. Cet échange d'ondes entre nous nous ragaillardit et nous renforce.

C'est d'un pas léger que je descends le long de mon hémicycle pour rejoindre notre Dalle, mon comité directeur et les vampires qui arrivent par l'autre allée. Teruki, Maius et Léo sont accompagnés de quelques gardes du corps. Les sourcils froncés de la vampire-sorcière ne me disent rien qui vaille.

Je fulmine déjà intérieurement sans savoir pourquoi. Mon loup tourne en rond, pressé de passer à l'action.

À peine nous sommes-nous salués que Teruki prend la parole.

— Tes invités sont bien installés, Tiago !

Franchement, c'est le cadet de mes soucis, mais je le tais.

— Orféo a une nouvelle exigence, ajoute la vampire en faisant la grimace.

Ah, voilà ! Venons-en au fait.

Je l'encourage à parler d'un mouvement de la main.

— Orféo veut récupérer la Dalle. Il la revendique à titre d'appartenance territoriale. Votre autel aurait dû rester en Italie selon lui.

Je tourne les yeux.

Celui-là va nous emmerder jusqu'au bout !

Lui dévisser la tête serait une solution définitive pour qu'il nous fiche enfin la paix. Enfin, si on gagnait la guerre qui serait automatiquement engendrée par sa disparition.

— Je lui ai promis d'avoir gain de cause ! annonce l'Ancien le plus naturellement du monde.

Mais de quoi ce vieux schnock se mêle-t-il ?

Je pensais déjà être dans la pire des situations. Il n'en est rien. J'en suis horrifié !

7 – Tiago

J'y crois pas, manquait plus que ça !

Mais si je dois leur céder notre Dalle, comment ramener Horia, comment mes chers Warous peuvent-ils survivre ?

Versipalis et sa lignée sont attachés à notre autel. Mon mage et sa descendance partiraient avec.

Ma gorge gronde devant cette exigence et la décision de Maius.

Mon loup veut prendre à nouveau le dessus et déchiqueter tous ces buveurs de sang. Ensuite, nous éliminerons Orféo et son héritière... et puis les Vircolac aussi, envers lesquels nous avons trop de haine. Il nous est impossible de leur pardonner leurs agissements passés.

Soudain, je vois tout en rouge. L'hémoglobine recouvre ma clairière d'un voile.

— Tiago ! grogne Teruki. C'est une stratégie !

Je les regarde de travers, les jauge.

Ils se foutent de ma gueule ou quoi ?

Maius a l'air de s'ennuyer ferme. Teruki lève les yeux au ciel et Léo souffle sur ses boucles blondes pour les dégager de sa vue.

Les miens sont estomaqués et ne savent que penser. Comme moi, d'ailleurs.

Je prends sur moi pour retrouver ma partie raisonnable, avalée par mon âne bâté. Il s'agit juste qu'il la recrache afin que l'on puisse en disposer à nouveau. Jamais je n'ai eu autant les nerfs à vif.

Nos alliés attendent patiemment que je reprenne le dessus.

— Vous ne pouviez pas commencer par ce simple détail ? j'éructe hargneusement.

Sans déconner, ils m'auraient expliqué immédiatement leur stratégie, ça aurait été bien plus productif.

Quelle perte de temps !

Teruki dodeline de la tête en observant Maius du coin de l'œil. Le vieux reste imperturbable. Léo le regarde de travers : il n'apprécie guère sa manière de faire. Maius a une façon très cavalière de gérer les affaires. Ses méthodes rejoignent d'ailleurs un peu celle d'Eiirin, le maître des Duroy. Cet ancien samouraï peut lui aussi mettre les nerfs à rude épreuve et être intransigeant.

Bref !

Je patiente... difficilement.

Je tapote du pied, montrant que je suis prêt à entendre leur fameuse « stratégie », et ce serait bien qu'ils s'activent, car ma forme animale rôde et n'espère qu'une chose : ressurgir et faire justice au nom des Warous.

On frôle le carnage, là !

— Hum... J'ai discuté avec Orféo avant de venir. Je le suspecte d'avoir des desseins plus grands que de marier sa fille avec toi, jeune loup !

Je me ferme. J'en ai assez de ses exigences.

N'a-t-il pas encore compris que j'avais MA compagne et qu'elle portait MA descendance ?

— Qui ne voudrait pas faire partie de la meute originelle ? demande Maius. Cette marque est prestigieuse. Seulement, en échangeant avec lui, j'ai vite saisi que cet Alpha savait que la Dalle avait des propriétés particulières... avec les sorcières ! Même si en creusant, je me suis rendu compte que son discours était trop flou. Que sait-il réellement ?

Je ne vois pas trop où cette histoire nous emmène. Alors, je l'invite à accélérer, car ma patience est au point de rupture. Et pour une fois, l'Ancien s'exécute.

— Il est évident que les De Luna vouent aux Warous une haine ancestrale. Quand Sertor a créé des individus pour vivre en meute, il n'a pas connu les premiers conflits. C'est arrivé après plusieurs générations... et c'est ainsi que les hordes se sont diversifiées. J'ai aidé les Warous à régler des différends et venir s'installer en Allemagne. Il me tenait à cœur de garder un œil sur la Dalle. J'ai servi de diplomate à votre espèce en contribuant à fonder le Grand Conseil. Je n'ai eu à faire que peu d'interventions auprès des métamorphes.

Mouais... Son discours me laisse perplexe. Je n'ai pas envie d'avoir un cours d'histoire maintenant.

— Tiago ! (le ton de Maius attire mon attention) Orféo sait que la Dalle est liée aux sorcières de sang ! Ce n'est pas un élément qui se transmet dans les lignées lupines. Ce secret avait disparu depuis plusieurs siècles !

Je réalise la portée de ses paroles.

— Les De Luna ont-ils une sorcière de sang ?

— Je n'en ai pas l'impression... ou alors, Orféo le dissimule bien.

Dans ce cas, comment ont-ils eu connaissance de ces propriétés particulières, alors que même nous, les gardiens de la Dalle, l'ignorions ?

— Ont-ils comploté avec les Vircolac, ou peut-être directement avec Ecaterina ?

Maius m'observe, perplexe. Il ne semble pas avoir de preuve. Dans le cas contraire, il serait heureux de partager sa science !

— Je n'en ai pas l'impression, grogne Teruki.

Nous nous tournons vers elle.

— Et Horia ? Pourquoi l'avoir amenée chez nous ? Sa magie résonne étrangement avec notre Dalle, demande Versipalis.

Cette question me serre la poitrine, accélère mon palpitant. C'est une véritable torture. Je ne supporterais pas qu'Horia puisse être complice de ces manigances.

— Liviu n'a rien à révéler sur la nature d'Horia. Elle n'a pas de lien de meute avec lui. Il n'a jamais renié la fille de son bêta. De ce fait, il lui a même donné une place privilégiée depuis toute petite auprès de son héritière... Non, Liviu ne saisit pas ce qui se passe avec Horia.

Les réponses de Teruki nous laissent perplexes. J'ai moi-même l'impression que ce rituel n'est pas un accident. Cependant, ce n'est qu'un pressentiment. Rien n'étaye cette théorie. Alors, je poursuis mon questionnement. Je dois comprendre.

— Et le père d'Horia ? A-t-il été interrogé ?

— Oui, confirme Teruki. Il ne nous a rien dévoilé d'intéressant. Quand il parle d'Horia, il répète que l'on doit lui rendre sa fille !

Ah ! Il se rappelle qu'il est père !

— Et quand on évoque Ecaterina, renchérit la vampire-sorcière, il ricane en soutenant que cette diablesse est capable de tout ! Malheureusement, il n'en révèle pas davantage.

— Il va falloir passer à la manière forte !

Mon ton est déterminé et tous acquiescent à ma proposition.

— Oui. En attendant, nous avons isolé tes invités afin qu'ils ne puissent pas communiquer entre eux. Bien sûr, au sein des meutes, ils ont leur lien. Malgré tout, l'Alpha Vircolac ne semble pas connaître Orféo. De plus, Liviu soutient qu'il n'a fomenté aucune conspiration avec Ecaterina. Apparemment, elle sortait peu du château, et jamais bien longtemps. D'ailleurs, comme dit Liviu : les seules autres sorcières s'acoquinant avec des sangsues sont chez les Duroy, répète Teruki avec un rictus.

— Oui, Orféo est d'accord pour conclure que les Duroy sont forcément responsables de la mort de son bêta et de la résurrection d'Ecaterina. Pour la première accusation, c'étaient les seuls vampires à traîner dans les parages. Et pour la seconde, c'est ici que résident le plus de sorcières, énonce l'Ancien avec un grand sourire.

Effectivement, cette situation est risible.

— À ce propos, avez-vous retrouvé des traces de Demetriu ?

Ma question assombrit leur mine. Pourtant, cette sangsue Vircolac présente sur notre territoire sans y avoir été invitée, il va bien falloir s'y intéresser.

— Aucune ! tranche Léo.

Je réfléchis à tous ces éléments.

— Ce sont les De Luna et les Vircolac qui semblent les plus concernés par cette histoire... Et les Danois, comment se comportent-ils ?

— Ils ne se plaignent pas, ne paraissent pas avoir véritablement d'informations... Ils sont pressés de rentrer chez eux ou de découvrir ce qui va survenir maintenant... Ce n'est pas très clair, avoue Léo, perplexe.

8 – Tiago

J'attends Radu de pied ferme. Sans demander l'autorisation à l'Alpha Vircolac, les Duroy vont m'amener le père d'Horia. Je me permets ce privilège à titre de dédommagement. Je dois bien passer à l'action pour démêler toute cette histoire. Si les Vircolac sont de bonne foi, Liviu me pardonnera au nom de la paix retrouvée. Il me doit bien ça au vu de ses méfaits.

Je ronge mon frein en observant la Dalle. Cette dernière palpite d'une fréquence sourde depuis le rituel. Je ne reconnais pas tout à fait son champ électromagnétique. Toutefois, elle m'appelle toujours autant et je dirais même que maintenant, notre autel me réclame avec plus d'exigence.

J'en suis fasciné.

Versipalis et Irmo doivent également s'adapter dans la façon de communiquer avec notre pierre ancestrale. L'échange d'énergie est toujours aussi puissant, mais il en est presque oppressant, alors que ce partage nous était totalement naturel.

Un « Gardiens ! » impérieux s'échappe encore. Il est muet pour tous, sauf pour les Warous. Mes poils se hérissent sous l'urgence que je ressens. Pourtant, je n'en comprends pas les raisons.

Est-ce le retour d'Ecaterina et des sorcières de sang qui a déclenché cet appel pressant ?

La Dalle ne nous a jamais interpellés de la sorte, à requérir ainsi notre présence auprès d'elle. Ces appels incessants ont commencé lors du rituel au contact de la présence d'Ecaterina. En conséquence, j'ai organisé des factions qui tournent dans l'hémicycle, des fois qu'elle réapparaisse.

Heureusement que nous n'avons plus nos invités à surveiller.

Je marmonne mon ras-le-bol dans ma barbe. Je lève les yeux au ciel, cherchant des réponses dans cette immense obscurité.

Même pas une étoile filante.

Rien !
Aucun signe pour me rassurer.

Enfin, les Duroy arrivent et descendent l'escalier avec Radu pour me rejoindre. Je n'aime pas trop le rictus insolent de ce dernier. Je suis sûr qu'il nous cache quelque chose.

Aurait-il pu fomenter un plan dans le dos de son Alpha ?
Aucun élément ne le prouve pour l'instant !

Je me cramponne à mon calme afin qu'il ne se fasse pas la malle. Mon loup demeure excité. Il a soif de combat, et plus encore chaque fois qu'un « Gardiens ! » s'élève de la Dalle. C'est comme si cette fonction venait de se réveiller en nous.

— Assieds-toi ! exige posément Teruki en appuyant sur l'épaule de Radu.

Le bêta s'exécute à contrecœur et lève le visage pour m'observer. Je demeure campé sur mes jambes, face à lui, bras croisés sur la poitrine. Je le jauge. Je tente d'identifier la fréquence dont a hérité Horia et qui résonne avec la mienne. Je ferme à moitié les paupières pour effacer ce sourire narquois et me concentrer sur l'invisible. Mon loup grogne. Cet âne bâté désire seulement lui percer la peau, voire lui arracher la tête.

Patience...

J'ignore ma bête, et c'est facile finalement.

J'ai beau évaluer le champ électromagnétique de Radu, je ne reconnais rien qui pourrait faire écho à Horia. Non, absolument rien. Je comprends que Liviu n'ait pas de lien de meute avec la descendante de son bêta, Horia est si différente.

Radu est-il vraiment le père d'Horia ?

Nous nous sommes focalisés sur sa mère décédée, mais peut-être que c'est ce soi-disant père qui ne l'est pas.

— As-tu trouvé une solution pour me rendre ma fille ?

Je cille. Il a raison, la meilleure des défenses est l'attaque.

— On y travaille, je grogne.

Il s'assombrit.

— Mensonge !

Je montre les crocs et menace de le mordre pour lui rappeler qui domine ici. Sous le coup de la surprise, il se ratatine, mais se ressaisit vite.

Hum... Il ne va pas se laisser impressionner facilement.

— Que peux-tu me dire sur la naissance d'Horia ?

Il baisse la tête et semble réfléchir.

Je le secoue pour lui montrer mon impatience et ma détermination à découvrir la vérité. Je ne tiens pas à ce qu'il cogite trop longtemps.

— Il n'y a pas grand-chose à en dire, fait-il, songeur. Horia était un trop gros bébé. Cette nuit-là, une terrible tempête sévissait, nous étions isolés. La naissance a mal tourné. J'ai fait ce que j'ai pu... Je n'ai malheureusement pas pu sauver ma compagne.

Tout à coup, ses yeux s'embuent de larmes et il soupire.

— Je me suis retrouvé seul avec ce nourrisson qui m'avait enlevé l'amour de ma vie.

Je déglutis devant cet horrible événement. Maintenant que j'ai Horia, je n'imagine pas qu'elle puisse disparaître de la sorte.

— C'est sûr, je n'ai pas été un bon père, lâche Radu. Horia a les mêmes iris que sa mère. C'est une véritable torture de la regarder sans lui en vouloir.

Quand il baisse la tête, je suis triste de son malheur.

Pour autant, je dois lui soutirer des informations. Dans toute cette histoire, trop de choses ne sont pas claires, comme la dysmorphie lupine de sa fille.

— Pourquoi Horia n'a-t-elle jamais retourné sa peau ?

Radu ricane nerveusement.

— Crois-moi, j'ai essayé par tous les moyens... Faut bien avouer qu'elle a de multiples tares, cette petite demeurée.

Mes poils se hérissent et mon loup rugit d'entendre parler ainsi de notre bien-aimée. Mon bras part plus vite que je ne le réalise. Le dos de ma main gifle la joue du bêta. Mon coup est si violent que sa tête vrille en arrière. Le cerclage autour de son cou érafle sa peau et le sang perle.

Je prends une grande goulée d'air pour me calmer.

Je ne dois pas le tuer...

Pas maintenant !

Radu serre les mâchoires. Dans d'autres circonstances, il me sauterait dessus pour tenter de me mettre une bonne raclée, je le vois bien à son œil torve. Teruki le tient en arrière. La tête du métamorphe est coincée dans les bras de la vampire. Encore un mot de travers et le loup perd la boule définitivement.

— Peut-être regrettes-tu d'avoir engrossé une louve qui n'en a pas toutes les capacités !

À la vérité, je n'ai aucun regret. Je ne maîtrise pas ce qui m'arrive avec Horia. Je me sentais complet en sa présence comme jamais je ne l'avais ressenti auparavant. Me l'enlever maintenant est bien cruel.

— Et Ecaterina ? je demande.

— Quoi Ecaterina ?! Cette vieille sorcière n'en fait qu'à sa tête ! Ce ne serait pas étonnant qu'elle ait comploté contre nous. Elle a joué sur tous les plans, cette saleté.

Je cligne soudain des paupières. J'entrevois de l'admiration quand il évoque la démone. Radu devine mon brusque intérêt et sa mine s'assombrit.

— Ma fille n'est pas digne d'un Alpha, Tiago ! Cette moins que rien ne répand que le malheur autour d'elle !

Ma colère jaillit. Mes griffes et mes crocs sortent pour venger cette fille qu'il ne méritait pas.

— Je le remmène, siffle Teruki.

Avant que je n'aie le temps de le réaliser, mes Warous se mettent en rempart devant moi, et les Duroy emmènent ce maraud qui disparaît rapidement.

Je grogne de plus belle autour de ma Dalle, la regardant d'un mauvais œil. Elle aussi m'a joué un tour désastreux, alors qu'elle est la gardienne de la magie de notre meute depuis la nuit des temps.

Soudain, notre autel tremble. Les secousses montent de la terre.

— Reculez !

Mon ordre claque et mes Warous s'exécutent.

9 – Horia

— Il me faut trouver un nouveau plan ! annonce Ecaterina, désabusée.

Nous sommes toujours dans ce territoire marécageux. Ici, tout est gris. C'est comme si les couleurs n'existaient plus. La désolation se répercute jusque dans la météo. Les nuages sont si lourds d'humidité que l'air est poisseux. Même le vent en cet instant est stoppé par cette brume glaciale.

Je tremble de froid, mais probablement de peur également.

Ecaterina nous a trouvé une cabane, comme elle dit.

En fait, ce ne sont que quelques troncs d'arbres morts enfoncés dans la terre et se rejoignant dans un sommet branlant. Pour un abri de fortune, c'est plus que précaire. Assises l'une à côté de l'autre, nous devons former une étrange équipe.

Autour de nous, il n'y a personne : ni créatures, ni âme qui vive. Enfin, hormis celles qui résident dans les eaux sombres et provoquent quelques bulles et remous. Heureusement, nous en sommes loin maintenant.

Quelques arbres s'élancent, çà et là, tous noirs, tous morts. Même l'herbe spongieuse n'est plus verte. Seule cette végétation semble capable de s'étendre.

Soudain, un souffle retentit à deux mètres de moi. Je sursaute.

Une flammèche bleutée apparaît, se consume vite et disparaît.

J'observe ce curieux phénomène, terrifiée.

— C'est rien ! Ces âmes d'enfant sont inoffensives...

Des âmes d'enfant ?

J'en suis horrifiée.

La voix d'Ecaterina s'éteint. Elle est totalement absorbée par sa tâche. Je la regarde à peine.

— J'ai bien essayé d'en attraper pour m'en nourrir, mais il est difficile de savoir où ils vont jaillir, ces satanés rejetons. Possible qu'ils cherchent à se venger de tout ce qu'ils ont subi ! Il y en a tant dans ces limbes...

Je fronce les sourcils.

Pauvres enfants.

Je pose la main en guise de protection sur mon ventre. Je ne veux pas que mon bébé termine ainsi.

J'ai beau scruter autour de moi, je ne distingue rien. Parfois, la brume s'allège, dégageant un champ de vision plus important. Je ne discerne que les marécages à perte de vue.

Depuis que je suis ici, je suis gelée.

La sorcière ne semble pas souffrir, elle. Peut-être que sa carcasse ne ressent plus les effets du temps.

Ses ongles, telles des griffes, farfouillent dans la terre à la recherche de nourriture.

— Tu en veux un ?

Ses doigts présentent un vermisseau de plus de dix centimètres devant mon visage. Il se tortille dans tous les sens pour échapper à la démone.

Une poussée acide me remonte dans la gorge.

— Non merci.

— Non ?... Tant pis pour toi.

J'écarquille les yeux pendant qu'elle enfourne la larve dans sa bouche. Je détourne le regard. Ça fait trop longtemps que je n'ai rien mangé et je n'ai plus rien à vomir. Pourtant, les spasmes de mon ventre me torturent.

— Tu dois te nourrir, Horia ! Je ne suis pas prête à avaler ton énergie maintenant.

— Pourquoi ?

Ma question fuse avant que j'y aie réfléchi.

— Cette satanée louve me dérange. Vous n'auriez pas dû être fusionnées toutes les deux. Je vais devoir trouver un moyen de vous séparer !

Ma louve aboie de satisfaction à l'intérieur et Ecaterina balaie dédaigneusement de la main comme si elle voulait l'écarter, tout en continuant à trifouiller dans la terre à la recherche de vers.

— Vous sentez ma louve ? je demande, interdite.

— Bien sûr ! Que je déteste les poilus !

Je papillonne des yeux. Je revois dans mes songes mon père

s'échiner entre ses cuisses pour procréer. Le visage de contentement de la sorcière ne montrait aucune haine.

— Et mon père, l'avez-vous aimé ?

Aussitôt, elle relève la tête et me jauge avec ses obsidiennes démoniaques. Et soudain, elle rit comme une démente.

— Ne sois pas bête. Il n'y a eu aucune histoire d'amour avec ton père. Seuls des intérêts personnels nous réunissaient.

Ces traîtres me débectent.

— Lesquels ?

J'ai besoin d'en apprendre davantage. Plus je comprendrai et plus je reprendrai l'avantage sur ma déplorable situation. Enfin, c'est ce que je souhaite.

Mais la vieille bique décharnée reste muette et se concentre à nouveau sur sa chasse aux asticots.

Je souffle de désespoir. Mon ventre se crispe de faim. Ça me rappelle que je vis, et si je désire que ça dure, je vais devoir trouver des solutions.

— Où puis-je trouver à manger ?

Un haussement d'épaules d'Ecaterina me répond.

Je me lève, j'ai besoin de m'éloigner.

— Je vais voir si je déniche quelque chose !

Mes mots se perdent dans un murmure.

— C'est ça, mais ne t'approche pas de l'eau si tu ne veux pas te transformer en gibier !

Ecaterina ne semble pas craindre que je fuie. C'est curieux.

— Je te retrouverai, dit-elle, sereine.

— Comment ? On ne discerne rien ici !

Nouveau ricanement de foldingue.

— Tu brilles comme un phare dans la nuit avec ce petit dans ton giron. Tu vas nous attirer des ennuis si je ne trouve pas rapidement une solution, maugrée-t-elle.

Pourtant, elle ne paraît pas plus inquiète que ça.

J'observe autour de moi, puis je décide de prendre une direction. Ma seule exigence : demeurer loin de l'eau. En vérité, ce n'est pas de la nourriture que je vais chercher, mais une porte pour foutre le camp d'ici. Si je suis tombée dans cet enfer, il doit bien y avoir un moyen d'en ressortir !

J'avance doucement en faisant bien attention de regarder où je pose les pieds.

Ma louve couine dans mon esprit. Elle désire prendre la main. Ma folle adoratrice requiert de rejoindre le loup de Tiago, son amour. Rien d'autre ne compte pour elle. C'est une véritable obsédée.

— Bien sûr que je veux le retrouver moi aussi !

Elle grogne plus fort, exigeant que je retourne ma peau pour prendre les commandes. Elle attire mon attention sur son museau. Je hausse les épaules. Évidemment qu'elle a plus d'odorat que moi...

— C'est trop dangereux ici. On va se faire bouffer.

Je crains cette première transformation. Normalement, nous avons un métamorphe expérimenté pour nous guider. Mais ici, dans les limbes, nous courons de grands dangers.

Soudain, un tremblement me saisit. Je stoppe net ma progression. Je réalise que ce mouvement vient de sous mes pieds. Je baisse le regard, scrute...

Rien...

Il ne se passe plus rien !

Est-ce qu'un monstre va sortir de terre pour m'engloutir ?

Ce serait bien ma veine.

Aussitôt, un coup de vent se transforme en bourrasque.

Ça tourne autour de moi. Je vacille sous la force du courant d'air. Le blizzard cingle ma peau, et mes bras montent en guise de protection. C'est une vraie tornade qui s'est formée et je me retrouve prisonnière en son cœur. Le sol se met à nouveau à s'agiter sous mes pieds. La terreur me saisit. Mon corps est trop chahuté et risque de se briser sous ces torsions inhumaines qui me sont imposées.

J'aimerais crier, appeler à l'aide. Quand je réalise qu'aucun son ne sort de ma bouche béante, les larmes envahissent mes yeux.

L'heure de ma mort est déjà là !

Mes jambes se dérobent et je tombe dans les ténèbres.

10 – Horia

Soudain, Tiago apparaît sous mes yeux. Il me surplombe de toute sa stature, effaré de me découvrir devant lui. Je tente de me redresser, mais je n'y parviens pas. Mes jambes vacillantes manquent de me faire tomber. Je suis si petite face à cet Alpha.

Que se passe-t-il ?

Je gémis d'inconfort et un couinement retentit à mes oreilles. La terreur me donne un coup de sang. Je scrute autour de moi. Tiago, les Warous, la Dalle, la clairière, dont les arbres endommagés ont triste mine.

Une odeur de forêt jaillit comme jamais dans mes narines.

Par réflexe, je pose ma main sur mon nez, ne comprenant pas les raisons de tout ce parfum que je perçois.

Et là, c'est l'horreur !

Des coussinets entrent en contact avec mon nez...

Euh, ma truffe !

J'observe ma patte pleine de poils, la remuant dans tous les sens. Ma tête passe entre mes jambes. J'en ai quatre, maintenant, et une queue touffue qui s'allonge derrière et balaie de contentement.

Oui, car je suis joie, soudain.

J'ai retourné ma peau, enfin !

— Horia ? demande Tiago.

Je ne saisis pas ce qu'il demande. Je comprends juste à l'intonation que c'est une question. Ses Warous, en posture de combat, sont prêts à m'éliminer au moindre danger. Alors, je me ratatine aux pieds de cet Alpha pour montrer ma soumission. Je ne désire pas mourir, maintenant que j'ai réussi à le rejoindre.

Je glapis. J'aimerais tant leur dire que c'est moi !

Tiago est face à moi, les yeux fermés. Il m'évalue. Je me tais pour ne pas le perturber. Ma langue lèche ma patte et ça me réconforte instantanément.

— C'est bien toi, Horia, répond-il aussitôt avec assurance.

Lorsque sa paume se pose tendrement sur ma tête, je suis aux anges. Ma folle adoratrice est à son comble. Notre queue s'agite, et tout à coup, le bonheur nous submerge. Si fort que nous devons réaliser un effort pour ne pas faire pipi sur place.

Notre crâne épouse parfaitement sa main chaude. Cette dernière se fait lourde. Ce contact est si bon que nous nous levons et fonçons sur Tiago. Un barrage cède en nous. Littéralement, nous lui sautons dessus. Enfin, ça, c'est ce que nous aimerions faire. Nous trébuchons, emmêlant nos pattes.

Quelle maladroite !

Nous gémissons d'inconfort, mélange de frustration totale et de béatitude inouïe.

Nous avons finalement réussi !

Nous ne sommes pas des bonnes à rien !

En cet instant, nous ne rêvons que d'une chose : couvrir cet homme-loup de baisers pour fêter nos retrouvailles.

Nos membres avant posés sur ses épaules, nous léchons savoureusement sa peau. Il a si bon goût. Tiago éclate de rire et détourne notre museau.

Mais nous insistons. Nous en voulons plus. La folle adoratrice, c'est nous.

Je suis autant amoureuse de cet Alpha que ma louve. Je n'avais pas conscience que je l'étais à ce point. Il s'est passé tant de choses et j'ai si peu confiance en moi. Je crois que j'étais dans un déni total de tout ce qui existait à l'intérieur de moi, uniquement pour survivre. Cette connexion avec ma partie animale me dévoile tous nos sentiments.

Folle de joie, j'adorerais lui crier cet amour comme je n'ai pas encore osé le faire. Les paroles débordent de notre gueule, nous ne maîtrisons plus rien, mais ce ne sont que des couinements incohérents qui sortent. Ma louve, elle, n'a aucun complexe, même si ses mots restent coincés en nous.

Alors, je bondis de plus belle sur notre amour.

— Oui, oui, Horia, je vois que tu es très contente, mais je ne comprends rien de ce que tu racontes !

Ses paroles sont douces à nos oreilles, tout comme ses mains fourrageant dans nos poils, sur tout notre corps maintenant. Nous nous approprions ces nouveaux repères.

Les sourcils de Tiago se froncent, son visage s'assombrit.
Tout à coup, je panique, redoutant le pire.
— Pourquoi je n'entends pas tes pensées ? demande Tiago comme pour lui-même.
Que se passe-t-il encore ?
— On reconnaît ce champ électromagnétique que vous partagez tous les deux, pourtant, affirme Versipalis tout aussi inquiet.
Nous couinons de déplaisir et gambergeons sur nos pattes mal assurées.
Brusquement, un loup apparaît face à moi. Il paraît énorme. Aussitôt, nous reculons, la queue entre les jambes, et nous baissons la tête. L'animal glapit de fermeté et nous relevons le regard.
C'est Marko, le bêta de Tiago !
Il nous observe d'une drôle de façon, puis nous hume. Nos quatre pattes se replient. Ses pupilles se font hypnotiques. Pour autant, nous ne saisissons pas trop ce qu'il souhaite. Ma louve couine d'incompréhension à l'intérieur, et à l'extérieur dorénavant.
Que c'est bizarre !
— Pas de communication possible ! conclut Tiago, également démuni.
Aussitôt, ses vêtements tombent et son loup majestueux est là, devant nous. Je n'en reviens pas, nous sommes sous la même forme.
Et alors, nous prenons conscience que nous avons un beau gabarit. Nous sommes presque aussi grandes que notre mâle. La folie s'empare de nous, et à nouveau, nous bondissons sur lui.
Joueurs, nous enchaînons les roulés-boulés sous les rires heureux des Warous.
J'ignore combien de temps cette effusion de bonheur dure, mais lorsque Tiago nous repousse, nous ne savons qu'une chose : nous n'en avons pas eu assez.
Nous l'admirons, langue pendante. Tout comme chez Marko tout à l'heure, ses iris d'ambre deviennent magnétiques. Cet Alpha désire nous passer un message. La frustration nous envahit à nouveau. Alors, nous nous en désintéressons et recommençons de tendres caresses. Nos deux corps se frottent l'un contre l'autre. Nos poils se mêlent. Nous nous humons, nous enivrant de nos parfums. La magie exacerbe tout. Nous nous reconnaissons, nous sommes UN avec cet Alpha. Cela nous remplit de bonheur et chasse notre insatisfaction de ne pas réussir à

nous comprendre, car NOUS, c'est au-delà des mots.

Qu'est-ce que ça peut faire que nous ne puissions pas communiquer ?
Tout simplement, nous sommes bien.

Et même, nous sommes mieux que nous ne l'avons jamais été.

Combien de temps passons-nous à nous frotter, nous marquer ?

Nos mouvements ont ralenti et nous nous sommes couchés l'un contre l'autre, nos têtes se sont jointes tout naturellement.

Quand nous levons une paupière, nous apercevons à peine les Warous. Ils nous ont laissé de la place. Ils sont un peu plus loin à veiller qu'aucune malédiction ne réapparaisse.

Brusquement, notre ventre grogne de mécontentement, nous rappelant qu'il est vide et que nous devons nous nourrir.

Nous nous redressons sur nos pattes et jappons en regardant Tiago pour lui signifier que nous avons faim !

Malheureusement, il ne comprend rien !

11 – Tiago

Je n'en crois pas mes yeux.

Horia est là, sublime. Son pelage brille sous la lune dans ce magnifique mélange de blanc et de gris.

Elle est revenue, et sous sa forme lupine !

Je suis si heureux.

Tout va s'arranger maintenant !

Ma compagne n'est plus monomorphe. Nous allons pouvoir aller de l'avant, faire le rituel d'accouplement aux yeux de tous et nous ériger à la tête des Warous à deux, jusqu'à la fin de notre vie, jusqu'à ce que notre descendance soit apte à prendre la relève et perpétuer nos traditions, notre place dans notre monde.

J'en suis si soulagé. Mon loup en bave de contentement et je le comprends tellement. Nos cellules frétillent et forment un bain fusionnel avec celles d'Horia.

Cet instant d'étreinte animale m'a réconforté, mais je vois bien maintenant que ma louve n'est pas satisfaite. Elle a un besoin à combler. Je le devine à sa requête impérieuse.

Que veut-elle ?

Je la scrute pour saisir comment je peux l'aider. Je dois bien avouer que sentir notre petit qui pousse dans son giron me détourne de toute raison. Ma compagne et notre descendance vont bien. Tout est pour le mieux. Alors, j'ai du mal à me concentrer sur le regard incertain d'Horia.

Un grognement insistant me déconnecte de tout ce bonheur, me ramenant à l'instant présent.

Notre signature de champ électromagnétique est toujours identique. C'est si reposant d'avoir une aura si grande. Tout paraît facile dorénavant. Et pourtant, je ne discerne pas les pensées d'Horia, tout comme elle ne capte pas les miennes. Et ça, ce n'est absolument pas normal.

Nous émettons sur la même fréquence. Je perçois le cœur d'Horia, ses émotions.

Pourquoi pas ses pensées ?

Est-ce parce qu'elle ne fait pas partie officiellement des Warous ?

Malheureusement, je soupçonne des choses bien plus graves.

Je cille et soudain, j'entends le grognement du ventre de ma compagne.

Elle a faim !

J'acquiesce pour lui montrer que j'ai saisi. Son couinement de soulagement m'attendrit. Pourtant, elle patiente. Je réalise tout à coup qu'elle concrétise enfin son entrée chez les lupins. Sa maladresse est touchante et accroît mon envie de tout lui donner.

Alors, je l'invite à prendre le chemin de mon chalet. Elle s'exécute et me suit, montant les marches de l'hémicycle. C'est tellement bon de la sentir dans mes jambes, si pressante. Sa gaucherie me fait ricaner intérieurement. Soudain, elle me pince les fesses. Sa réaction me remplit de satisfaction, car Horia capte mes sentiments. D'un coup de tête, je la rassure de ma sincérité. D'un coup de langue sur le museau, je la rassérène, exprimant tout l'amour que je lui voue. Et elle me bondit dessus pour partager ce moment d'émerveillement.

Tout est si beau soudain.

Nous dévalons trois marches à force de pirouettes, lorsque ma compagne s'arrête, me rappelant l'urgence de son estomac. Nous repartons de plus belle, heureux. Sauf que brusquement Horia stoppe son avancée. La désolation l'envahit et submerge tout le bonheur que je ressentais. C'est comme un tsunami qui me ravage et ne laisse que la dévastation sur son passage.

Les pattes d'Horia tremblent à nouveau. Je vois bien l'effort qu'elle réalise pour avancer. Mais elle n'y parvient pas !

Que se passe-t-il ?

Je la contourne et la pousse de ma tête pour l'aider. Toutefois, il n'y a rien à faire. Horia commence à vaciller.

— Elle doit retourner à la Dalle ! énonce aussitôt Versipalis, empli d'anxiété.

Je papillonne des paupières, interdit.

Mais pourquoi ?!

— Vite ! exige mon mage.

Horia commence à respirer difficilement. Ses cellules bouillonnent anormalement. Alors, au lieu de l'inciter à avancer, je la fais maintenant reculer pour redescendre les marches et la rapprocher de notre autel.

Je me sens si misérable brusquement. Ce bonheur n'était qu'une usurpation.

Je grogne de mécontentement contre la Terre entière, contre Ecaterina.

Cette vieille sorcière y est forcément pour quelque chose !

Je dois tout de même résoudre ce problème de faim. Peut-être que tout est lié au final.

Si seulement !

« Marko, apporte de la viande crue ! »

Mon bêta remonte l'hémicycle à toute vitesse et je sais qu'il reviendra avec ce qu'il faut. En attendant, plus nous descendons et mieux Horia respire. Plus nous nous approchons de la Dalle et plus son énergie grimpe en puissance. Ça me rassure, bien sûr. Malgré tout, j'en suis tourmenté. Je pressens des problèmes à venir, même si je n'en connais pas encore la nature. Une vérité se faufile dans mon esprit : ce bonheur que nous avons touché du doigt, il n'est pas pour maintenant.

Une larme s'écoule du coin de l'œil de ma compagne, renforçant ma tristesse. Seulement, nous n'avons pas le temps de nous appesantir qu'un plat de viande fraîche est posé devant ma belle. Je remercie Marko d'un hochement de tête. Horia renifle son repas, indécise. Probablement qu'elle n'a jamais mangé cru sous forme humaine. Cependant, sa partie animale n'acceptera pas autre chose. Et soudain, elle se jette sur sa nourriture. Je m'assieds, émerveillé par l'engouement qui l'inonde de pouvoir enfin manger.

— Tiago, Horia va devoir s'installer près de la Dalle. Elle ne peut pas sortir de l'hémicycle, annonce Versipalis, à regret.

Je me lamente. Un long soupir de frustration s'échappe de ma poitrine.

Nous allons trouver une solution.

« Peut-être qu'elle peut s'éloigner sous forme humaine ? »

Ma proposition laisse mon mage sceptique.

— J'en doute, répond-il.

— Dois-je organiser votre déménagement et des factions supplémentaires, Alpha, pour vous accueillir ici ? suggère Falko.

J'acquiesce en direction de mon second bêta. Si Horia ne peut sortir d'ici, je m'y installerai, le temps de résoudre cette difficulté.

Les ordres commencent à fuser autour de nous. J'en suis soulagé.

Ma compagne lèche les bords du plat, repue. Une certaine satisfaction m'envahit et je me frotte encore une fois à elle, son corps chaud m'emplissant de son parfum de pivoine.

J'aimerais qu'elle reprenne forme humaine maintenant. Alors, pour lui montrer l'exemple, je me transforme à nouveau. Horia me contemple, admirative. Je tends la main pour l'inviter à faire de même.

Elle saisit !

J'en souris.

Enfin, nous allons avancer. Sauf que ma joie part bien vite lorsque j'aperçois les tremblements sur tout son corps, puis les suffocations qui reviennent.

Mon cœur palpite devant tant de souffrance et aussitôt, je pose ma paume sur son crâne pour l'apaiser.

— Non, Horia, reste sous ta forme lupine.

Ses yeux larmoyants débordent de tristesse.

Lorsque ma main passe au travers de ma compagne, je blêmis. Horia perd de la consistance et devient évanescente. J'en pleurerais, tant je suis choqué d'une telle issue.

— Sur la Dalle, Horia ! somme Versipalis en tapant de la main sur notre autel pour attirer son attention.

J'aimerais tant la pousser à monter, mais je ne peux plus entrer en contact physiquement avec elle. Alors, j'imite Versipalis. Sa magie emplit notre clairière, tout comme sa litanie. Mon pouvoir résonne avec celle de mon chaman. Tous mes Warous nous rejoignent et c'est une belle communion qui s'installe en nous, autour de nous.

Je croyais que toute cette puissance allait redonner de la consistance à ma louve !

Que notre potentiel pouvait nous assurer de tous rester ensemble !

Que la Dalle jouerait en notre faveur !

Mais il n'en est rien !

Soudain, Horia disparaît et je hurle à la mort face à cette nouvelle séparation.

— Elle devait repartir, chuchote Versipalis.

12 – Tiago

Totalement abasourdi et déprimé, je tombe au pied de ma Dalle. Versipalis accompagne de sa magie le retour d'Horia vers une autre contrée, une autre dimension.

Si je pouvais, je l'en empêcherais. Je désire tant la garder à mes côtés. Malheureusement, Horia n'a plus que la consistance d'une brume. Une volute danse au-dessus de notre pierre ancestrale et se dissipe tout en douceur. Mes poings se serrent si fort que j'en ai mal. J'aimerais tant l'empoigner et la conserver auprès de moi pour toujours. La brise s'élève dans la clairière et ma compagne disparaît définitivement.

Va-t-elle revenir ?
Est-elle en sécurité, là où elle est ?

Mon cœur effectue une embardée et ma poitrine se contracte si brusquement que ma respiration se coupe. Malheureux, j'observe Versipalis faire son devoir pour garantir notre magie, notre avenir.

« Gardiens ! » s'échappe de la Dalle et une larme s'écoule sur ma joue.

Cette fonction est une malédiction. Elle pèse comme jamais, telle une montagne sur mes épaules. Je me retiens de ployer. Je ne dois pas flancher.

Il est maintenant indéniable qu'Horia et moi sommes liés à cette foutue pierre ancestrale.

Mais par quelle magie occulte ?

Je l'ignore pour l'instant, mais une chose est sûre : il va falloir découvrir le moyen de se sortir de ce bourbier... Pour notre survie, bien sûr, mais aussi pour notre bonheur. Il ne peut en être autrement.

— Nous trouverons une solution ! annonce Inanna en posant sa main sur mon épaule.

J'acquiesce, uniquement pour lui faire plaisir. En cet instant, je n'y crois pas. Probablement que mes Warous le perçoivent tous ; toutefois, ils se taisent, et au contraire leur champ électromagnétique augmente, m'emplissant de leur espoir, de leur force pour ne pas baisser les bras.

Versipalis termine sa litanie et soupire.

— Où est-elle maintenant ? je demande, anxieux.

— Avec Ecaterina... La sorcière a réussi à s'accrocher à elle. Horia ne pourra pas rester avec nous tant que ce lien ne sera pas brisé...

Mon mage est soucieux. Ses paroles me laissent amer désormais.

— Est-ce que cela signifie que soit nous ramenons Horia avec la démone, soit elles périssent définitivement toutes les deux ?

Ma question à peine posée, je prie pour avoir mal analysé la situation. De ces deux options, aucune n'est préférable. Nous ne devons pas ressusciter la sorcière, tout comme nous ne pouvons pas perdre Horia.

— Tu tires malheureusement les bonnes conclusions, Alpha. Elles sont toutes les deux coincées derrière le voile, mais elles ne sont pas encore dans le monde des morts !

Et le temps presse !

— Nous allons avoir besoin de l'appui des sorcières Duroy, annonce mon mage.

— Elles nous aideront !

De cela, je n'ai aucun doute.

Ce moment volé avec Horia a été si fugace que la nuit nous englobe toujours profondément. Sa noirceur résonne en moi, tout comme l'attraction lunaire. Mon loup est bien tenté d'aller chasser quelque gibier pour nous changer les idées. Un grondement m'échappe et ma poitrine vibre.

Pas pour l'instant, allons voir si les sorcières sont disponibles !

Mon âne bâté couine de frustration.

— Marko, Versipalis, allons au château ! Inanna, Falko, veillez à notre sécurité. Les sentinelles Duroy sont en place. Organisez les tours pour les renforcer.

Tous acquiescent, prêts à agir.

Versipalis pivote vers son fils. Je me doute qu'il a des consignes à lui donner avant de quitter l'hémicycle.

— Irmo, reste auprès de la Dalle et recueille-toi. Notre artefact demeurera en communion avec toi, et par défaut avec moi. Je serai alerté au moindre changement.

Le futur chaman salue son père et prend position pendant que nous nous dirigeons vers nos alliés. Mes deux émissaires m'encadrent. J'avoue que je ne discerne qu'une chose : le vert de ma forêt. Cette couleur si caractéristique qui emplit les prunelles d'Horia. Même s'il fait nuit, j'y vois comme en plein jour et ces émeraudes me hantent et m'obsèdent à la fois.

Quand allons-nous retrouver Horia ?

Je me doute que nous n'avons pas un temps illimité pour la ramener. Ma compagne, comme notre enfant à naître, pourrait en pâtir.

Mes pas sont si lourds. C'est comme si je traînais toute la misère du monde avec moi.

— Les sorcières vont nous aider, Tiago, annonce Versipalis pour me rasséréner. Ismérie et surtout Teruki sont si fortes et leurs pouvoirs sont compatibles avec le nôtre…

Ma bouche se pince. Non pas que je ne le crois pas. J'en suis parfaitement convaincu.

— Mais elles n'ont aucune connaissance des sorcières de sang !

Ces créatures, nous ignorons tout d'elles. Preuve est faite qu'elles sont particulièrement démoniaques.

— Tu as tout à fait raison. N'oublie pas, jeune loup, qu'à nous tous, nous avons éliminé Ecaterina et anéanti les Vircolac.

C'est vrai.

Mais à quel prix ?!

Mes yeux s'embuent de larmes à l'idée de tout ce que je pourrais perdre encore. Les liens de mes deux Warous enflent, m'emplissant d'espoir. Je prends une grande inspiration et me ressaisis. Je dois rester optimiste.

— Nous trouverons des solutions, Alpha !

Dans le ton déterminé de Marko ne transparaît aucun doute.

Je me redresse, tout naturellement. Mes pouvoirs d'Alpha ronflent en moi, appelant toute la puissance de ce que nous sommes.

Ils ont raison. D'une manière ou d'une autre, nous vaincrons.

C'est sur cette conviction que nous arrivons aux portes du château des Duroy.

Maxence est là pour nous accueillir.

— Venez vite ! exige-t-il.

Je l'observe, perplexe.

— Comment as-tu su que nous étions en chemin ?

Ma question le fait sourire.

— Nos drones sont postés partout dans la forêt. Kanine a trouvé des versions « moineaux guetteurs » comme il les appelle, extrêmement performants et silencieux. Ces petits sont vraiment surprenants, avoue-t-il en se frottant le menton.

Malgré leur âge avancé, nos chers vampires continuent d'évoluer avec la technologie aussi rapidement que les humains qui la mettent en pratique. D'ailleurs, en plus de son atelier de sculpture, il se passionne d'électronique pour assouvir sa fascination.

— Nous venions pour rencontrer Ismérie ou Teruki. Un événement surprenant est survenu.

Maxence tique.

— Les moineaux guetteurs nous ont prévenus de ce qui s'est passé à la Dalle. Malheureusement, les sorcières sont dans les bras de Morphée.

Une crampe dans la poitrine me saisit. Mon palpitant se serre si fort à l'idée d'avoir entrevu Horia et d'avoir dû la laisser repartir si vite. Je me rembrunis devant ce drôle de métabolisme de pacotille qui les habite.

— Mais elles seront prévenues à leur réveil. Ne t'inquiète pas, Tiago, nos sorcières trouveront une solution.

Sa main se pose naturellement sur mon bras pour me réconforter. J'opine du chef.

— Je n'en doute pas. Que souhaitais-tu nous dire, alors ?

Les sourcils de Maxence se resserrent sous la contrariété.

Que se passe-t-il encore ?

— Nilsa... commence-t-il.

Mais rapidement, il se tait, empli d'une intense réflexion.

— Eh bien, que veut-elle ? j'insiste, n'y tenant plus.

Il sursaute sous mon ton affirmé.

Quel complot les Danois ont-ils fomenté ?

Je me disais bien que le comportement de Nilsa n'était pas cohérent et qu'elle cachait quelque chose.

— Nilsa désire te voir... Elle a des révélations à te faire, mais seulement à toi. Elle n'a rien voulu nous dévoiler.

Je souffle d'exaspération.

Ils m'usent tous avec leurs exigences. Je ne pensais pas tomber dans un capharnaüm pareil, alors que je souhaitais simplement trouver une compagne et une alliance.

— Allons-y, dis-je malgré moi en imaginant le pire.

13 – Horia

La descente aux enfers est rude.

Je tombe à nouveau dans ce marécage, m'éclaboussant toute seule dans une gerbe pestilentielle.

Assise, aussitôt j'examine mes paumes, mes doigts... Je suis de nouveau sous forme humaine. Mes poumons se remplissent d'air et ce soufre ignoble pénètre mes narines, malmenant mon estomac, ravivant les nausées. Un haut-le-cœur me saisit et ma main cramponne mon ventre comme pour l'apaiser, lui intimant de conserver son contenu.

Ici, il n'y a rien à manger pour nous.

Ma folle adoratrice aboie pour confirmer.

Je tente de respirer normalement. Néanmoins, j'avoue que ce mélange pestilentiel dans lequel se mêle maintenant la pourriture est très difficile à ignorer.

Soudain, un remous au loin m'alerte. Cette vague qui fonce sur moi ne me dit rien qui vaille. Elle progresse avec lenteur, mais sa direction ne fait aucun doute. Mon corps se tend sous la terreur et je me retrouve sur mes deux pieds. La boue pénètre entre mes orteils, me happant plus profondément.

— Bouge-toi un peu, tête de linotte ! ordonne la démone qui m'a enfantée.

Ecaterina patiente difficilement sur la berge. Ses mains sur ses hanches et sa mine renfrognée montrent sa contrariété.

Je tente de m'extirper comme je peux de ces marécages. Mes pas sont ralentis. Je manque de basculer au moindre mouvement, perdant l'équilibre.

— Argg... Pas question qu'il te bouffe, j'ai trop besoin de toi.

La vague fonce toujours sur moi. Au moment où mon pied se pose sur le rivage, un membre visqueux m'agrippe par le bras et tire fort. Ce contact est aussi horrible que douloureux. Sa main est froide comme la mort. Je prends sur moi pour ne pas reculer. Retomber dans le marécage ne serait pas une meilleure option. Ma gorge se serre pendant que la sorcière puise dans mon énergie.

Derrière moi, l'eau jaillit brusquement et replonge déjà dans un fracas tonitruant. Je n'ose me retourner. Je cille, mettant les deux pieds sur le rivage, priant pour être à l'abri. Ma tête rentre dans mes épaules comme pour se raccourcir.

Est-ce que ce sera suffisant ?

Ma louve aboie comme une furie pour faire reculer ce prédateur.

Ma tête tourne sous cette énergie qui me fuit à grandes gorgées.

La sorcière est insatiable. Lorsque je lève les yeux, ses iris incandescents brillent de mille feux. Sa bouche décharnée prend un pli perfide. Ecaterina dans toute sa splendide cruauté. Jamais personne ne l'a aussi bien portée qu'elle.

Je suffoque.

Contre qui va se tourner sa malveillance ?

Le monstre...

Ou moi ?

Un arc électrique s'élève dans le ciel, traversant les brumes de l'enfer, frappant durement sa proie.

Je clos les paupières. Une telle énergie libérée si soudainement va faire mal, très mal, et même peut-être détruire plusieurs créatures, moi y compris.

Un hurlement de douleur me crève les tympans.

Par réflexe, je me retourne, la démone toujours accrochée à moi.

Un ver géant, une bouche béante pleine de dents acérées, me fait face. J'en suis horrifiée.

Avec une taille pareille, comment a-t-il pu nager dans si peu de profondeur ?

Le monstre bascule en arrière dans un rugissement de souffrance mêlé de colère, nous éclaboussant quand il s'enfonce dans l'eau épaisse et marron.

— Il... Il est mort ?

Mon bégaiement me surprend moi-même.

— Penses-tu ! Ces bestioles sont coriaces !

Elle maugrée et me lâche à regret. Aussitôt, ma gorge se desserre et je peux respirer. La fatigue me saisit brusquement. Elle n'y est pas allée de main morte pour écarter ce rapace.

— Comment a-t-il fait pour venir jusqu'ici ?

— Il nage dans la boue marécageuse. Sa force lui permet de se faufiler... Éloignons-nous d'ici !

Dans un premier temps, je ne bouge pas. La mégère se retourne, mauvaise.

— Tu as rencard avec la Faucheuse ?! Demeurer si proche de l'eau ruinera toutes tes chances de retrouver ton amoureux.

La rage court dans mes veines. La sorcière ne me laissera jamais vivre avec Tiago. Elle m'anéantira dès qu'elle aura trouvé une solution pour repasser de l'autre côté du voile. Son air devient plus mauvais encore. Elle est satisfaite de me tourmenter.

— As-tu vu que ce monstre avait de la végétation sur la tête ? Il reste à fleur d'eau, faisant miroiter son îlot. C'est un piège très sûr pour attirer ses proies. Ces dernières ne sont pas nombreuses dans le coin... et il t'a repérée.

Mes sourcils se froncent sous ma concentration. Seules ses multiples rangées de dents aiguisées m'ont clouée sur place. Je recherche dans mes méninges bouleversées quelque chose que mon cerveau aurait capté, et ressemblant à ce que décrit la sorcière. Avec effarement, de la végétation et de hautes herbes dépassant de son crâne apparaissent très clairement dans mon esprit.

La démone a raison !

J'inspire une grande goulée d'air pour calmer mon cœur qui tambourine dans ma poitrine. À ce rythme, je vais faire une crise cardiaque. Or, je dois survivre. Il ne peut en être autrement. J'ai un but maintenant. Je porte un enfant et l'amour de ma vie m'attend.

Alors, de dépit, je la suis à contrecœur, car je ne discerne pas d'autre option pour l'instant.

— As-tu mangé ? demande-t-elle.

Elle me jauge sournoisement. Évidemment, elle ne s'inquiète pas pour ma petite personne. La sorcière ne voit que ses intérêts.

Ma folle adoratrice grogne furieusement contre celle qui a provoqué tous nos malheurs.

— Oh ! Fais taire ton sale cabot ! Je t'entends, dit-elle en empoignant mon menton pour plonger son regard à nouveau terne au plus profond de moi.

Je me dégage aussitôt, folle de rage.

Une énergie incroyable est remontée du tréfonds de mes entrailles.

Ma louve, mon bébé, je les protégerai bec et ongles.

Pas question qu'elle leur fasse du mal !

Je suis la première surprise par cette réaction. Je sursaute sous l'affront dont je suis capable. Ma louve grogne de plus belle. Avec ma coéquipière, nous sommes fortes. Nous avons survécu toutes ces années. Nous n'avons pas dit notre dernier mot.

— Tu te rebiffes, ma fille ? demande-t-elle méchamment.

Je cille pour lui montrer que je ne lui faciliterai pas la tâche.

— Intéressant ! conclut-elle en penchant la tête sur le côté.

Et alors, je découvre une certaine fierté dans son regard. J'en suis ébranlée. Jamais personne ne m'a observée ainsi.

Soudain, je réalise qu'Ecaterina me cache quelque chose, mais quoi ?!

14 – Tiago

Mes doigts triturent machinalement mes rouflaquettes pendant que Maxence nous accompagne jusqu'à Nilsa.

— Nous l'avons placée dans un boudoir sous bonne garde, le temps que tu sois disponible.

— Comment réagit son père ?

Ma question fait ricaner le majordome.

— L'héritière a attendu que son paternel s'endorme !

Tiens, c'est vraiment très curieux !

— Elle demande à me voir dans le dos de son père ?

— Ça m'en a tout l'air !

— Ou alors, c'est un coup monté. Peut-être qu'ils sont de connivence, ajoute Marko.

J'observe mon bêta. Celui-ci est perplexe.

J'acquiesce, car il a tout à fait raison.

— Ma foi, c'est une possibilité à ne pas écarter !

Versipalis a la mine sombre. Nous ne sommes pas habitués à tous ces complots. La venue des Duroy sur notre territoire a amené de nombreuses envies de conquête et des intrigues.

Je soupire de lassitude.

Nous étions tellement tranquilles avant leur arrivée. Mes ancêtres avaient réussi à nous maintenir loin de tout. Encore une fois, je soupçonne que Maius ne m'ait pas révélé tous les éléments nécessaires pour faire perdurer notre meute hors norme. Car pour nous avoir isolés à ce point, je suis maintenant persuadé que les Warous ont une mission bien particulière. Je dois m'entretenir à nouveau avec l'Ancien. Cette vieille sangsue doit bien avoir encore des choses à m'apprendre.

Je reviens à notre préoccupation du moment : mes invités emprisonnés.

À quelles extrémités toute cette histoire nous aura-t-elle poussés ?!

— Les émissaires sont-ils calmes ?

Un petit « Oui » non convaincant sort de la bouche de Maxence. Comme je le regarde d'un air interrogateur, il développe.

— Les Italiens restent égaux à eux-mêmes !

Ses sourcils se froncent d'embarras.

— J'imagine qu'Orféo vous mène la vie dure avec ses exigences.

Un grand sourire de satisfaction s'étire sur les lèvres du majordome.

— Nous l'ignorons, ce qui le met dans une furie dantesque !

Le clin d'œil de Maxence me fait marrer.

Tout à coup, je respire. La joie, tellement longtemps que je ne l'avais pas ressentie.

— Les Vircolac sont plutôt silencieux devant nous. Liviu ne souhaite pas commettre d'impair et il a raison. Sensei lui a rendu visite. Tu connais son impassibilité et son autoritarisme, Tiago !

Nous ricanons tous de concert. Je devrais venir plus souvent au château. Cette bande de vieux vampires est vraiment rafraîchissante.

— Néanmoins, hier, un esclandre a éclaté dans leur appartement entre l'Alpha et son bêta. Nous avons dû intervenir. Ils sont maintenant tous séparés. Même Sabaya n'est plus avec son père.

Je me renfrogne.

— Que se passe-t-il entre l'Alpha et le bêta ?

Maxence hausse les épaules.

— Ils semblent être en désaccord, mais nous n'en connaissons pas les raisons... Cependant, Liviu a toujours l'ascendant sur Radu. Régulièrement, il lui fait sentir qui est le maître. Aux couinements du bêta, nous n'avons aucun doute sur sa domination.

— Tant mieux ! je soupire. Manquerait plus que l'Alpha Vircolac soit renversé sur notre territoire.

Maxence opine du chef.

— Et les Danois ? je questionne à nouveau.

— Eh bien, jusqu'à ce que Nilsa exige une audience pour te parler, je dirais que ceux-là ne posaient aucun problème.

Le front du majordome se plisse d'inquiétude.

— As-tu besoin d'une escorte supplémentaire pour voir Nilsa ? demande soudain Maxence.

— Non. J'ai toujours soupçonné une incohérence dans le comportement de cette héritière. Elle est très forte, c'est certain, mais je m'en sortirai. Et puis, Marko et Versipalis seront là, proches de moi.

Mes Warous acquiescent à peine. En revanche, l'afflux d'énergie via notre lien me démontre toute la puissance qu'ils vont me communiquer en cas de grabuge.

— Parfait ! conclut Maxence.

Il s'arrête devant une porte close et son expression interrogatrice demande mon aval pour nous faire entrer. L'aura de Nilsa pulse derrière le battant de bois sculpté. Sa contrariété et son stress sont manifestes.

Que se passe-t-il ?

D'un geste de la main, j'invite Maxence à ouvrir. Il s'exécute. Immédiatement, Nilsa stoppe les cent pas et son regard incertain me pénètre. Aussitôt, l'anxiété apparaît sur son visage lorsqu'elle découvre Marko et Versipalis.

— Restez ici, leur dis-je en montrant le couloir.

Mes Warous s'inclinent et la porte se referme derrière moi.

J'attends, campé sur mes jambes pendant que l'héritière se tord les mains. Clairement, la jeune louve a besoin de réfléchir à la façon d'aborder les choses.

Mon sourcil s'arque d'incertitude.

Mais qu'a-t-elle en tête ?

Son regard converge vers moi, m'évaluant.

— Je t'écoute, Nilsa, dis-je en me redressant.

Sa bouche se pince, empêchant les mots de sortir.

Puis, brusquement, elle prend une grande inspiration et se jette à l'eau.

— Je souhaite passer un marché avec toi, Alpha.

La belle Danoise relève le menton, pleine de conviction. J'en suis interloqué.

— Et qu'est-ce qui pourrait me motiver à accepter une telle transaction avec toi ?

Une bouffée de colère monte dans ma gorge, prête à m'étrangler.

Que me cache-t-elle ?

— J'ai des éléments qui pourraient t'aider à démanteler le complot organisé contre toi.

Je grogne de mécontentement et sa simple réaction est de hausser les épaules.

— Je pourrais te contraindre à parler de bien des façons, Nilsa !

Mon aura bondit sur elle, la marquant de ma suprématie.

Même si je ne suis pas son Alpha, tous, nous avons un certain pouvoir sur nos congénères de rang inférieur.

Nilsa grimace et se voûte sous le poids de ma puissance.

— Tu pourrais... me forcer... (ses paupières se plissent sous la souffrance), mais tu as assez de problèmes... Tiag...

Je rugis afin qu'elle ne termine pas mon prénom.

— Alpha !

L'héritière tombe à genoux et sue à grosses gouttes.

Elle n'a pas tort. Je dois en savoir davantage avant de la classer parmi mes ennemis. Alors, je relâche la pression et elle peut ainsi relever la tête, observer ma détermination. Nilsa doit comprendre que c'est moi qui mènerai cette danse et en aucun cas, elle !

— Qu'est-ce que j'aurais à gagner à passer un marché avec toi, Nilsa ? Ton père ignore tout de notre rencontre.

Ses mâchoires se serrent instinctivement. Elle est en position de faiblesse et n'a pas suffisamment mesuré les conséquences d'une telle requête envers un chef de meute.

Soudain, elle me paraît si naïve. Et je me vois en elle, reconnaissant nos erreurs de jeunesse. Notre manque d'expérience qui nous empêche de faire les meilleurs calculs possibles.

Tant mieux !

En cet instant, je sais qu'elle est à ma merci. À moi de m'arranger pour demeurer intransigeant comme je dois l'être en tant qu'Alpha.

Ma poitrine se gorge de fierté.

— Je vais t'écouter, Nilsa, tu vas tout me raconter... et seulement après, je déciderai de l'intérêt de passer un marché avec toi.

J'ignore la larme qui s'écoule le long de sa joue.

15 – Horia

Je dois réfléchir à ma situation. Si je suis aussi forte que le soupçonnent les Warous, je dois bien avoir des pouvoirs.

Je tremble comme une feuille, de froid, de peur. Je ne sais pas trop. Un mélange d'émotions me saisit. Mon instant de bravoure m'a désertée.

De nouveau assises, sous ces branches pourries, nous sommes plongées chacune dans nos pensées.

Ma folle adoratrice me lèche pour me réconforter.

— Satanée bestiole ! crache Ecaterina.

Son œil plein de mort glisse sur moi. Mon énergie l'a définitivement quittée. Elle est plus évanescente que jamais.

Si elle pouvait s'évaporer une bonne fois pour toutes ! Elle me rendrait un très grand service.

Elle maugrée sans cesse sur ma poilue, les satanés buveurs de sang, sa maigre descendance (probablement moi, ou a-t-elle d'autres engeances ?).

Bref, j'évite de l'écouter. Rien ne semble aller comme elle le désire. J'avoue que cela me redonne beaucoup d'optimisme, même si je ne sais toujours pas comment je vais me dépêtrer de cette horrible situation.

Au moins, nous sommes loin des berges, c'est déjà ça.

Et s'il y avait d'autres prédateurs dans ces contrées ?

Je scrute les alentours, le ciel...

Je ne vois absolument rien. La purée de pois qui nous enveloppe nous enferme totalement. Impossible de discerner quoi que ce soit à plus de deux mètres.

Un « paf ! » éclate. Ma tête pivote brusquement. Un feu follet jaillit.

Mon ventre se crispe à l'idée que c'est l'âme d'un enfant tourmenté qui s'échappe. Enfin, s'échapper n'est pas le bon terme. J'imagine que leur condition gazeuse les maintient prisonniers ici-bas.

Mes mains enserrent mon ventre plat pour protéger mon bébé. Pourvu qu'il ne connaisse pas le même sort.

Une angoisse terrible me colle à la peau. Dire que je croyais avoir vécu la peur toute ma vie. Il n'en est rien par rapport à ce que j'endure aujourd'hui.

Ma partie animale jappe contre moi pour me sermonner.

Je me reprends. Elle a raison. Ce n'est pas en me lamentant que je vais nous sortir de ce pétrin.

Je me redresse pour analyser la situation.

J'ai réussi à repasser de l'autre côté du voile pour rejoindre les Warous.

J'ai ré-u-ssi !

Ma moue se tord.

Comment ai-je réalisé une telle prouesse ?

Je me suis mise à trembler et j'ai atterri sur la Dalle sous ma forme lupine.

Maigre constat !

Quand j'y repense, c'était si fort de retourner ma peau. Être sur mes quatre pattes. Mes sens étaient aiguisés comme jamais. Le parfum de Tiago m'a totalement enivrée. Un sourire de bonheur s'étire sur mes lèvres. Ce parfum, je l'ai toujours dans le nez. Il sent si bon.

Je hume comme si Tiago était encore devant moi. Une odeur de soufre et de pourriture pénètre mes narines et j'arrête aussitôt de respirer. Pas question de supprimer ce délicieux parfum de moi.

Je lorgne ma génitrice, qui exhale cette horrible émanation. Elle triture à nouveau dans la terre à la recherche de son repas. Au moins, elle ne se lamente plus. Je l'ignore.

Je dois me concentrer sur ma métamorphose.

Comment ai-je pu réaliser pareil exploit ?

Cette question me tourmente. J'y réfléchis intensément. Le seul élément qui me revient, ce sont ces tremblements qui m'ont saisie. C'étaient les prémices de ma mutation. En une fraction de seconde, nous avons chuté sur la Dalle.

Je n'ai aucun souvenir d'invocation ou de pensée particulière.

Est-ce le lieu dans ce territoire qui forme comme un tunnel entre les deux dimensions ?

Je scrute le brouillard. Je ne vais pas prendre le risque de retourner sur les berges maintenant. Je ne discerne rien et je ne suis pas encore aguerrie à deviner les dangers qui m'entourent et me guettent au moindre faux pas. Je risquerais d'évoluer à portée des crocs de ce monstre aquatique, ou même de lui grimper sur la tête par inadvertance.

Si plutôt, j'avais passé le relais à ma louve ?
Ce serait une possibilité.
Cependant, comment lui donner les commandes ?
Je ne parviens pas à analyser toutes ces pensées confuses dans mon crâne.
Et si je tentais à nouveau l'expérience ?
Je me connecte à ma partie animale pour lui laisser toute la place afin de retourner ma peau.

Totalement enjouée, elle me montre qu'elle va bouffer la vieille démone et nous en débarrasser. Son engouement m'amuse et me réjouit.
Si seulement c'était ça la solution ?
Essayons !
Ma louve sautille dans tous les sens pour fêter mon courage.
J'observe mes mains.
Je pense poils...
Griffes...
Coussinets...
Mon palpitant accélère...
Pourvu que ce soit bon signe.
Je me crispe pour précipiter mon retournement de peau. Avec un peu de chance, dans deux secondes, je tombe sur la Dalle, face à Tiago. Mon cœur tambourine dans ma poitrine, pressé de retrouver celui pour qui il bat désormais.

Mes griffes poussent au bout de mes doigts.
J'en suis subjuguée.
Je transpire à grosses gouttes tant j'ai chaud.
Au moins, je ne tremble plus de froid.
Je hoquette de surprise en découvrant les poils sortir de mes membres.
L'émerveillement me saisit.
Enfin, j'en suis capable !
Ma louve aboie de contentement, prête à prendre la relève. Nous sommes en pleine euphorie.
— Han, han... Je te déconseille d'aller plus loin, petite !

Je tourne la tête vers ma mère.

Elle me considère avec curiosité.

Soudain, sa langue s'immisce entre ses lèvres et un sifflement de serpent jaillit de sa cavité buccale.

Je recule de peur et ma métamorphose se stoppe net. Mes poils rentrent sous ma peau. Mes bras redeviennent imberbes, lisses, blafards.

J'enrage devant mon manque de concentration. Je me reprends. Je ne vais pas me laisser déborder par cette mégère.

— Arrête ça immédiatement, Horia ! mugit la démone.

Je relève la tête vers elle, interdite.

De quoi se mêle-t-elle ?

— Ta poilue ne peut pas subsister dans les limbes. Vous mourrez toutes les deux !

Horrifiée, je cesse instantanément le processus.

— C'est pour cela que nous avons atterri sur la Dalle ?!

L'ahurissement transperce dans mon ton.

— En partie, oui ! Mais tu ne demeureras pas là-bas non plus !

Mon cœur se serre sous cette triste nouvelle.

Que me cache-t-elle exactement ?

Je fronce les sourcils.

— Pourquoi j'arrive à survivre ici ?! Je suis à moitié louve.

Elle part dans un rire tonitruant.

— Ça, ma fille, tu me le dois, c'est ton héritage. Tu es plus sorcière de sang que je ne le présumais ! Seules les sorcières de sang peuvent aller et venir dans les limbes.

Oh, Mère Nature ! Suis-je compatible avec Tiago alors ?

Puis-je former un couple Alpha avec lui ?

— S'il n'y avait pas eu cette Teruki pour te raccrocher à ta louve, crois-moi, j'aurais déjà ressuscité pour aller me venger. Mais ne t'inquiète pas, ces suceurs de sang ne paient rien pour attendre. Je vais leur rendre la monnaie de leur pièce... dès que j'aurai trouvé la solution...

Brusquement, elle se renfrogne.

Ma survie ne tient qu'à un fil... encore une fois.

16 – Tiago

Face à moi, Nilsa tombe en pleurs.

Estomaqué, je comprends qu'un enjeu personnel revêt une très grande importance pour elle. Alors, je m'approche et enrobe son épaule de ma paume bienveillante.

S'il y a bien une des héritières que je ne pensais pas voir dans cette posture, c'est elle. Les Danois sont si flegmatiques.

— Et si tu me racontais ?

Ma proposition la fait hoqueter. Nilsa lève son joli minois et je sonde ses yeux écarquillés. Mon sourire avenant est là pour la rassurer.

Me joue-t-elle la comédie ?

Est-elle véritablement en danger ?

Je n'en sais fichtre rien, et vraiment, ça me barbe !

La peur et le stress l'ont envahie. Malgré tout, je préfère garder un certain détachement sur ses émotions. J'ai déjà mon lot de tourments.

Alors, je l'invite à se lever et nous nous installons sur un divan, à distance respectable l'un de l'autre. J'ignore tout de ses intérêts et je désire n'avoir aucun comportement ambigu.

Comme elle renifle sans cesse, je cherche autour de moi des mouchoirs. Je repère aussitôt une boîte joliment décorée qui s'intègre parfaitement dans cette décoration gothique et la ramène pour la poser entre nous.

Je cille lorsque Nilsa se mouche bruyamment à plusieurs reprises. Je la laisse se calmer, s'apaiser, même si je commence à m'impatienter. Je crains de perdre mon temps ici et je ne voudrais surtout pas rater le réveil d'Ismérie ou de Teruki. La première éveillée sera d'un grand secours. Ensuite, les sorcières devront délibérer, faire des recherches et probablement tester des incantations ou divers sortilèges.

Mais combien de temps ça va prendre, tout ça ?!

Je me tourne à nouveau vers Nilsa. Elle semble maintenant prête à cracher le morceau. Je l'incite à parler d'un mouvement de tête.

— Je ne dormais pas la première nuit où nous sommes arrivés...

Je sursaute, puis je souffle :

— La nuit de la tempête !

Elle opine du chef.

Serait-il possible qu'elle ait vu quelque chose ?

— Mon père et notre bêta dormaient à poings fermés... mais moi, je ne le pouvais pas. J'étais trop... bouleversée...

Ses yeux s'embuent encore de larmes. Nous nous fixons et soudain, je comprends.

— Tu es venue contre ton gré !

De nouveau, la jeune femme hoche piteusement la tête plusieurs fois.

C'est donc pour cela qu'elle faisait bonne figure devant moi et qu'elle me toisait ou que son expression s'emplissait de tristesse dès qu'elle pensait que je ne la voyais plus.

Je souffle à nouveau de lassitude.

— Pourquoi ?!

Ma question lui fait hausser les épaules. J'insiste de mon regard tranchant. Il va falloir qu'elle s'engage davantage si elle espère quelque chose de moi.

— Je n'ai pas eu le choix, murmure-t-elle. Mon père veut agrandir son territoire. En tant que fille d'Alpha, et la seule en plus, je deviens une monnaie d'échange, un moyen de nouer des alliances.

Ma bouche se pince. J'admets que notre monde peut être bien cruel. Nous fonctionnons encore aux mariages arrangés. Bien sûr, nous connaissons des couples qui s'unissent par amour. Ceux qui ont la chance de dénicher leur âme sœur, ceux-là sont condamnés s'ils n'écoutent pas leurs loups et ignorent ce coup du sort. Mais pour les autres, une sorte de partenariat se forme souvent pour le bien de tous. Enfin, tous, on entend davantage les hommes que les femmes !

Je cille.

— Quel était ton problème avec les Warous ?

Nous sommes une meute ancestrale et j'ai décliné de nombreuses propositions. Même si notre horde est plus petite actuellement, elle n'en est pas moins prestigieuse.

— Je suis déjà amoureuse, répond Nilsa, choquée.

Suis-je bête !

J'aurais dû arriver à cette conclusion tout seul.

— Donc, je suppose que ton père est contre ce mariage !

Elle acquiesce à nouveau.

Je ne saisis pas trop comment je peux la soutenir. En revanche, je suis intéressé par ce qu'elle a bien pu découvrir pendant la tempête magique.

— Que s'est-il passé cette nuit-là ?

— J'étais dissimulée au niveau de la fenêtre du salon. J'observais la forêt... La nature m'aide à penser, me révèle-t-elle, contrite.

Je lui souris, car je suis comme elle. Je l'invite à continuer.

— Ta forêt est magnifique, Tiago. J'ai d'abord vu une biche effrayée. Elle fuyait, probablement pour se mettre à l'abri. J'ai cru qu'un prédateur la poursuivait... Quelle n'a pas été ma surprise lorsqu'un mouvement de cape a attiré mon attention. Celle-ci devait être en soie moirée, car l'étoffe brillait sous l'éclat de la lune. Je me suis cachée aussitôt. Je ne comprenais pas ce que j'apercevais. J'ai tout de même prolongé mon observation...

Je deviens impatient.

— Et qu'as-tu vu exactement ?

Brusquement, elle est pleine d'incertitude. Le peu d'espoir que je ressentais s'envole. Je souffle par le nez, tentant d'évacuer toute cette frustration.

— Une créature dissimulée sous une cape était dans la forêt cette nuit-là, avoue-t-elle.

— Est-ce que cela pourrait être l'un de nos congénères ?

Aussitôt, elle fait non de la tête. Enfin, je perçois de la certitude en elle, celle qui l'habite normalement.

— Les loups ne se promènent pas sous cet apparat... En revanche, les sorcières et les vampires, oui !

Et elle a raison.

— Alors, quel genre de créature à ton avis ?

Ma question la désarçonne, car elle n'est sûre de rien. Pour autant, elle ne m'a peut-être pas tout dit.

— Je pencherais pour une sorcière, mais je n'ai pas de preuve.

— Pourquoi ?

Elle hausse les épaules et réfléchit.

— C'est cette créature qui a produit la tempête. Le bras qui est sorti de la cape était féminin. Je n'ai entrevu que le bas du visage. Le menton rond m'a fait penser à une femme. Néanmoins, la créature était loin et je n'ai aperçu que peu de sa peau.

À mon tour d'acquiescer. Cela signifie qu'une sorcière est entrée sur notre territoire, à l'insu de tout le monde. Et pire, elle a traversé nos protections magiques.

— J'ai cru comprendre que les Duroy avaient des vampires-sorcières, propose-t-elle.

Je demeure impassible. Ni Ismérie, ni Teruki, ni même Aveline ne lanceraient une tornade pour endommager mon bunker. D'autant plus que les vampires ont géré eux-mêmes les réparations dans le plus grand secret.

— Qu'est-ce qui était visé, Alpha ? Quelque chose a été détruit ?

Nilsa m'analyse maintenant avec attention. Cependant, là encore, je me tais.

Pour tout dire, je n'ai pas confiance en elle.

Un toc retentit à la porte.

— Oui ! réponds-je instantanément.

— Teruki est réveillée ! annonce Maxence.

Parfait !

Je me lève brusquement, mettant fin à cet entretien.

Quand je jette un œil à Nilsa, je constate qu'elle m'observe, désarçonnée.

— Vas-tu m'aider ?

Je ne vois pas comment. Pourtant, je préfère taire cet élément.

— Qui est ton amoureux ?

— Le bêta qui est resté chez nous.

Ses épaules se voûtent à nouveau.

— Pourquoi ton père refuse-t-il ce mariage ? Cela assurerait une descendance vigoureuse.

Cette situation m'interpelle. Alors, j'attends qu'elle se justifie.

— Il est beaucoup plus vieux que moi... avoue-t-elle lamentablement.

Par conséquent, il mourra bien avant Nilsa et la meute des Ulvsen sera en péril.

Je fais la moue à cette triste conclusion. J'acquiesce simplement et je sors de ce boudoir.

Derrière moi, les sanglots reprennent de plus belle.

17 – Tiago

— Teruki ! dis-je en la saluant.

— Que nous vaut cet honneur, jeune cabot ? clame Léo en apparaissant.

— Horia est revenue cette nuit, annonce Teruki, très satisfaite, un grand sourire ourlant ses lèvres.

Léo se penche sur sa compagne et nous détournons le regard pendant que ces deux-là s'embrassent.

— Bravo, mon amazone ! claironne-t-il joyeusement. Asseyez-vous !

Mes Warous et moi nous installons dans leur salon, les vampires face à nous.

— Je savais que tu réussirais !

Je ne vais pas tergiverser, nous n'avons pas le temps.

— Ne crions pas victoire trop vite. Loin de moi l'idée de ne pas rendre honneur aux pouvoirs de Teruki. Cependant, il faut noter qu'Horia ne pouvait ni rester avec nous ni reprendre forme humaine. De plus, très rapidement, elle est devenue évanescente et a dû repartir de l'autre côté du voile.

— Ce ne sont que des détails !

Boucles Blondes balaie d'une seule main mes paroles. Je lève les yeux au ciel devant tant d'impassibilité.

— Ce que Léo veut dire, Tiago, c'est que nous avons réussi à fusionner Horia avec sa partie animale. Si elle a pu venir une fois, elle pourra revenir à nouveau ! conclut Teruki.

Je désire tant avoir leur optimisme. Pour autant, nous sommes toujours dans une impasse.

— J'ai analysé les vidéos, reprend mon amie. Je n'ai pas vu de traces d'Ecaterina. L'avez-vous sentie ?

Teruki pivote vers mon mage. Évidemment, ils ont des éléments à comparer.

— Non. Je n'ai même pas perçu un quelconque champ électromagnétique, explique Versipalis.

Teruki nous interroge du regard, Marko et moi, des fois que notre appréciation serait différente. Mais nous faisons « non » de la tête.

— Mmmm... Alors, la vieille harpie ne peut pas revenir dans notre monde.

J'ajouterais bien qu'Horia non plus, mais ça me fait si mal de l'avouer. Rien qu'imaginer qu'elle demeure de l'autre côté à jamais me donne des sueurs froides.

— Et Horia n'a pas pu reprendre forme humaine ?!

— Non ! dis-je fermement, impatient qu'elle me propose un sortilège, une action quelconque à mener et qui nous occuperait. Je n'en peux plus d'attendre en ayant l'impression de ne rien faire.

— Elle avait l'air d'avoir très faim, dit-elle.

Je hoche la tête.

— Donc, elle n'a rien à manger de l'autre côté. On peut en conclure qu'elle va devoir revenir. Pourrait-on la conserver auprès de nous, Versipalis ?

Teruki est pleine d'espoir avec sa question. Néanmoins, je connais déjà la réponse. Voir les vidéos est une chose, ce que nous avons vécu est totalement différent.

Alors, je laisse mon mage expliquer. Clairement, tout cela me fait trop souffrir.

— Malheureusement, non. D'une part, Horia n'a pas pu sortir de l'hémicycle. Elle est profondément liée à la Dalle, elle ne pouvait s'en éloigner sans perdre son énergie vitale (Teruki grimace à cet élément ; eh ouais, ça craint !). D'autre part, au bout de quelques minutes seulement, elle est devenue moins consistante, alors que sa densité était tout à fait normale. J'ai tenté de lui donner ma puissance pour la conserver intacte. Mais là aussi, il était indispensable qu'Horia reparte. Il est impossible de la garder parmi nous.

Nous tournons tous la tête de droite à gauche, totalement troublés par cette situation.

Notre amie tique à nouveau et se tourne vers mon mage.

— Pourquoi l'as-tu invitée à se hisser sur la Dalle, Versipalis ?

Mon mage réfléchit. Tout est allé très vite et nous n'avons été qu'instinct.

— C'était une évidence ! Horia avait besoin de remonter sur notre artefact pour repartir d'où elle venait.

— Alors, la Dalle est connectée au voile.

— C'est exact, et nous en sommes les gardiens, annonce Versipalis.

Je sursaute, car c'est la première fois que j'entends une chose pareille. Mon mage prend une expression d'excuse.

— J'ai tant de connaissances à t'apprendre, Tiago. Ce détail n'était pas plus important qu'un autre.

C'est malheureusement vrai. Avant la venue d'Horia et les manigances d'Ecaterina, ce phénomène n'était pas à propos.

— Et ce « voile », à quoi est-il connecté ? demande innocemment Teruki.

Je me doute qu'elle a une idée derrière la tête.

— C'est la porte des enfers, annonce Versipalis avec inquiétude.

La grimace de Teruki pourrait être risible si la situation n'était pas aussi grave.

— C'est une mauvaise nouvelle ! lâche-t-elle. Connaît-on la composition des enfers ?

— Pas vraiment. Les loups qui traversent le voile ne peuvent revenir. Ils sont définitivement morts. Horia semble être une exception.

— Toi et moi, Versipalis, nous savons très bien qu'Horia n'est pas une simple louve-garou. Elle résonne avec la Dalle depuis son arrivée. Elle détient une magie dont j'ignore tout. Ni blanche ni noire... Sa source puise sa puissance dans une autre racine.

Alors, qui est exactement Horia ?

Je suis maintenant certain qu'elle l'ignore elle aussi !

— Horia n'est qu'une victime dans tout cet imbroglio, dis-je pour la dédouaner de responsabilités.

Teruki me sourit avec bienveillance.

— Nous n'avons aucun doute, Tiago ! Il est bien possible qu'Horia fasse partie d'une machination à son insu.

— Il faut faire plus de recherches sur le clan Vircolac. Ecaterina est mêlée à toute cette affaire. Il reste peut-être des sorcières de sang chez eux.

Et soudain, les paroles de Nilsa me reviennent.

— En parlant de sorcières, Nilsa pense en avoir vu une la nuit de la tempête magique.

Et je leur raconte notre conversation, en donnant le moindre détail dont je me souvienne.

— Alors, même si nous ne sommes sûrs de rien, nous pouvons conclure qu'il y a d'autres sorcières. Il faut les dégoter et savoir auprès de qui elles ont prêté allégeance.

Soudain, toutes les mines se renfrognent. Des ennemis sont sur notre territoire. Encore un complot fomenté contre nous.

Est-ce un coup des Vircolac à nouveau ?

Tout les désigne coupables !

— Je vais analyser nos frontières magiques avec ma mère et Aveline. Versipalis, si toi ou Irmo pouviez vous joindre à nous ? Votre pouvoir sera le bienvenu. À nous tous, nous devrions percevoir une anormalité si une créature a franchi notre barrière, même si elle était protégée par un sortilège. Nous en trouverons les traces.

— Il ne faut pas oublier que l'ancêtre de toutes ces générations de sorcières de sang a pu organiser sa lignée. Selon Maius, Giulia était maligne. Partant de là, des vampires ou des loups pourraient engager une telle créature pour des intérêts communs.

Et je dirais qu'à ce stade, si Nilsa dit vrai, nous pouvons écarter les Danois !

18 – Tiago

Deux jours à arpenter la terre autour de la Dalle !

Je deviens fou.

J'ai creusé un sillon si profond que le niveau arrive à la hauteur de mes genoux.

Je blague ?!

Totalement !

Je n'en peux plus.

Ce matin, mes Warous se sont retirés de l'hémicycle. Possible que j'aie eu de la fumée qui sortait par les oreilles pour qu'ils s'éloignent ainsi. Néanmoins, mes lupins rôdent autour, prêts à faire face à la moindre difficulté.

Malheureusement, il ne se passe absolument rien.

Même pas la pointe de la queue d'Horia.

Pas une volute d'émanation de la démone.

Seulement moi qui tourne autour de ce maudit caillou, et celui-ci semble ronronner d'avoir son gardien en chef si proche en permanence.

Au fur et à mesure que je le contourne, l'énergie de ce redoutable artefact lèche ma peau. Mes poils se hérissent sous cet afflux de puissance.

Et mes alliés, les Duroy ?!

Ils ont réfléchi, puis roupillé à nouveau.

Quelle bande de chiffes molles !

Ces mollassons sont réglés comme des pendules pour tomber dans les bras de Morphée !

J'exagère ?!

Tout à fait !

Mais moi, je suis incapable de dormir. Je suis même prêt à passer à l'action à tout moment. Horia me hante. Et cette forêt me rappelle sans cesse les prunelles de cet amour maudit. Mon loup cherche son odeur partout et flaire sans discontinuité pour déceler son parfum de pivoine.

Quand vais-je la retrouver ?

Cette nuit, nos sorciers entrent dans le jeu.

Enfin !

Il faut dire qu'ils n'ont pas perdu leur temps. Les sorcières Duroy ont planché sur le sujet. Nous avons été évincés de leur atelier magique. En même temps, je ne préfère pas savoir ce qu'elles testent dans leur antre.

Versipalis et Irmo se sont relayés pour répondre à toutes leurs questions. En parallèle, ils analysent le problème à leur façon, épluchant nos grimoires et agrandissant nos pouvoirs en litanies enivrantes.

Cette nuit, j'espère que nous trouverons un indice, peu importe lequel. Je désire juste avoir l'impression que l'on avance. Les lupins ne peuvent pas subsister de l'autre côté du voile, je l'ai bien compris. Horia est connectée à sa louve, alors combien de temps pourra-t-elle survivre ? Nous l'ignorons totalement.

Mon cœur saigne rien que de penser à ma compagne dont je n'ai pas eu le temps de profiter et à ce petit qu'elle couve dans son ventre.

Que Mère Nature nous vienne en aide et les protège !

— Commençons cette mission ! annonce Ismérie.

Je sursaute. Je ne l'avais même pas entendue arriver. Vraiment, je vais mal. Cette impuissance me déconnecte du présent. Percevoir davantage la Dalle, c'est bien, mais ignorer ce qui se passe autour de moi risque de m'affaiblir ou de me confronter à des dangers inattendus.

Je la salue d'un coup de tête. Les mots demeurent bloqués par la barrière de ma bouche. Je suis incapable de parler. La seule envie qui me taraude est de leur ordonner de se dépêcher.

Versipalis se lève de son lieu de méditation. À son expression avenante et réconfortante, j'imagine que j'ai un regard de chiot battu.

Si c'est pas lamentable !

Heureusement que mes parents sont décédés. La honte de me voir dans cet état !

— Et si tu venais avec nous, Tiago ?!

Interloqué, je fixe cette vampire et sa fille.

— As-tu mieux à faire ici ? demande cette dernière.

Un mince sourire s'étire sur les lèvres de Versipalis.

J'avoue que le choix est difficile. Leur proposition est tentante. Elle me ferait passer à l'action. En revanche, m'éloigner de la Dalle est éprouvant.

Et si Horia revenait ?

— Je demeure auprès de la Dalle, Alpha. Je t'informerai du moindre changement, suggère Irmo.

J'acquiesce, et presque à regret, je décide de les accompagner.

Les nerfs me tiennent, mais pour combien de temps ? Je vais devoir dormir moi aussi.

— Je pourrai te faire une décoction à notre retour, Tiago, propose Versipalis.

Mon mage perçoit ma fatigue et ma fébrilité. Je suis à fleur de peau, et mon loup à fleur de crocs. Il grogne sans cesse de mécontentement.

Je soupire et remonte l'hémicycle pour rejoindre la faction qui va nous accompagner.

— Aveline !

Je salue cette magnifique sorcière blanche. Du haut de ses presque 80 ans, elle conserve un brin de jeunesse éternelle. Son compagnon vampire, Miguel, ne peut la vampiriser. Personne ne le peut malheureusement, au grand dam d'Ismérie, son ascendante. Pour autant, Miguel semble avoir trouvé un moyen de ralentir son vieillissement. Je n'ose imaginer ce qui se passera lorsque cette descendante mourra. La cheffe du clan Duroy est intransigeante pour les personnes qu'elle chérit le plus. Mais ce n'est pas pour l'instant : Aveline se porte comme un charme et Ismérie ne lui fait prendre aucun risque.

— Nous avons mis au point quelques sortilèges, Tiago. Je suis certaine que nous trouverons ces ennemis qui rôdent autour de nous.

Cette sorcière blanche est d'un optimisme intouchable. En revanche, elle est incapable de maltraiter le pire des nuisibles. Derrière elle, des vampires en armes sont là pour la sale besogne.

— Voulez-vous que nous emmenions quelques Warous ?

— Avec toi, un de tes bêtas et deux-trois omégas seraient les bienvenus, avoue Ismérie.

— Nous allons former une battue et avancer de concert, précise Teruki. Les sorciers se positionneront régulièrement au milieu de tous nos accompagnants. Nous érigerons un cordon magique pour être plus efficaces et ne rien laisser passer.

— Vous pensez vraiment qu'une sorcière de sang serait capable de traverser vos barrières ensorcelées ?

— Et comment ! tranche Ismérie. Je te rappelle, Tiago, que nous avons berné Ecaterina sous le nez et à la barbe des Vircolac[2]. Tout le monde n'y a vu que du feu. Alors, si une sorcière de sang existe, elle a pu créer un sortilège pour pénétrer chez nous et même faire entrer Demetriu sur notre territoire. Cela expliquerait que nous n'ayons absolument rien décelé.

En effet, ce raisonnement se tient.

Par notre lien lupin, je convoque Marko et Velkan afin qu'ils me rejoignent, leur indiquant de ramener chacun un Warou.

À peine nous ont-ils retrouvés qu'Ismérie donne des ordres pour nous placer, précisant la distance et notre localisation. Rapidement, nous sommes à dix mètres les uns des autres à avancer dans la forêt. Harmonieusement mélangés, vampires, lupins et sorciers, nous progressons de concert vers nos frontières.

Une onde électromagnétique subtile commence à s'élever et nous traverse de part en part. Que je regarde d'un côté ou de l'autre, c'est comme un cordon invisible qui s'est établi et nous relie. Une énergie bienfaisante nous emplit. La magie des Duroy et celle de Versipalis ont toujours été étonnamment cosmiques. La lune au-dessus nous nourrit. Le noyau terrestre pulse de plus en plus fort et remonte en moi. Nous sommes l'amarre entre le ciel et la Terre.

C'est divin.

Mon loup s'en pourlèche les babines.

C'est délicieux.

Tout à coup, ma poitrine se contracte et une douleur me saisit.

---

[2] Lire ces aventures dans *Sangs éternels forever*.

19 – Tiago

— Tenez bon ! ordonne Ismérie.

Une dissonance apparaît aussitôt, troublant cette amarre pourtant bien ancrée. Notre lien s'étire durement et ondule sous cette contrariété, nous faisant souffrir un peu plus. Automatiquement, nous grinçons des crocs. Nos sorciers commencent une litanie pour assouplir cette résistance. Je ne capte rien. En revanche, je parierais qu'Ismérie décèle quelque chose, car ses iris fixent un point bien particulier devant nous. Hormis les arbres, identiques à d'habitude, que peut-elle bien voir ? Je plisse les paupières, tentant de distinguer l'invisible.

La mélopée s'élève encore. On pourrait simplement profiter de l'écouter, tellement elle est gracieuse. Malheureusement, la douleur et nos contractions musculaires pour garder le lien entre nous gâchent le plaisir. Nos sorciers restent concentrés. Leur chant ne souffre même pas d'une fluctuation. Pourtant, à leur expression crispée, c'est certain, ils en bavent. Si nos mages nous imposent de tenir le coup, c'est qu'il y a un enjeu à la clé.

Peut-être allons-nous enfin avoir des réponses !

La pression physique disparaît dans un souffle d'air aussi soudainement qu'elle est apparue.

Une grande inspiration envahit ma poitrine. Chacun reprend sa respiration. Alors, je chuchote :

— Que s'est-il passé ?

Évidemment, nous sommes tous des créatures surnaturelles avec une ouïe aiguisée. Je patiente...

— Avançons... annonce Ismérie.

Notre lien se tend à nouveau harmonieusement et nous nous exécutons.

Arrivés à la limite du lieu que nos sorciers ont fixé, nous stoppons net. Chacun use de ses capacités pour percevoir à son niveau. Personnellement, je ne discerne rien. L'odeur de ma forêt est identique. Ma vue ne m'apporte aucun élément. Mon aura ne devine aucun champ électromagnétique étranger à ceux qui m'entourent.

— C'est la réminiscence du passage d'une créature surnaturelle. Mais elle date de plusieurs jours à mon avis, conclut Ismérie.

À mon niveau, l'essence de cette entité n'a pas laissé de traces. Si je n'avais pas ressenti la présence par notre lien magique, je serais passé à côté sans rien repérer.

— Oui, ça ne fait aucun doute, confirme Teruki. Cette empreinte métaphysique est lourde et poisseuse. J'en déteste l'arrière-goût. Cet individu est resté longtemps ici.

Pourquoi ce lieu ?

Il n'y a que des arbres. Mon regard monte. La cime ne montre rien de particulier.

Ma langue lèche mes lèvres à la recherche de la moindre subtilité, mais là non plus.

Rien !

Je hume.

Mon loup déplore de ne pas respirer le parfum de pivoine. Je lève les yeux au ciel.

On n'est pas ici pour ça !

Mon âne bâté se lamente.

— Poursuivons, exige Ismérie.

Notre lien se tend à nouveau en douceur et nous nous engageons vers les limites de notre frontière ensorcelée.

Il est alors indéniable qu'une créature a réussi à franchir nos protections.

Qui est-elle ?

Que désire-t-elle ?

Clairement, si c'était un allié, elle se serait présentée à nous dans les règles de la politesse. Dans notre monde, on respecte les territoires. Bafouer nos principes peut coûter très cher. On peut donc supposer que cette créature a quelque chose à cacher. Cela conforte l'idée du complot.

Est-ce cette même créature qui a créé la tornade magique ?

Est-ce une sorcière de sang ?

Aucune réponse n'apparaît pour l'instant.

Le fluide circule entre nous. Plus nous avançons, plus ce cordon se renforce, se nourrissant de nos différents pouvoirs.

Arrivée en bordure de notre territoire, Teruki souffle bruyamment. Une bouffée d'exaspération s'échappe d'elle et résonne avec ma frustration.

Non seulement nous n'avons rien trouvé, mais en plus, la seule trace que nos mages avaient dénichée a totalement disparu.

— Arpentons la frontière. Commençons par la gauche !

Alors, nous suivons la requête d'Ismérie. En file indienne, nous progressons à dix mètres les uns des autres. Le lien énergétique nous traverse. Il n'est que légèreté, mais une force incroyable irradie.

Nous avons tant avancé que je me demande si nous débusquerons quelque chose. Nous atteindrons bientôt le château Duroy. J'enrage que l'on soit bernés si facilement.

Brusquement, notre progression stoppe net. À nouveau, l'onde durcit et nous crispe. Quand j'observe autour de moi, je constate que cet étranger venait du village avoisinant notre territoire. Un rictus de mécontentement s'étire sur mes lèvres. La créature ne s'est même pas cachée pour arriver jusqu'à nous et commettre ses méfaits. Cela prouve non seulement une grande confiance dans ses pouvoirs, mais aussi beaucoup d'arrogance.

À gauche, plus loin, on repère le lieu où a été assassiné le bêta italien.

Est-ce cette créature qui l'a tué ?

La litanie de nos sorciers reprend.

Nous patientons, leur laissant le temps de trouver des éléments substantiels. Lorsqu'ils nous font signe d'avancer, nous nous exécutons. Nous marchons plus lentement le long de la route qui mène au château. Néanmoins, la créature n'a fait que passer au bord des protections. Je le devine à la tension égale dans notre lien.

Je suis plein d'espoir lorsque nous parvenons à l'endroit où a été décapité le bras droit d'Orféo. J'aspire ardemment à trouver des éléments. Nous avons accumulé tant de questions. Malheureusement, la déconvenue arrive bien trop vite. Nous dépassons ce sinistre lieu sans nous y arrêter. La créature n'est pas restée à cet endroit. Dans le cas contraire, sa résonance nous aurait fait souffrir à nouveau.

Dépités, nous poursuivons le long du bord de la frontière.

À ce rythme, nous n'allons rien trouver.

— Tiago ! me sermonne Teruki.

Je saisis aussitôt que je véhicule de la colère dans notre onde magique. Je m'apaise instantanément. Cette émotion réduit nos champs sensoriels et empêche toute analyse rationnelle. Nous n'avons pas besoin de colère en cet instant. Un élan de gratitude s'élève en retour. Je suis bouleversé d'être aussi bien soutenu dans cette horrible épreuve.

Tout à coup, un mouvement attire notre attention et nos têtes pivotent immédiatement dans cette direction. Nos instincts de prédateurs prennent la relève. Une ombre furtive se faufile dans le sous-bois.

— Attrapez-le ! ordonne Ismérie.

Une course poursuite s'engage alors. Mes vêtements tombent et mon loup apparaît aussitôt. Mes Warous se rassemblent immédiatement autour de moi. Nous partons à pleine balle pour rejoindre les sangsues.

La silhouette slalome à une vitesse vertigineuse entre les troncs. Pour sûr, ce n'est pas un humain. Vampires et loups sur ses talons, nous ne faisons que gagner du terrain.

Aveline et Ismérie sont restées en retrait. Je perçois déjà les gardes Duroy autour d'elles. Elles sont en sécurité. La preuve : même Teruki ne regarde plus vers l'arrière, et d'un coup de reins elle passe devant nous tous.

Soudain, la cape tombe au sol et d'un coup d'aile, la créature se propulse dans les arbres.

Un vampire !
Nous courons après un vampire !

20 – Horia

J'erre dans les méandres d'un rêve étrange.
Le brouillard.
Les ténèbres.
Le sang.
Tout n'est que rouge ou teinté de gris plus ou moins sombre. Je grelotte de froid. Je désire tant m'arracher de ces griffes cauchemardesques. Les images tournent en boucle sans que j'en comprenne le sens.

Les limbes m'entourent, même dans mes plus profondes pensées. Tourmentée par ce va-et-vient incessant, je sens un malaise s'emparer de moi, de plus en plus fort. La lourdeur de mon corps m'empêche de bouger ma jambe, endolorie par des fourmillements nerveux.

Le sang !
Tout est rouge derrière mes paupières.
J'ai si mal.
Mon pied tressaute sous l'assaut fulgurant.
Une fiole apparaît et danse devant moi.
Mon instinct exige que je la boive.
Est-ce réel ?
Ma raison m'indique que c'est un fantasme.
Mon estomac se rebelle.
Est-ce la faim ?
Le temps dans les limbes est indescriptible. Ici, pas de jour, pas de nuit. Une éternité de gris et de brumes mouvantes. Personne ne sait ce qu'elles camouflent. Pourtant, régulièrement, des cris d'horreur et d'agonie surgissent. Si brefs que l'on peut se demander si cette interruption du silence pesant a bien eu lieu. Dans cet endroit si malfaisant, même les monstres mangent dans la plus grande discrétion.

La fiole maléfique est là, à me convoiter.
Sève de vie...
C'est son nom !

Il m'apparaît comme une évidence.

Ce flacon renferme un immense pouvoir. Ma peau en frétille, un arc électrique me parcourt. Oui, une puissance démoniaque à n'en pas douter. Son contenu dégage une chaleur incroyable et me réchauffe instantanément.

Cet élixir, je dois le boire !

Malgré moi, mon bras se lève. Ma main se referme sur cette mixture alléchante. Mon poing se serre sur le vide et je me réveille en sursaut.

— On n'en a pas ! ricane ma génitrice, moqueuse.

Je me tourne vers elle, ahurie.

Lit-elle dans mes pensées ?

Choquée, j'ouvre la bouche. Ma jambe rebelle refuse de se tendre. La douleur lancinante me ramène instantanément au présent.

— Bien, ma fille ! Tes pouvoirs naissent enfin. C'est une bonne chose. J'ai besoin de puissance !

Je maugrée des mots inintelligibles.

Cette énergie qu'elle exige, c'est pour mieux ressusciter, au sacrifice de mon existence !

Ma louve aboie pour signifier son désaccord.

Bon, quitte à être coincée avec cette démone, autant m'instruire !

— Qu'est-ce que la sève de vie ?

— Je t'assure que tu préfères l'ignorer !

Mon front se plisse de contrariété.

— Comment voulez-vous que j'en apprenne davantage sur mes capacités si vous refusez de m'expliquer ?

La mégère me toise de son œil torve. Sa langue sort, tel un serpent qui surgit et entre aussi vite. La nausée me crispe le ventre.

Tant de laideur et d'horreur dans cette bonne femme. Dire que cette créature m'a mise au monde... Les images abominables des circonstances de ma naissance jaillissent. Ma louve couine de désespoir. Je la câline intérieurement pour nous réconforter.

Nous sommes des victimes.

Ecaterina nous observe et un sourire malsain prend forme sur son visage émacié. À coup sûr, je ne vais pas aimer les mots qui vont suivre.

— C'est du sang de nourrisson tout frais sorti d'un ventre chaud ! Un chiard pour une flasque !

La bile remonte dans ma gorge qui se serre.

Mère Nature ! Pourquoi mon instinct requiert-il que je boive cela ?

— Si je trouve un moyen de te sauver, je t'apprendrai à prélever ce cruor vivifiant jusqu'à la dernière goutte.

Une larme s'écoule sur ma joue.

Plutôt mourir que de vivre pareille expérience !

Mes mains se pressent sur mon ventre pour le protéger.

La démone part d'un rire tonitruant en contemplant ma réaction. Son œil torve brille soudain. Elle se nourrit de mes émotions. J'en suis effarée. Je tente de me reprendre afin de couper le robinet à cet incube.

Pas question de lui redonner de l'énergie.

Une expression contrariée remplace son air avide lorsqu'elle comprend que je m'apaise et qu'elle ne peut plus bénéficier de mes émois tourmentés.

— Tu apprends vite... Oui, je pourrais faire de toi une dent de loup !

Je sursaute, totalement interdite.

— Qu'est-ce que c'est ?!

— Cela fait bien longtemps que notre Terre n'a pas été foulée par ces créatures. Elles sont à la fois plus puissantes et plus fragiles. Elles se font trop aisément éliminer... mais bon, elles peuvent être très utiles avec leurs particularités.

Outrée, je refuse que ma génitrice me transforme en quoi que ce soit tandis qu'elle évalue ouvertement mon potentiel.

— Les Warous m'attendent ! Je suis la compagne de leur Alpha.

— C'est ce que j'ai cru comprendre... Peut-être que ce jeune loup serait prêt à passer un pacte avec moi pour te récupérer !

Jamais !

Je ne veux pas salir cette meute originelle de toutes ces manigances.

— Ne sois pas si choquée. Je te rappelle que je t'ai donné la vie. Sans moi, tu n'aurais pas connu l'amour, crache-t-elle. Alors, le Warou me doit bien ça !

— Pas question ! Je ne permettrai pas cela.

— Et tu préfères condamner ton amant ? Si tu ne reviens pas auprès de lui, toute sa horde sera anéantie, et lui avec !

Heurtée par ses propos, j'ignore quoi répondre. Tiago ne mérite pas de mourir. J'ai causé déjà tant de dégâts.

Puis, soudain, je sursaute.

— Vous avez dit avoir besoin de ma vie pour ressusciter !

— C'est vrai, miaule-t-elle, moqueuse.

Satisfaite d'avoir recouvré ma raison, j'entérine son plan.

— Alors, je suis condamnée et les Warous avec !

La sorcière hausse les épaules, nonchalante. Elle n'en a clairement rien à faire.

— Oui, rétorque-t-elle de sa voix nasillarde. Mais imagine que je puisse te ramener avec moi ?!

— Quoi ?!

J'en suis totalement ahurie.

— Attention, cela a un coût ! Serais-tu prête à en payer le prix ?

Mon cœur tambourine dans ma poitrine.

Et si c'était vrai ?

Et si je pouvais rejoindre Tiago et demeurer auprès de lui ?

— Alors, tu vois que tu es intéressée !

Sa langue claque et je me retrouve soudain prise au piège de mes émotions. À nouveau, mes émois me tourmentent. Ce lien d'âme sœur qui s'est réveillé, je ne peux le taire.

Tiago... je l'aime tellement.

Au fond de moi, je sais que je ne pourrai pas vivre sans lui.

Je plisse les paupières. J'ignore ce que cette diablesse va me proposer en échange d'une vie auprès de mon amour. Je me doute que le prix en sera cher. Très cher même.

Je déglutis, car cette horrible question, je vais devoir la poser.

Son allure d'épouvantail ne paie pas de mine, mais il ne faut pas s'y fier. Même si elle ne détient plus l'ensemble de ses pouvoirs et la vie, cette créature démoniaque ne manque pas de ressources.

Alors, je me lance.

— Je vous écoute !

— C'est très simple : une vie contre une vie.

Je regarde autour de moi, ne comprenant pas. Nous sommes seules si on ignore le ver monstrueux.

Voyant que je ne saisis pas, elle explique :

— Tu portes trois vies, Horia. Nous pouvons en sacrifier une. Prendre la vie de cet enfant qui pousse dans ton giron te permettra d'être une dent de loup !

Je suffoque devant cette offre.

— Ah, tu tiens à ta progéniture. Très bien ! Donc, la vie de ta poilue fera de toi une sorcière de sang... ou presque !

Ma forme animale aboie comme une furie. Aucune des propositions ne la séduit.

Je me relève en colère.
— Alors ?! exige-t-elle. Quel est ton choix ?

21 – Tiago

Nos alliés vampires s'affolent devant ce congénère qui tente de leur faire la nique en s'élevant vers le ciel. Intérieurement, j'en ricane.

Il est impossible que cet étranger disparaisse.

Autour de moi, c'est l'effervescence. Mes Warous se postent sous les arbres, soutenant nos compagnons d'armes. La moitié de ces derniers s'est transformée en chauve-souris. Les autres ont sorti leurs sabres et sautent de branche en branche pour arrêter ce gredin.

Je dois bien avouer que cet énergumène est fort. Il réussit à tromper les Duroy par des voltiges surprenantes. Pourtant, ces combattants sont entraînés et puissants.

Je hurle pour demander du renfort.

Mes Warous, au loin, me répondent. J'envoie un message à travers notre lien afin qu'ils entourent le périmètre.

Soudain, je perçois une intensité énergétique hors norme.

Eiirin, le maître des Duroy, est présent avec nous. J'entrevois son aura s'élancer vers notre proie. Nos sangsues se sont postées de manière stratégique.

Je jubile.

Notre ennemi est doublement cerné. Un contour lupin plus large le ceinture. Puis, à l'intérieur, un cordon vampirique porte l'assaut avec leurs superpouvoirs. Je comprends instantanément qu'ils désirent l'arrêter sans l'éliminer. S'ils y parviennent, Sensei fouillera sa cervelle afin d'en extraire un maximum d'informations. Son don pour lire dans les pensées est phénoménal.

La chauve-souris rebelle se pose soudain. Celle-ci a saisi qu'elle ne pourrait pas s'échapper. Au-dessus, ses semblables ont quadrillé la crête des arbres. En dessous, vampires et loups sont là pour la cueillir. Peu importe la forme qu'elle prendra, la course est finie. Cet étranger a perdu.

Dans un élan d'exploit, il risque une dernière tentative d'escapade.

Le chiroptère s'envole vers la cime. Une magnifique congénère blanche lui saute sur le dos. Des cris stridents de souffrance résonnent, nous égratignant les tympans.

— Teruki, c'est assez ! tonne Eiirin.

La chauve-souris d'albâtre se calme aussitôt, mais ne lâche pas sa proie. Alors, les Duroy se rapprochent de notre intrus et le forcent à descendre vers le sol.

Ismérie apparaît brusquement.

— Que fais-tu là, Sama ? Tu devais demeurer en poste arrière ! râle Eiirin.

— Tu seras satisfait que mon sortilège ramène notre invité sans davantage d'égratignures, Sensei.

Eiirin grogne, mais acquiesce. Ce maître est très protecteur avec les siens. Cependant, concernant sa compagne, surprotecteur est un euphémisme.

Les lèvres d'Ismérie marmonnent quelques mots et le prisonnier s'apaise aussitôt. La sorcière avance ses mains en coupe juste au moment où notre proie tombe dedans.

Les vampires se penchent au-dessus de cet énergumène inconscient. Je hume pour tenter de deviner son identité. Hormis son odeur putride, pareille à celle de toutes les sangsues, j'ignore qui cela peut bien être. Aux regards emplis de curiosité autour de moi, je subodore que c'est un parfait inconnu.

Déçus de ne pas en savoir davantage pour l'instant, nous repartons tous vers le château et prenons la direction des cachots.

***

— Tenez, enfilez ça !

Maxence nous montre une pile de vêtements. À regret, je lâche la procession avec mes Warous et nous nous rhabillons. Nous ne prenons que très peu de temps et rattrapons vite le cortège. De vraies petites fouines. Mais l'impatience nous pousse à en découvrir davantage.

La chauve-souris est posée dans une cellule spéciale. Aucun barreau, mais une grille en fer forgé est refermée. Je sais de source sûre que cet alliage permet de contrer toutes sortes de capacités surnaturelles. En même temps, je prends conscience que nos sorciers ne sont pas imparables. Ils ont beau avoir des particularités remarquables, d'autres en ont d'un autre genre. Et soudain, je me trouve démuni, alors que j'étais persuadé que nous étions maintenant infaillibles. Ce sentiment est ridicule. En sept ans, bercé et renforcé par la magie de Teruki, j'avais oublié les déconvenues causées par nos ennemis.

Que je peux être naïf !

— Quand reprendra-t-il forme humaine ? je demande, pressé d'en découdre.

— Ça ne devrait plus tarder... précise Ismérie.

Je demeure sceptique. Le temps ne s'égrène plus à la même vitesse pour les sangsues.

Et brusquement, la chauve-souris se métamorphose. Un corps d'homme apparaît devant nous et tombe du banc sur lequel il était posé. Le choc le réveille. Et nous le découvrons assis à même le sol, se grattant les cheveux, totalement éberlué.

— Demetriu ! lâche Léo.

Ce vampire Vircolac que l'on a épargné par le passé !

Je ne l'ai jamais rencontré. Je sais simplement qu'il a un poste important pour les survivants afin que les Vircolac respectent nos codes.

Comment peuvent-ils être réglo si un de leurs chefs est ici à fomenter des complots ?

Ces Roumains me débectent.

Alors, on n'en aura jamais terminé de toutes ces convoitises ?

Je grogne de colère et je n'ai qu'une envie : aller foutre une raclée à Liviu et Radu. Les lupins ne peuvent être que de mèche.

— Tiago, marmonne Teruki en posant son bras en travers de mes épaules.

Quand je tourne la tête, nos regards plongent l'un dans l'autre.

Je discerne sa force, son sentiment de justice, sa bienveillance, mais aussi l'avertissement que je dois demeurer calme si je veux assister à la suite.

Alors, je prends sur moi. J'oublie le passé autant que possible. Je me reconnecte au présent, à mon futur avec Horia, à ce champ des possibles qui nous est offert pour mes Warous et moi.

C'est difficile, mais pour mes alliés et les miens, je dois le faire. Ils méritent tous que je sois à la hauteur de notre union.

Je fais contre mauvaise fortune bon cœur.

J'acquiesce en assurant muettement à Sensei que je me tiendrai bien, le suppliant de ne pas m'évincer. Ses yeux sombres me fixent et me jaugent. Je sais que ce télépathe entend moins bien les pensées lupines. Alors, j'ouvre mon cœur pour être totalement transparent. Le coin de sa lèvre se lève en un début de sourire. Pour ce samouraï, c'est déjà immense.

Puis il se tourne vers le vampire prisonnier.

— Que fais-tu là Demetriu ?

Son ton déterminé n'amène pas au badinage.

— Tu sais très bien que je ne dirai rien.

— Ce n'est en aucun cas un problème !

Ces mots à peine terminés, l'aura d'Eiirin enfle et pénètre dans la cellule. Demetriu résiste. Ses yeux se plissent. Ses épaules se tendent et se voûtent comme si cette posture allait le protéger.

J'en ricane intérieurement.

Soudain, notre prisonnier gémit. À la vue de l'expression satisfaite d'Eiirin, nous savons qu'il a débusqué les pensées de Demetriu.

— Hum… Il s'est infiltré sur notre territoire grâce à une sorcière de sang !

22 – Horia

Je m'éloigne telle une furie au bord de l'explosion.

Impossible de condamner mon bébé ou ma partie lupine. Cette dernière couine d'assentiment et se love contre notre petit. Son message est clair.

Nous combattrons jusqu'au bout !
À la vie, à la mort !

Les hurlements de rire d'Ecaterina me font hâter le pas.

— Que tu es naïve, ma pauv' fille ! hoquette-t-elle.

J'avance à grands pas dans les marécages, les poings serrés, fulminant tous les noms d'oiseaux qui me viennent spontanément.

— Tu reviendras, Horia, et tu me supplieras !

Son ricanement de démon résonne et me pousse à accélérer. Je ne vois pas où je vais et je n'en ai cure. En revanche, une chose est sûre : je dois m'éloigner de cette cinglée. Rien ne peut sortir de bon de cette bonne femme.

La preuve : je ne suis qu'une malédiction ambulante !

Les épais brouillards bougent et tournent devant mon avancée, contrariés par tant de mouvements. Des arcs électriques crépitent sur mon épiderme comme jamais. Peut-être que ma colère amplifie mon champ électromagnétique.

Ma louve me renvoie l'image d'elle en train d'écharper la vieille bique. Elle sourit, les crocs ensanglantés, debout sur ce trophée qui ressemble à un amas de chair sanguinolente.

Beurk !

Mais nous ne pouvons retourner notre peau ici !

Néanmoins, ma folle adoratrice n'entend pas la voie de la raison. Elle désire ardemment nous débarrasser de la harpie démoniaque et retrouver notre compagnon.

Tout paraît si simple lorsque je l'écoute.

Et après, même si tu arrives à l'éliminer, comment sortir de ces lim-

bes ?!

Ma louve couine pour toute réponse. Elle l'ignore. Comme elle se morfond soudain, je m'entoure de mes bras afin qu'elle perçoive cette étreinte.

Tout à coup, un mouvement sous mes pieds se fait sentir. Je saisis aussitôt que je m'éloigne des berges.

Le ver monstrueux des marais !
Manquait plus que ça !
Il a fallu que je lui monte dessus.
Comment ai-je pu être aussi tête en l'air ?
Je suis une véritable malédiction ambulante.
Ma fureur enfle.

Cette maudite vermine ne va pas l'emporter au paradis. Je m'écarte des rives lentement, mais dangereusement. Le monstre me ramène sur son terrain de prédilection pour mieux me déguster. Le cri de souffrance de ses victimes me revient : si douloureux et si bref à la fois.

Mais il n'en est pas question !
J'ai la hargne.
Ras-le-bol que tout le monde profite de moi !
Ma folle adoratrice jappe pour me communiquer son courage et bondit pour faire face à notre prédateur.

Un moment de doute me saisit.
Je n'ai pas de pouvoir !
Je balaie cette pensée ridicule d'un simple geste. Les Warous croient en moi. Ma génitrice veut récupérer mon énergie et mes dons avec. Donc je dois bien avoir quelques capacités.

Ma louve jappe plus férocement, rappelant mon attention, m'invectivant à lui passer la main.

Je tique.
Que peut-elle bien faire ?
Alors, elle me montre toutes ces fois où elle nous a fait disparaître.
Je sursaute à cette image.
Nous sommes tombées dans l'inconscience !
Elle couine devant cette terrible constatation.
Si nous chutons totalement endormies dans ce marais putride, nous nous noierons !

Et pourtant, ma louve me supplie d'essayer, car tout est différent maintenant.

Je perçois si peu de changements, moi !

J'en suis affligée. Je maugrée pendant que le monstre glisse tout doucement à fleur d'eau pour nous emmener plus loin encore, là où nous ne pourrons pas nous sauver.

Il faut bien avouer que je n'ai pas d'autre option que de disparaître face à ce prédateur.

J'observe mes paumes ouvertes, attendant une révélation quelconque de ces satanés pouvoirs endormis... En vain.

Alors, dépitée, j'accepte la terrible proposition de ma louve. Je prends une grande inspiration et je lui passe la main. Pas besoin de retourner notre peau, juste la laisser agir. Elle maîtrise cette curieuse capacité depuis que nous sommes toutes petites.

Mes membres tremblent de peur ou d'autre chose.

Ma peau frémit. Une certaine tension me recouvre et ça fourmille partout sur moi. Je pourlèche mes lèvres et un picotement électrique surgit. Je mords ma joue par inadvertance sous le choc, me retenant de gémir. Disparaître signifie aussi demeurer silencieuse.

J'aspire ma bouche pour qu'aucun mot ne puisse sortir.

Je tais ce gémissement qui remonte du fond de mes entrailles.

Le frémissement de mes os est une vraie torture.

Le doute me saisit.

Ma louve œuvre à sa façon, prenant les rênes.

Était-ce le bon choix ?

Brusquement, ma vision se tapisse de rouge. Le brouillard se dissipe totalement et c'est un tout autre paysage que je découvre.

Les eaux sont désormais transparentes autour de moi. Elles regorgent de bestioles minuscules et affreuses.

Sont-elles dangereuses ?

Le ver monstrueux s'en délecte régulièrement.

Je le contemple en train de se nourrir, fascinée.

À mes pieds, j'observe des croûtes purulentes entretenant une végétation putride. Entre mes orteils, des asticots surgissent et commencent à me grimper dessus. Je manque de vomir. Je n'ose bouger. Je suis terrifiée à l'idée d'être repérée. Mes mains se posent instinctivement sur mon ventre pour me soutenir et m'apaiser.

Rester calme... Silencieuse...

Au loin, la berge...

Bien trop loin !

Et aux alentours, de drôles de ruines.

Je les considère curieusement.

Quelque chose ne va pas !

Je cille pour comprendre ce que je vois.

Soudain, c'est très clair. Ces restes de bâtiments bougent. Ils se déplacent tout doucement. Mais c'est indéniable.

Ma bouche s'ouvre automatiquement, tellement je suis effarée.

Des êtres surgissent et pivotent aussitôt vers moi. Ils m'étudient avec grande attention.

Aucune émotion, aucune pensée n'émerge d'eux.

Pourquoi suis-je capable de les percevoir ?

Mon instinct me dit qu'ils ont toujours été parmi nous !

Leurs longues capes à capuche lie-de-vin les dissimulent totalement. La brise souffle et joue avec ce vêtement. Je réalise alors que ces étoffes sont vides. Aucune jambe ne dépasse.

Ce sont des spectres !

Suis-je en danger ?

Sous moi, le monstre aquatique prêt à me dévorer, et là-bas, ces fantômes qui me guettent.

Je déglutis. Le doute pénètre chaque pore de ma peau. Je transpire à grosses gouttes.

Nous ne sommes plus dans la même dimension.

Est-ce que ce sont nos capacités surnaturelles qui nous permettent un tel exploit ?

— HO-RI-A, souffle le vent.

Les spectres tendent la main. Enfin, c'est l'impression que cela donne puisqu'aucun membre n'apparaît. Je grelotte de chaud, de froid. Ma louve est concentrée.

Sous moi, le monstre nous a totalement oubliées. Ma partie animale a réussi. Je me réjouis de ce succès. Pourtant, lorsque je sens ce prédateur retourner vers le rivage, j'ignore si c'est une victoire. Nous pourrions tomber dans un piège plus grave encore.

— HO-RI-A…

Est-ce moi qui fais avancer ce ver géant ?

Sont-ce ces fantômes qui lui commandent de les rejoindre ?

Mon palpitant s'emballe.

Où est passée cette maudite sorcière de sang ?!

23 - Tiago

— Une sorcière de sang ?!

Cette question m'échappe dans un souffle.

Les Vircolac ont remis ça et se sont encore acoquinés avec une créature démoniaque. La preuve en est : ce Demetriu qui grimace sous la douleur pendant que le maître Duroy fouille sa cervelle.

Alors, c'est donc vrai ?!

L'horreur se peint sur tous les visages.

Et je ne peux m'empêcher de poser une question tout aussi angoissante :

— Est-ce Ecaterina ?

Est-ce que la vieille démone est capable de mener ses complots depuis l'au-delà ?

Je me crispe de colère, prenant sur moi pour ne pas émettre trop de rage. Autour de moi, tous sont à l'écoute du moindre mot qui pourrait sortir des bouches d'Eiirin ou de Demetriu. Cependant, la proie du Sensei est tellement raide qu'elle ne parlera plus. Au contraire, elle semble au bord de la convulsion. À la concentration du maître Duroy, je suis certain qu'il a déployé toutes ses capacités de télépathe. D'ailleurs, son aura a tant gonflé qu'il doit capturer toutes les pensées près de lui. J'essaie de taire les miennes afin de limiter les interférences.

— Non, impossible de savoir le nom de cette démone, lâche Eiirin. La sorcière a posé des sortilèges afin que Demetriu puisse retenir ces informations.

— La garce ! crache Ismérie.

Soudain, Demetriu s'écroule et Sensei abandonne sa proie.

— Mmmm... Sa cervelle était sur le point de dégouliner par ses narines, conclut Léo.

— Oui, j'en ai bien conscience. Nous ne tirerons rien de plus pour l'instant. Amenez-moi Liviu et son bêta !

L'ordre à peine donné, le second du clan organise la venue des lupins Vircolac. Les confronter à un vampire du même clan va être un test intéressant. J'ai hâte de voir la tête de ces loups.

Liviu et Radu arrivent rapidement sous bonne escorte. Réaliser qu'ils pénètrent dans les cachots des Duroy ne les laisse pas indifférents. La peur exhale de leur peau. Je hume pour satisfaire une certaine partie de moi qui a besoin de se venger.

Ces lupins n'en mènent pas large.

— Viens jusqu'ici, Alpha, avec ton bêta ! exige Eiirin dès qu'il aperçoit nos « invités ».

L'Alpha avance, mécontent, jusqu'à la cellule. Il n'en voit pas encore le contenu. En revanche, il n'apprécie absolument pas l'ordre qui lui est donné. Les chefs de clan ont en général un minimum de respect. Là, la façon dont Sensei toise les Vircolac les fait passer pour des créatures malintentionnées. Personnellement, je me sentirais condamné avant d'avoir été mis en cause pour une affaire.

J'en ricane intérieurement.

Ce vieux samouraï vampirisé il y a belle lurette n'a que peu connu l'amabilité. En son temps, les usages étaient autres dans sa caste pour devenir de véritables combattants. Seule la sévérité était de rigueur pour donner des résultats constants.

Lorsque Liviu arrive enfin devant la cellule, sa surprise est flagrante... ou alors c'est un excellent comédien. Je cille pour débusquer le moindre tic qui pourrait prouver sa malhonnêteté.

En vain, je ne discerne rien.

Serait-il sincère ?

Radu s'est rangé derrière son Alpha et se plonge dans son aura, en totale soumission. Cet homme me débecte.

Là aussi, joue-t-il un jeu ?

Je déteste encore plus le bêta que l'Alpha. Ces deux-là ont contribué à anéantir ma meute. Mais en plus, Radu n'a fait que persécuter Iloria durant toute son enfance. Rien que pour cela, il mérite la mort et mon loup est prêt à exécuter immédiatement sa sentence.

Encore une fois, je prends sur moi pour qu'il se retire au plus profond de mes entrailles. Il doit laisser les hommes gérer ce problème... pour l'instant.

Un jour, notre heure viendra !

Il aboie de contentement et accepte de disparaître pour le moment. Pour autant, il se positionne à l'affût, pour revenir à la moindre menace. Dans les faits, nous ne risquons rien. Liviu et Radu ont toujours leur collier pour les empêcher de retourner leur peau. Sous forme humaine et sans armes, ils ne représentent aucun danger au vu du nombre de créatures que nous sommes dans cette allée.

— Peux-tu m'expliquer, Liviu ? questionne Eiirin en montrant Demetriu du menton.

L'Alpha tique d'embarras. Clairement, il ne s'attendait pas à une telle présence.

— Non seulement j'ignore tout de la venue d'un vampire Vircolac ici, mais moi aussi, j'aimerais bien en comprendre les raisons !

Sensei commence alors à fouiller la cervelle de Liviu et probablement celle de Radu. Ce dernier se plaque dans le dos et s'accroche aux épaules de son chef. Les tremblements qui les agitent me font serrer les mâchoires. Je n'apprécierais pas d'être à leur place.

Mes poils se dressent sur mes bras tellement le champ électromagnétique dégagé par le maître vampire est pesant. Quelques crocs claquent dans cette sombre allée sous l'effet de cette décharge de puissance phénoménale. Je ne voudrais pas être ennemi des Duroy.

Eiirin se concentre et traque la moindre information dans la cervelle des lupins Vircolac. Lorsque son fameux rictus de contrariété apparaît, je maudis cette satanée vermine de simplement exister. Mon impatience est à son comble. Néanmoins, je sais déjà que je vais être déçu. Je connais trop bien Eiirin pour le pratiquer depuis plusieurs années dans nos réunions afin de maintenir une bonne entente sur notre territoire. Le dialogue avec lui m'est aisé, car nous partageons de nombreuses valeurs. Cependant, ce chef est intraitable et manque souvent de diplomatie avec tous ceux qui n'ont pas le sens du devoir.

Et devant nous, nous avons deux beaux spécimens prêts à tout pour parvenir à leurs fins. Les Vircolac suent à grosses gouttes maintenant et ça me fait plaisir de les voir si ébranlés.

— Mmmm... Je ne capte pas bien Liviu, rechigne Sensei. Mais il ne semble pas connaître d'autres sorcières qu'Ecaterina !

On en revient toujours à cette vieille folle avide de pouvoir.

Et dire qu'Horia est auprès de cette démone. Je n'ose imaginer ce qu'elle peut vivre en ce moment.

— Et le bêta ? annonce Eiirin, davantage pour lui-même.

Radu se fond dans Liviu. Je trouve cette attitude pour le moins curieuse.

Est-ce un moyen de bénéficier de la force protectrice de son Alpha ?

Ce dernier souffle comme un bœuf. L'emprise sur lui s'est relâchée. Néanmoins, sa puissance est concentrée désormais sur son bêta.

J'aimerais bien connaître la nature de leur désaccord pour qu'ils en soient venus aux mains

— Rien de plus, conclut subitement Eiirin. Toujours Ecaterina !

Peut-elle vraiment agir en étant dans les limbes et entrer en connexion avec eux ?

24 – Horia

Le ver arrive à peine au bord de la berge que je saute pour me libérer de ces eaux funestes. Lorsque je me retourne, j'étudie le prédateur qui repart lentement. Clairement, il ne me calcule plus. J'en soupire de soulagement.

Autour de moi, tout est en variation de rouge. Le paysage a changé. Les arbres morts sont beaucoup plus nombreux. Leurs branches cassées et nues s'érigent vers le ciel. Enfin, quand ils en ont encore… Les herbes plus hautes semblent recouvertes d'hémoglobine. Le décor est vraiment sinistre. Le brouillard aussi a disparu, révélant un ciel immense dans les tons orangés. Cela pourrait être beau si tout ne m'évoquait le sang et la mort. D'ailleurs, une odeur ferreuse et tenace taquine méchamment mes narines. Je l'ignore autant que possible, mais c'est tellement difficile. Tout me paraît sanglant.

J'ai beau regarder d'où je viens, tenter de débusquer Ecaterina d'un simple coup d'œil, je ne la discerne pas.

Se pourrait-il que nous ne soyons pas dans la même dimension ?
— HO-RI-A…

Je me détourne aussitôt vers ces capes fantomatiques qui m'appellent et ondulent dans le vent sans effleurer le sol.

Elles me foutent une frousse d'enfer.

Cette pensée pourrait me faire ricaner si je n'étais pas dans les limbes. Une nouvelle inquiétude me vient : quelque chose me dit que l'option paradis n'existe pas ici. Soit je retourne dans la dimension de la vie avec mon cher Tiago et ses Warous, soit je quitte définitivement ces limbes sans connaître le repos éternel. Ici, tout n'est que désolation, avant de traverser les tourments perpétuels.

Il ne peut en être autrement. Cette conviction est gravée au fond de moi et augmente ma terreur.

— HO-RI-A…

Je sursaute à cet appel. Mes jambes avancent pour partir à l'opposé de ces spectres. J'ai vécu assez d'aventures pour aujourd'hui. Néanmoins, mes pieds n'en font qu'à leur tête, et au lieu de se poser dans la direction que j'avais choisie, ils pivotent pour se diriger vers ces ruines mouvantes, là où sont rassemblés ces esprits.

Et tout à coup, mon instinct me pousse à les rejoindre. J'en suis mortifiée.

Mère Nature, est-ce une bonne idée !

Ma louve glapit, me signifiant qu'on est ensemble !

Pourquoi nous voient-ils alors que le ver nous a totalement oubliées ?

Ma folle adoratrice couine. Malheureusement, elle n'en sait pas plus que moi.

Notre pouvoir maléfique nous a invitées à boire de la sève de vie tout à l'heure.

Du sang de nourrisson !

Quelle horreur !

Qu'est-ce qui m'attend ce coup-ci ?

Au fur et à mesure que je progresse vers les spectres, ils s'installent en cercle comme pour m'accueillir. J'en distingue une dizaine. Ils ont beau ne pas être composés de matière, je suis persuadée qu'ils peuvent m'anéantir.

Et si toutes ces créatures n'étaient là que pour nous envoyer en enfer ?

Ce territoire n'est qu'un passage temporaire. Hormis ces prédateurs monstrueux et ces feux follets, je n'ai perçu aucune autre présence ici. À croire que je suis la seule à mériter pareil martyre.

Malgré ma peur, j'avance vers eux. Une partie de moi m'y pousse et je ne peux refuser. Je ne commande plus en cet instant.

Arrivée aux abords des fantômes, je déglutis, tremblant de tous mes membres. Ma louve observe et hume.

Que perçoit-elle ?

Elle ne m'envoie aucune image.

Brusquement, les spectres se détournent, ouvrent un passage et m'invitent à aller dans la direction que montreraient leurs bras, s'ils en avaient. Je sursaute.

Ma foi, j'étais déjà allée bien assez loin !

Je cille et analyse les ombres ondulantes, tentant de découvrir leur message, leurs desseins. Je les scrute scrupuleusement avec tous mes sens, mais je ne perçois que le vide. Même leurs esprits ne semblent pas animés. Rien ne s'échappe de ces capes, ni odeur, ni champ électromagnétique, aucune densité.

J'inspire un grand coup et j'accepte. Mon instinct est si fort en ce moment que je n'ai pas le choix. Est-ce cette fraction de moi que je dois à la lignée des sorcières de sang qui s'exprime à nouveau ?

Cette seule pensée me dégoûte !
Cette partie me fait horreur !

Je détesterais être comme ma génitrice. Non, c'est impossible.

Néanmoins, sans que je les commande, mes pieds se remettent en marche, direction les ruines. Nous allons droit vers un mur. Je me rends bien vite compte que cette parcelle démoniaque en moi a déjà calculé notre vitesse et celle des vestiges. Lorsque j'arriverai, je serai face à une entrée et je n'aurai plus qu'à pénétrer. L'ensemble paraît vide. Pourtant, je perçois des choses à l'intérieur. Autant les spectres ne m'inspirent que le néant, autant une présence magnétique résonne derrière ces murs.

J'en frémis.

Devant quelle créature vais-je encore me retrouver ?
Un nouveau prédateur ?

Mes jambes chancellent. J'aimerais tomber là, immédiatement, afin de ne pas aller plus loin. Mes pensées tourmentées s'agitent, j'ai peur. Ma louve attire mon attention.

Que me veut-elle ?
Ne voit-elle pas que je tente d'éviter un autre danger ?
Que je fais tout pour nous garder en vie ?

Je maugrée pour qu'elle me fiche la paix, ce n'est pas le moment.

Je m'approche bien trop vite de cette ouverture. Les spectres m'entourent et me poussent. Je ne peux plus rebrousser chemin.

Tout à coup, l'entrée est là. Je stoppe net et retiens ma respiration, scrutant pour découvrir ce qui va jaillir sur moi et m'engloutir.

Comment ai-je invoqué cette ressource, je ne saurais le dire.

Un minois sort du mur et je sursaute à cette vision angélique.

Est-ce réel ?

Son visage rosi met en valeur deux iris innocents.

Ce petit garçon paraît si mignon, si inoffensif.

Je me penche. Son souffle chaud crée des volutes rouges qui s'évaporent dans l'air. J'écarquille les yeux devant ce curieux phénomène. Instinctivement, je lève la main et mes doigts effleurent sa joue.

Glaciale !

Je recule sous le choc.

Cet enfant respire la mort.

Mes yeux s'embuent de larmes devant ce terrible constat.

Le menton du garçon tremble sous mon rejet.

— Non, ne pleure pas !

Et je tombe à genoux pour l'enlacer et le réconforter.

Quelle n'est pas ma surprise de découvrir quatre autres bambins en haillons. Des garçons et des filles.

Soudain, une vive douleur sur mon épaule m'arrache un gémissement. Mon regard se pose aussitôt sur ma chair meurtrie et j'aperçois des griffes crochues. Je sursaute devant cette apparition.

25 – Tiago

Je suis un véritable fauve qui tourne en cage. Je piétine à nouveau autour de ma Dalle.

Aucune trace d'Horia !

Mes Warous sont restés sur place à guetter le moindre indice qui pourrait les amener à penser que leur future Alpha rôde dans les parages, mais rien. J'ai été tellement touché qu'ils l'envisagent déjà comme ma compagne. Certes, elle est mon âme sœur et porte mon enfant. Pour autant, nous n'avons pas eu le temps d'officialiser notre couple. Ma grande famille lupine est merveilleuse. Encore plus que jamais, j'ai besoin d'œuvrer pour eux, pour leur survie, pour notre épanouissement à tous.

Pas le moindre signe de la présence d'Ecaterina non plus. J'en suis à la fois soulagé et dépité.

Si elle apparaissait, probablement qu'Horia aussi !

Bien sûr qu'elle ne répondrait à aucune question que nous pourrions lui poser. La vieille harpie n'en a rien à faire. Et heureusement qu'elle n'est pas là. En cet instant, je serais capable de marchander n'importe quoi, juste pour qu'elle me redonne Horia.

Mon loup aboie pour communiquer son assentiment.

Voilà, en ce moment, nous sommes faibles à cause de cet amour et c'est dangereux !

Eiirin n'a trouvé aucune information intéressante parmi les trois cervelles Vircolac. Ces trois-là sont tombés dans l'inconscience et Sensei a décidé qu'il reprendrait la torture mentale plus tard, quand ses proies seraient de nouveau aptes à être tourmentées. En attendant, il nous a demandé de poursuivre l'enquête de notre côté aussi et nous a renvoyés chez nous. J'ai failli râler, tellement mon dépit était grand, tout comme son impassibilité. Pourtant, au fond de lui, je sais que nos intérêts lui tiennent à cœur. Toutefois, il ne sait simplement pas le montrer. Versipalis et Marko m'ont convaincu de rentrer à la maison.

Pfff... Quelle galère !

Une chose est sûre : la créature que Nilsa a découverte dans ma forêt et à l'initiative de la tempête magique ne peut pas être Ecaterina. Elle avait bien des membres de chair et d'hémoglobine. Or, la sorcière Vircolac est évanescente et a besoin d'Horia pour revenir sous forme humaine.

Cela signifie donc qu'une autre sorcière de sang est entrée dans la danse. Ismérie et Teruki en sont convaincues. Cette démone n'a rien à voir avec les pouvoirs de nos alliés.

Nos sorcières, accompagnées de Versipalis, ont posé de nouvelles protections magiques sur nos frontières. Kanine a ajouté des moineaux guetteurs pour surveiller nuit et jour le moindre mouvement. Tous ces systèmes utilisent des capacités différentes.

— Mais aucune ne garantit que cette ennemie soit détectée ou ne l'empêche de passer ! a clamé Ismérie.

Cette conclusion a sonné le glas pour moi.

Mais qu'allons-nous faire ?

Je flippe à mort à l'idée de ne pas savoir d'où va venir la prochaine menace. Et si j'agissais trop tard ? Les conséquences pourraient être terribles. Je dois protéger les miens et mes alliés.

Soudain, Marko m'appelle via notre lien, et je perçois aussitôt l'urgence de la situation.

— Falko, organise la surveillance de la Dalle ! Je rejoins Marko.

Mon bêta distribue immédiatement une poignée d'ordres pour parer à tout danger.

Je pars en courant à travers le village, ma forêt. À chaque Warou qui est sur mon chemin, je lui indique de me suivre ou de soutenir un responsable d'action. Tout va très vite dans ces cas-là et nous sommes très soudés pour ne former qu'un, nous protéger, nous défendre, mais aussi attaquer.

Je me faufile entre les arbres, entouré par une partie des miens. Au loin, je distingue déjà Marko. Il est aux aguets. Son inquiétude éclate autour de lui. Il semble seul. Aucune odeur d'hémoglobine ne flotte dans les airs.

Mais que se passe-t-il ?

Est-ce un piège ? Une diversion pour m'éloigner de la Dalle ?

— Alpha, s'incline Marko quand je stoppe net à côté de lui.

J'ai beau observer chaque recoin, je ne discerne absolument rien.

— Regarde par ici, Tiago.

Son doigt me montre la végétation fournie à nos pieds. Je baisse les yeux et quelle n'est pas ma stupeur de découvrir une sorte de mâchoire métallique. Un système de cordon de cuir permet de l'accrocher au bras, la rendant solidaire avec son membre.

Je m'accroupis, abasourdi, et Marko m'imite.

— Regarde bien, ajoute-t-il. Il y a un dispositif à actionner pour « mordre » !

Il appuie sur un mécanisme avec le bout d'une branche et les dents claquent.

— Ce sont des crocs de vampire métalliques, dis-je, totalement interdit.

— Ça m'en a tout l'air...

Je me redresse sur-le-champ.

— Retournez votre peau et quadrillez-moi ce terrain cent mètres carrés autour de nous.

Aussitôt, mes Warous s'exécutent et furètent dans chaque coin.

— Quelqu'un nous a déposé ça ici, annoncé-je en ouvrant tous mes sens au maximum.

— C'est certain ! Cette chose n'était pas là.

— Tu crois que cette arme a servi ?

Marko plisse le front et tique.

— Je le crains. Même si elle paraît propre, je me suis penché et j'ai décelé une odeur de plasma.

Peut-être avons-nous enfin une piste ?

Mon palpitant s'active d'excitation à l'idée de nouvelles révélations.

— Et alors ?

Mon impatience transpire dans ma question.

— Hémoglobine lupine !

J'en reste coi.

— Le bêta d'Orféo, je siffle.

— C'est bien possible, conclut Marko.

— As-tu touché à cet engin de mort ?

— Non, je l'ai examiné et t'ai appelé aussitôt. Je ne voulais pas le contaminer avec mes empreintes.

Je frappe son épaule, tout content que l'on avance enfin.

— Merci, Marko.

— Je n'y suis pour rien, Alpha. Quelqu'un a souhaité que l'on trouve ce dispositif...

— Mmmm... C'est certain. Est-ce la sorcière de sang ? Combien sont-ils à nous torturer ?

L'expression de Marko se rembrunit.

— Impossible à dire, mais nous ne sommes pas au summum de nos tourments.

— Je crains que tu n'aies raison, Marko. Appelons les Duroy !

***

Teruki arrive instantanément.

— Les autres se reposent, annonce-t-elle pour justifier qu'elle est seule.

Nous acquiesçons. C'est une bonne nouvelle après tout. Lorsque Teruki dormira, nous aurons une autre sorcière à disposition.

Marko et moi reculons pour laisser toute la place à la sangsue. Cette dernière commence par humer l'air, puis cet objet funeste. Clairement, c'est une arme. Au vu de la taille de l'alliage, n'importe quelle créature surnaturelle peut décapiter un métamorphe ou un vampire.

Teruki ne dit mot et mon impatience augmente. J'aurais préféré qu'elle dévoile au fur et à mesure ses impressions. Tandis que mes Warous reviennent bredouilles les uns après les autres, je me morfonds et analyse les moindres gestes de Teruki.

Ensuite, elle se lève et balbutie des sortilèges, concentrée sur sa tâche. Moi, je suis plein d'espoir.

Soudain, elle rouvre les yeux et les plante dans les miens.

— C'est la même sorcière de sang, celle qui a pénétré notre territoire !

26 – Horia

— Je te retrouve enfin ! clame Ecaterina. Ne t'éloigne pas comme ça, petite.

Le rouge disparaît et tout redevient gris. Je recule aussitôt pour me libérer de ses doigts crochus qui pénètrent la chair de mon épaule.

— Comment m'avez-vous trouvée ?

J'en suis contrariée.

Alors, je ne peux me cacher de ma génitrice ?!

J'en suis choquée !

Et pourquoi tout est gris à nouveau ?

Les ruines, les enfants, les spectres... Tout s'est volatilisé !

Comment est-ce possible ?

J'observe autour de moi et cille pour découvrir l'invisible.

Mais il n'y a plus rien !

Est-ce qu'il y a plusieurs dimensions dans ces limbes ?

— Mmm... Je t'ai sentie.

Elle renifle nonchalamment. Je l'avais déjà totalement oubliée, celle-là. Ecaterina s'avance et je me retrouve vite acculée contre ces vestiges. Je perçois la densité des murs évanouis dans mon dos et ça me rassure. Je n'ai pas rêvé.

Je ne suis pas folle !

Soudain, même la consistance derrière moi disparaît et je peux à nouveau reculer d'un pas.

Ecaterina se met à flairer et se penche en direction du lieu où étaient les bambins.

Discerne-t-elle ces enfants ?

Je hume à mon tour. Aucune odeur particulière n'arrive à mes narines. Ma concentration se fait intense pour trouver ces créatures. J'ignore si elles sont mortes ou vivantes. J'ai beau analyser avec mes moindres sens, je ne décèle absolument rien.

— Qu'y a-t-il par ici ? demande la démone avec convoitise en avançant.

Clairement, elle ne les voit pas. Pourtant, elle les devine d'une manière ou d'une autre.

Comment se fait-il que je ne ressente pas la présence des enfants, contrairement à ma génitrice ?

Si c'est lié aux pouvoirs de la créature qui m'a mise au monde, je devrais pouvoir les remarquer aussi.

Alors que je pensais être une métamorphe cassée, je réalise que je suis mi-louve mi-sorcière de sang.

Ça me dégoûte clairement.

J'ai été spectatrice des méfaits d'Ecaterina chez les Vircolac. Cette diablesse n'a aucune limite, et savoir que je partage un patrimoine génétique avec elle me fait horreur. Pourtant, il va bien falloir que j'accepte cette partie de moi. Ça ne va pas être une mince affaire... Mais surtout, je dois comprendre dès à présent comment fonctionnent ces capacités surnaturelles. Je peux peut-être me débarrasser définitivement de la vieille sorcière, ce qui rendrait service aux Warous. Je pourrais ainsi retourner vivre auprès d'eux. Je ne suis pas encore morte. Je n'ai pas la même consistance que la diablesse.

Pleine d'espoir, je prends conscience que je dois tirer avantage de ma terrible situation. Et pour l'instant, il faut absolument que je détourne l'attention de la sorcière de ces bambins. La peau glaciale de la joue du garçonnet m'amène à penser qu'il n'est probablement plus en vie. Mais mon intuition me révèle qu'il n'est pas mort non plus.

Amis ou ennemis ?

J'ignore ce que sont ces petits et les raisons de leur présence ici dans une autre dimension.

Voulaient-ils profiter de mon énergie eux aussi ?

Ou au contraire, puis-je les aider ?

Aucune idée !

— Aurais-tu vu des chiards, Horia ?!

Je tremble sous cette terrible question.

— Non !

— Han, tu ne sais pas mentir, ricane la vieille.

Je plisse le front, emplie de contrariété. Elle n'a pas peur et continue d'avancer, ce qui signifie que ces enfants pourraient devenir des proies d'une manière ou d'une autre, ou qu'Ecaterina pourrait les utiliser, même s'ils se révélaient dangereux. Ma génitrice n'est motivée que par ses intérêts personnels, peu importe ce que ça lui coûte !

— Non, vraiment, je ne vois rien, dis-je en faisant mine de chercher.

Mon air d'idiote m'a toujours été salutaire lorsque j'en avais besoin. Ça a du bon d'avoir la réputation d'être une moins que rien. Personne n'attend quoi que ce soit de moi. La sorcière me jauge et se redresse, soupirant de frustration.

— Dommage ! J'aurais pu absorber leur énergie... J'aurais moins pompé la tienne, mais c'est toi qui vois, annonce-t-elle sournoisement.

Je recule pour me protéger et hausse les épaules. Ecaterina joue avec mes nerfs.

— Des enfants restent coincés ici ? je demande innocemment.

Peut-être que je ne la trompe pas, mais elle se détourne totalement des ruines et lâche l'affaire.

— Allez, viens !

Ma génitrice m'attrape par le bras et m'entraîne avec elle. Pour appuyer ses propos, elle aspire mon énergie au passage. Cette sensation est désagréable. Mon corps se raidit instinctivement. Ma louve aboie pour faire reculer la vieille bique. Cette dernière se gausse des réactions de mes différentes parties et je lui donne un coup de coude afin qu'elle abandonne son emprise. Sans contact, Ecaterina a plus de mal à voler ma vitalité.

— Dommage, dit-elle en se léchant les lèvres comme si j'étais un mets succulent.

— Que feraient des enfants ici ? j'insiste.

— Ils termineront en feu follet, sauf si on s'en nourrit avant. Ces petits morveux sont bien plus difficiles à manger après ! On ne sait jamais où ils vont surgir !

Ces derniers mots la contrarient.

— Moi aussi, je pourrais les absorber ?

Ma génitrice me regarde soudain de travers. En ce moment même, elle m'envisage comme une concurrente et ça, ça me fait vraiment plaisir. Aussitôt, je prends conscience que je dois rester la gourde qu'elle pense avoir engendrée. Alors, pour ma sécurité, je reprends mon air piteux.

— Han, tu n'oseras jamais !

Je me renfrogne.

— Ça les fait souffrir lorsqu'on les absorbe ?

Cette question est idiote. Je connais la réponse : je ressens les conséquences chaque fois qu'Ecaterina aspire mon énergie. Cependant, j'avais besoin de le demander.

— Ça les tue définitivement !

Choquée, je stoppe net mon avancée.

— Mais parce que tu crois que tu peux les renvoyer sur terre ?

Et elle éclate d'un rire tonitruant à faire pâlir les morts. Clairement, elle se moque de moi. Le chagrin m'envahit. Ma louve se love à l'intérieur de moi pour me réconforter. Aussitôt, je me secoue.

Depuis toujours, on se moque de toi, Horia !

Ma partie animale grogne pour se rebeller.

— Mieux vaut les aspirer avant qu'ils ne deviennent des feux follets, ils contiennent davantage d'énergie et sont plus savoureux. Qu'ils soient au moins utiles à quelque chose... Je te promets de te laisser tranquille si tu m'en amènes, Horia !

Horrifiée, je maugrée. Je serais incapable de provoquer la mort, ou même de la souffrance à ces enfants. Il faudrait déjà que je les retrouve. Je n'ose me demander si cette énergie pourrait me servir à moi aussi. Je trouve cela tellement cruel. Mon instinct me rappelle que la sève de vie serait plus intéressante. La nausée me saisit. Des crampes d'estomac me torturent et j'en grimace.

— Allez, viens, ne restons pas là !

Je la suis à nouveau, plus pour éloigner la démone de ces enfants que pour ma protection. Au plus profond de moi, je sais que cette énergie pourrait me servir.

Serais-je capable de me résoudre à les aspirer, quitte à les tuer définitivement ?

27 – Tiago

Tous mes invités sont rassemblés dans une grande salle au niveau des cachots des Duroy. L'endroit est lugubre. Des chaînes accrochées aux murs permettent d'entraver des prisonniers. Des engins de torture que je préfère ignorer sont à disposition. Cette ambiance me fait froid dans le dos. Mes poils se hérissent d'horreur. Cette salle, je ne la connaissais pas. Je ne pense pas que les Duroy aient eu à supplicier des ennemis avec de tels instruments. Ils ont bien des dons pour cela sans avoir recours à tout ce matériel. Nos chères sangsues ont dû le garder pour le folklore. Et ça fait son effet. En revanche, cela en dit long sur les habitudes des propriétaires humains qui occupaient ce château. Ils avaient de drôles de divertissements.

Je me concentre à nouveau sur les émissaires de meutes alignés devant nous. Leur collier toujours autour du cou, ils sont en plus sous bonne garde. Même s'ils se sauvaient, ils n'iraient pas loin.

Nilsa, l'héritière danoise est triste à mourir. Je comprends son chagrin. Néanmoins, je n'ai pas le temps de réfléchir à la meilleure manière d'aborder le sujet avec son père. Et puis, je connais la responsabilité d'Alpha et les sacrifices à faire pour sa meute. En clair, c'est le cadet de mes soucis. Malgré tout, si j'ai l'occasion de leur proposer une coalition à la fin de cette histoire, je le ferai. Mon instinct me dit que les Danois seraient de bons alliés s'ils sont effectivement innocents dans ce complot.

Mais je n'en suis pas là !

Teruki a dissimulé la mâchoire métallique dans un sac qu'elle tient dans son dos. Les Duroy orchestrent une mise en scène digne d'un dramaturge. Entre la salle et l'ambiance pesante, mes invités sont à la limite de la terreur. Ce sentiment est renforcé notamment par leur infériorité numérique et leur incapacité à retourner leur peau. Toujours est-il que personne ne la ramène. Même Orféo, avec son impulsivité et sa propension à créer des tragédies, patiente, la tête baissée. Pourtant, ça ne lui ressemble pas.

Eiirin, Ismérie et leur bras droit, Léo, sont juchés sur des trônes en bois finement sculptés. Leurs moues hautaines et dédaigneuses ajoutent de la menace à tout ce spectacle.

Nous souhaitons voir les réactions de mes invités lorsqu'ils découvriront la mâchoire vampirique métallique. Nous avons conclu que la sorcière de sang a fomenté un complot avec Demetriu et probablement un des émissaires. Le contraire serait des plus étranges. L'arrivée d'Horia et les conséquences de sa présence désignent tout naturellement les Vircolac. Cependant, Sensei n'a trouvé aucune pensée prouvant cette hypothèse. Certes, les métamorphes sont moins « lisibles » pour ce télépathe, mais tout de même. Soit nos adversaires sont très forts pour protéger leur esprit, ce qui semble impossible, soit ils sont sous l'influence d'un sortilège comme nous l'avons constaté pour Demetriu.

Qui joue la comédie parmi les Vircolac, les Italiens, les Danois ?

Tous peuvent avoir un allié vampire. Les sangsues sont garantes de trésors d'informations qui peuvent être utilisés plusieurs centaines d'années plus tard et de façon magistrale.

— Nous avons un sérieux problème ! revendique Teruki. Un traître, voire plusieurs, sévit parmi vous.

Les lupins ouvrent la bouche face à cette mauvaise surprise. Leurs épaules se voûtent et ils transpirent la peur. Demetriu les a rejoints. Une lame attend le long de sa jugulaire. Au moindre geste, sa tête roulera sur le sol. Ce traître n'aurait même pas le temps de s'envoler à tire d'aile sans perdre ces dernières.

Tous nos sens sont en éveil. Je tente de déceler si l'un d'entre eux est moins effrayé qu'il ne devrait l'être. C'est le cas des Danois, enfin, pas de l'héritière. Cependant, je suis persuadé que Nilsa est terrifiée pour d'autres raisons qui n'ont rien à voir avec mes affaires.

Pourrais-je me tromper ?

Eiirin est connecté à toutes les pensées prêtes à fuir des cervelles lupines. Sa moue maussade n'indique rien de particulier. Un petit indice pourrait me mettre sur la voie, mais rien.

L'aura d'Ismérie enfle. Sous son sortilège, les statures des métamorphes s'affaissent. Je saisis aussitôt qu'elle détend nos invités pour qu'ils se laissent aller en toute confiance.

Si cela pouvait les amener à se trahir, ce serait parfait et on gagnerait du temps !

Teruki commence à faire des allées et venues devant nos prisonniers pendant que sa mère œuvre, tel un prédateur prêt à bouffer sa proie. L'arme qui a tué le bêta d'Orféo se balance au rythme de ses pas.

— L'idéal serait que le coupable se désigne. Cela éviterait d'éliminer un malchanceux, propose Teruki en s'arrêtant à nouveau.

Elle les jauge, un à un. Elle y prend un malin plaisir. Son père, Eiirin, doit être fier d'elle. Il n'en montre rien. En revanche, Léo, son compagnon, tente de cacher la flamme d'orgueil qui fait briller ses yeux.

Teruki recommence à tourner devant ses proies et reprend :

— Bien sûr, les Duroy sont connus pour leurs instincts de justice impartiale... Cependant, nous pourrions commettre une erreur.

La sangsue s'arrête à nouveau et les observe comme s'ils étaient tous condamnés.

— Alors ?! insiste-t-elle pour enfoncer le clou.

Aucun ne dit mot. Nos prisonniers la sondent pour démêler le vrai du faux. Néanmoins, ils n'en mènent pas large et Teruki reste impassible. Leurs mines apeurées la laissent de marbre.

— Donc, vous n'avez rien à dire ?

La vampire campe soudain sur ses longues jambes musclées et ramène le sac en tissu devant elle. Un cliquetis retentit avec la brusquerie de son mouvement. Tous les yeux se plissent et se rivent sur ce ballot noir. D'un grand geste vif, elle extirpe l'arme et la fait glisser par terre. La mâchoire métallique tourbillonne et s'arrête à un mètre des Vircolac. Tous les invités fixent cet objet. Leurs regards exorbités sont fascinants. Tous semblent découvrir cet instrument.

Teruki se tait et nous jaugeons chacun d'entre eux.

— À qui appartient cette chose ? demande Teruki.

Son expression devient cruelle lorsqu'elle évalue chacun d'entre eux. Si un jour elle est hissée au niveau de chef de clan, elle sera redoutable.

Malgré tout, tous mes invités font non de la tête.

— Dommage que personne ne sache rien. C'est l'arme qui a décapité Ilario ! lâche-t-elle d'un ton théâtral.

— Mon bêta ! crie Orféo.

Son rugissement de douleur fait peine à entendre.

— Oui, Orféo. Nous avons le moyen, il ne reste plus qu'à trouver l'assassin.

— C'est un coup monté des Vircolac ! Que fait leur vampire ici ? clame l'Alpha italien.

Les Roumains se défendent sur-le-champ, chacun à sa façon, si bien que l'on ne comprend plus personne dans le brouhaha qui s'élève.

— Ça suffit ! tonne Sensei.

Un silence mortel s'étire aussitôt.

— C'est un complot ! revendique Orféo. Vous m'avez fait venir sur votre territoire pour anéantir mon clan, et non pour me proposer une alliance digne de ce nom !

28 – Tiago

— Nous n'avons aucun intérêt à affaiblir ta meute, Orféo, réponds-je aussitôt.

Quelle drôle d'idée lui traverse l'esprit soudainement !

Je me tourne vers Eiirin, attendant un signe de sa part. Ses yeux sont rivés sur les Vircolac. Un vampire, un Alpha, son héritière et son bêta sont là, patientant sans rien dire. Ils se mureraient eux-mêmes pour se fondre dans le décor et ainsi disparaître s'ils le pouvaient.

Évidemment, tout porte à croire que ce sont eux les intrigants puisque Demetriu est ici en cachette. De plus, il a été introduit sur notre territoire par une sorcière de sang dont on n'a aucune idée de l'identité. Côté allégeance, elle roule pour les Vircolac. Néanmoins, si elle a accepté une telle alliance, c'est qu'elle y a des intérêts.

Soudain, le maître Duroy se lève. Son kimono noir lui donne toute l'austérité dont il aime tant se parer. Ses mains empoignent les deux sabres accrochés sur ses hanches. Il les dégainera au moindre mouvement de ces trublions. Sans aucun remords, il les décapitera. Sensei avance d'un pas déterminé vers les Roumains et s'arrête à un mètre d'eux. Ses yeux plongent en eux.

— On peut savoir quel était l'objet de votre discorde l'autre soir ? demande Sensei.

Son ton résolu prouve qu'il aura des réponses d'une manière ou d'une autre. Ses proies se crispent sous la menace.

— C'est privé. Cela ne vous concerne en rien, tente Liviu.

Eiirin se fixe devant l'Alpha.

— Tout ce qui se passe au château est de ma responsabilité... J'écoute !

Le chef lupin lâche un soupir et son bêta se fait tout petit, ce qui est ridicule. Avec nos carrures de métamorphe, il est impossible de se fondre dans le décor.

— Ce sont des affaires que je dois régler en tant qu'Alpha, et je le ferai dès que nous rentrerons en Roumanie.

Nos regards se tournent vers Radu. Ce dernier s'est rendu coupable envers sa meute, mais qu'a-t-il bien pu commettre ?

— Est-ce que c'est un événement qui s'est produit sur notre territoire ? questionne le chef Duroy, songeur.

— Non, couine Liviu en transpirant.

Sensei ne perd pas une miette des bribes de pensées qu'il pourrait capter. Et brusquement, il sursaute.

— Ecaterina ?! Que vient-elle faire dans vos histoires ? tonne Eiirin, en cillant.

Demetriu tressaille. Sensei pivote aussitôt vers lui. Les iris du Roumain deviennent hypnotiques pendant qu'Eiirin lit en lui comme dans un livre ouvert.

— Mmmm... Cette sorcière savait donner de sa personne... C'était une fine manipulatrice ! conclut Sensei. Et en quoi cela concerne-t-il ta meute, Liviu ?!

À nouveau, le maître vampire se tourne vers le lupin. Ce dernier se renfrogne.

— Ton bêta semble avoir des affinités particulières avec la harpie !

— C'était il y a bien longtemps. Et c'était juste pour le plaisir. Mon bêta n'a rien comploté contre vous. Cela ne vous regarde pas !

— En es-tu sûr, Liviu ?

— Tout à fait, Sensei. Radu et la sorcière ont simplement été amants, et rien de plus !

L'Alpha Vircolac transpire de sincérité. J'ai beau chercher le moindre doute dans ses émotions, je n'en trouve pas. À côté de lui, Radu se fait penaud et baisse la tête. Il n'est pas interdit d'avoir des liaisons. D'autant plus que le père d'Horia est veuf depuis bien longtemps.

Cependant, Radu me paraît sournois. Bien sûr, je ne peux croire à son innocence, je ne le pourrai jamais. Il a été un véritable tortionnaire pour mon âme sœur.

Mais comment peut-on être aussi mauvais avec son propre enfant ?

En plus des Warous qu'il a éliminés, des Mordus qu'il a fait transformer contre leur gré. Je ne peux imaginer qu'il n'ait commis aucun acte répréhensible.

Je les défie de mon air buté pour montrer ouvertement que je n'en crois rien. Radu détourne le regard. Je me retiens pour ne pas exiger d'Eiirin qu'il le torture un peu plus. Ce dernier m'observe soudain. Ma colère est trop présente pour qu'il puisse l'ignorer.

— Alpha Vircolac, dans un premier temps, je vais t'accorder la présomption d'innocence. Cependant, au vu de votre passif, je ne peux qu'enquêter. Votre sorcière, même défunte, revient nous tourmenter, et le hasard ferait que c'est exactement au moment où vous êtes chez nous ? Admets que c'est plus que troublant !

Liviu prend un air consterné. Demetriu et Radu fuient du regard. Ces types sont louches. J'en mettrais ma main à couper.

— Et mon cher Ilario ?! s'égosille Orféo.

On l'avait oublié celui-là !

— L'enquête se poursuit, explique Teruki.

Elle porte sous son nez la mâchoire qui a assassiné le bêta.

— C'est bien le sang de mon Ilario !

— Nous avons l'arme. Nous trouverons bientôt le coupable !

— Ma fille dit vrai. Qu'on les ramène dans leurs appartements ! ordonne Eiirin.

— Prison ! Nous sommes en prison ! crie l'Italien, tentant une rébellion.

— Préfères-tu le cachot, comme Demetriu ? demande Eiirin, impassible.

Clairement, il n'en a rien à faire, mais il donnera raison à Orféo en l'enfermant dans une cellule si celui-ci n'est pas satisfait de la cage dorée dans laquelle il est installé. L'Italien baisse la tête et les gardes raccompagnent tout ce petit monde. Bien vite, Demetriu prend une tout autre direction.

Aussitôt, nous nous réunissons avec nos alliés pour définir la suite à venir.

— Vous pensez vraiment Radu innocent ? ne puis-je m'empêcher de demander.

Le rictus en coin d'Eiirin me rassure immédiatement.

— Demetriu est en cheville avec cette sorcière de l'ombre. Ça ne peut être Ecaterina puisque Nilsa a vu un bras de chair sortir de la cape. Si Ecaterina avait pu se réincarner, le rituel d'Horia n'aurait pas tourné de manière aussi tragique.

Nous acquiesçons tous devant les paroles d'Eiirin.

— Il s'agit de savoir maintenant si les loups Vircolac sont complices. Et avec eux, on ne peut écarter aucune option.

Nous soupirons de frustration.

Ça n'avance pas assez vite !

Soudain, mon lien lupin m'alarme. L'image que je capte, d'une pivoine en fleur, me fait penser aussitôt à Horia.

— Je dois y aller ! Horia !

Je me détourne et bondis comme une fusée.

— Laisse-moi du temps pour ordonner l'ouverture des portes ! crie Maxence.

Les poils poussent sur ma peau à l'idée de revoir ma louve. J'ignore si elle est présente, car je suis trop loin pour avoir les détails de ce qui se passe à la Dalle.

Le majordome décroche son téléphone. J'aurais eu mille questions sur la suite des opérations. Cependant, une seule chose compte en cet instant : ma compagne !

Marko et Versipalis se calent sur mes pas. Ils respirent l'allégresse de revoir leur future Alpha et ça me comble de joie.

Quand je mets un pied dans ma forêt, mes vêtements explosent et je fonce à la Dalle.

29 – Horia

Je commence à avoir faim. Seulement, ici, je n'ai rien pour me nourrir, hormis ces bambins. Cependant, je n'ai aucune envie d'aspirer leur vitalité, et même si je le désirais, j'ignore comment retourner dans la dimension « rouge ». Je ne rêve que de rejoindre les Warous.

Là aussi, comment retrouver le tunnel ou la façon dont je m'y suis prise ?

Ces aptitudes surnaturelles semblent liées à ma louve. Quand je l'observe d'un œil interrogateur, elle se morfond sur son ventre vide, incapable de voir plus loin que le bout de son museau.

Voilà, encore une fois, nous sommes en mauvaise posture.

La goulue démoniaque sirote mon énergie à petites goulées, comme si elle était économe. C'est bien le signe que nous allons devoir trouver rapidement une solution.

— Je dois me nourrir ! dis-je comme une évidence.

— En effet. Tu pourrais ramener les chiards. Je te promets de te les laisser pour cette fois !

Sa main glaciale et visqueuse se pose sur mon bras en signe de réconfort. Je me recule. Comme à chaque fois, ce contact me dégoûte. Ma nausée s'intensifie sur mon estomac vide. Une crampe douloureuse me saisit et je cramponne mon ventre, comme si ce simple geste allait me soulager. Malheureusement, il n'en est rien.

— Mais je ne sais pas comment les trouver !

— Si tu les as vus une fois, tu peux recommencer !

Son ton est acerbe comme si elle avait affaire à une mauvaise élève. C'est probablement ce que je suis, d'ailleurs.

— Il serait plus sûr que je retourne chez les Warous !

Elle jauge mon sérieux, et ma louve glapit de contentement à l'idée de manger un bon morceau de viande sanguinolent. Elle en bave déjà. Cette image m'écœure et me fascine à la fois.

— Et tu sais comment faire ?

Pfff... Malheureusement, non !

Ma folle adoratrice couine en sautant partout. Tout à coup, elle est certaine de trouver une solution. Sauf que lorsque j'essaie de comprendre si elle maîtrise cette capacité, elle me snobe royalement, la fourbe.

Nous sommes de nouveau sous ces trois branches décharnées. Ecaterina me ramène toujours ici. Elle s'est approprié ce territoire, semble-t-il.

A-t-il des propriétés particulières ?

Si je pars dans cette direction, je retourne au marécage et à l'endroit où nous avons atterri sur la Dalle. Je pourrais tenter l'expérience. Je me lève aussitôt.

— Où vas-tu ?

Concentrée sur ma tâche, je jette à peine un œil à la démone.

— Je dois me nourrir, je rejoins les Warous.

Mon visage s'illumine déjà à l'idée de retrouver Tiago, et ma folle adoratrice hurle de joie.

— Mmmm... Fais attention au marécage !

Je pivote vers ma génitrice pour l'examiner.

Se pourrait-il qu'elle s'inquiète pour moi ?

Mais non, elle triture dans la terre putride à la recherche de vers à manger. Je hausse les épaules et reprends mon chemin.

— Horia ?!

Soudain, l'agacement monte en moi.

Que me veut-elle, enfin ?

— Fais attention chez les Warous. Reste auprès de la Dalle, elle te protégera.

Je n'ose lui dire que je ne pouvais pas m'en éloigner. Ma survie est clairement attachée à cette pierre ancestrale.

Je soupire et poursuis ma route.

— Horia, j'ai perçu une consœur le soir du rituel !

Je sursaute à cette nouvelle et stoppe aussitôt pour revenir vers Ecaterina. Cette dernière ne lève même pas la tête. Une larve s'agite, coincée entre ses lèvres, et ses doigts prolongent leur exploration. Je ne sais plus où regarder, tellement cette vision me soulève le cœur.

Une consœur !

— Il y a une autre sorcière de sang ?!

— Oui, et elle te détruira. Elle désire s'emparer de la Dalle.

Je lui dirais bien que c'est son objectif à elle aussi, mais ce serait une perte d'énergie inutile.

— Pourquoi voudrait-elle m'éliminer ? J'ignore tout de mes pouvoirs.

Enfin, elle lève la tête et m'observe.

— Tu pourrais devenir une sorcière de sang digne de ce nom. Tu en as les capacités, ma fille. Je suis très puissante. Tu vois une de mes consœurs ici ?! J'avais tout prévu pour ressusciter. Aucune autre que moi n'a su faire cela !

Je ronchonne à cette annonce.

Alors, je ne vais pas trouver d'alliée ?!

— Moi, je t'aiderai, Horia. Tu peux survivre à tout ça. Tu auras un choix douloureux à faire. Mais je suis prête à te laisser choisir toi-même. En contrepartie, tu auras ton poilu pour la vie !

Oui, et nous serons pieds et poings liés à la sorcière !

Ma louve aboie pour me signifier qu'il faut accepter. On ne peut pas condamner notre âme sœur et sa meute !

Mon cœur se fracture à l'idée de toutes les conséquences. Ce sera perdre ma folle adoratrice ou mon bébé, et ce choix nous fera signer définitivement un pacte avec cette diablesse.

Un poids me tombe sur les épaules. A contrario, si je refuse, tous les Warous seront renversés et Tiago éliminé.

Une chape de chagrin m'envahit avec cette impression horrible de sombrer. En cet instant, je suis anéantie.

— Cette sorcière de sang s'emparera de tes pouvoirs en te tuant. Elle en sera plus puissante.

Ecaterina parle calmement. C'en est très étrange. Dans ce cas, nous serions tous condamnés.

N'en a-t-elle rien à faire finalement de vivre ou de mourir ?

Elle se concentre à nouveau sur la boue nauséabonde dans laquelle elle enfonce ses doigts.

— Est-ce votre fille ?

— Ma fille ?! Oh non, elle t'aurait déjà tendu un piège à sa manière. Celle-là n'en a pas l'envergure... mais elle est puissante. Je l'ai perçue, elle rôdait dans l'ombre. Elle attend son tour. Cette lignée se prépare depuis si longtemps...

Soudain, je la sens retourner dans son passé. Une de ses mains m'invite à partir. Je suis interdite devant toutes ces révélations. Alors, depuis notre arrivée, nous étions cernés par deux sorcières de sang sans nous douter de rien !

Hormis mon père !

Ce traître d'assassin.

Lui savait ce qu'Ecaterina avait manigancé pour revenir d'entre les morts.

La preuve, je suis là !

La rage s'empare de moi. Je dois absolument prévenir Tiago, tout lui dévoiler.

Ma louve aboie de contentement à cette idée.

Malheureusement, la dernière fois, nous n'avons pas pu communiquer avec lui. Ce qui est très étrange. Nous ne parlons pas le même langage. Encore un mystère.

— N'oublie pas de revenir rapidement, Horia, sinon tu mourras !

J'ai déjà fait un bout de chemin, mais la brise porte ses paroles jusqu'à mes pas.

S'inquiéterait-elle pour moi ?

Je longe maintenant une berge étroite pour retourner à l'endroit où nous avons pu changer de dimension. Je passe le relais à ma louve. Aussitôt, mes yeux se teintent d'un léger voile rougeâtre. Je ne cherche pas les ruines et les enfants. Je dois rejoindre Tiago, il le faut absolument.

Un mouvement d'eau attire mon attention. Le ver monstrueux ondule, mais curieusement, il n'a pas l'air de venir vers nous.

Bien ! Nous commençons peut-être à maîtriser nos dons !

Il ne reste plus qu'à trouver ce tunnel métaphysique pour passer du côté des vivants !

30 – Tiago

Deux heures que j'attends !

Je n'en peux plus. J'ai repris forme humaine. Une légère brise caresse ma peau nue. Je ne me suis pas rhabillé pour forcer le sort : Horia doit absolument venir. J'ai besoin de la voir, la toucher, la humer. Je ne tiens plus, demeurer si longtemps loin d'elle est une véritable torture.

Tout est prêt pour l'accueillir. Un repas lui est servi. Je lorgne sur la viande fraîche posée sur la Dalle. Mon loup protège hargneusement ce morceau de barbaque sanguinolent. Tous s'en écartent lors de leurs déplacements dans l'hémicycle. Mon âne bâté mordrait et je lui donne entièrement raison.

— Elle n'est pas loin ! annonce Teruki, confiante.

Mon amie est là à patienter avec moi. Elle m'a proposé de l'aide. Si seulement la sangsue pouvait rompre le sort et garder ma compagne avec nous. J'espère tellement. Malheureusement, je n'y crois pas.

Je ne peux croire que ce soit aussi facile !

Un simple enchantement pourrait-il conserver Horia dans cette dimension ?

— Comment peux-tu en être si sûre ?

Elle arque un sourcil à ma question.

— Ta confiance fait plaisir à voir, jeune loup ! me nargue-t-elle.

— Tu sais très bien que tu as toute ma confiance !

Je cille avec insistance pour lui montrer que j'attends des réponses plus précises.

Teruki soupire d'exaspération.

— Je perçois votre enfant dans l'au-delà. Horia est tout près de nous.

Mon cœur s'emballe au fait qu'elle soit si proche. Et c'est plus fort que moi. Mes yeux la recherchent partout au-dessus de la Dalle, autour. Je scrute la moindre parcelle d'air. Mais je ne peux la distinguer. Horia demeure invisible.

Par conséquent, je hume la plus insignifiante exhalaison qui pourrait m'indiquer sa proximité. Néanmoins, là encore, c'est l'échec total. Pourtant, le parfum de pivoine est toujours présent, mais ce n'est pas suffisant. Je devrais flairer aussi ma louve. À moins que Horia ne revienne sous forme humaine ? Je discernerais alors une nouvelle fragrance. Connaissant ma compagne, elle doit être terrifiée.

Et qui ne le serait pas avec tout ce qu'elle traverse ?

L'odeur qu'elle sécrète lorsqu'elle a peur devrait faire surface si elle était sur le point d'apparaître.

Est-elle coincée de l'autre côté ?

Qu'à cela ne tienne ! Je ferme mes paupières pour plus de concentration, pour pénétrer au-delà du visible. Versipalis chantonne à côté de moi afin d'accroître mes capacités.

Sa puissance surnaturelle peut peut-être lui faire entr'apercevoir le voile, à lui ?

Mon aura prend le relais et enfle. Si le champ électromagnétique de ma compagne est dans les parages, je le décèlerai, c'est ainsi. C'est la magie de ceux de mon espèce. Mes poils se hérissent, gonflant davantage mon pouvoir. Ma toile s'étend et englobe la Dalle. Je cherche la moindre parcelle d'Horia. Je pourlèche mes lèvres. La salive est un très bon conducteur.

Malgré tout, rien !

J'enrage.

Aucune perturbation, aucun élément dans l'air ne m'indique l'arrivée de ma louve.

Je souffle de frustration. Il y a trop longtemps que je n'ai pas dormi. Je n'ose plus m'allonger. Le sommeil me fuit. Et si je ratais la venue d'Horia ?

— En es-tu sûre, Teruki ?

— Oui !

Épuisé, j'ouvre subitement les paupières et l'observe. Son ton est si déterminé qu'en cet instant, je la crois. Horia ne peut être que proche de nous.

Voyant ses yeux fixés un mètre au-dessus de la Dalle, mon regard prend cette direction et je scrute ce vide. Non, vraiment, je ne discerne rien et ma lassitude est à son comble.

Soudain, l'air ondule et une ombre apparaît.

Est-ce le voile ?

Est-ce Horia ?

Une odeur de poils mouillés surgit aussitôt. Un relent nauséabond s'élève de la Dalle.

Mère Nature, que se passe-t-il ?

Tout à coup, une patte émerge, puis une toison claire s'élance sur moi en gémissant de douleur. Emporté dans un roulé-boulé par ce choc frontal, je me retrouve par terre sur le dos. Mes Warous, qui bondissaient pour me protéger, stoppent brusquement leur geste.

Une langue toute chaude me lèche le visage. Ma louve couine maintenant de bonheur et je ne peux m'empêcher de fourrager dans ses poils. Son pelage frôle mon ventre nu et c'est divin. Son délicieux parfum de pivoine se fait discret. J'ignore d'où elle sort, mais elle doit traverser un égout pour venir jusqu'ici, ce n'est pas possible autrement. J'oublie ce détail. Ma compagne est là et c'est l'essentiel.

— Doucement, Horia !

Je ne peux la contenir, tellement elle est heureuse. Mon cœur bondit dans ma poitrine de retrouver celui de mon âme sœur. Ces deux-là se coordonnent dans une mélodie symphonique. Jamais je n'ai perçu une si belle mélopée. J'aimerais que ça ne s'arrête jamais.

Devinant qu'Horia ne pourra pas reprendre forme humaine, je m'efface pour laisser surgir mon loup. Ce dernier, fou de joie, se frotte à elle, la bousculant tendrement au passage, lui donnant des coups de tête affectueux. Néanmoins, l'effluve d'hémoglobine frais d'Horia jaillit au niveau de son arrière-train. Je gémis de souffrance à l'idée que ma compagne soit blessée. Je renifle pour trouver aussitôt d'où vient le sang. Une de ses pattes arrière montre une belle morsure. Je hume. La meurtrissure exhale une odeur que je ne reconnais pas.

Quelle est donc cette créature qui a attaqué Horia ?

Ma louve couine de douleur à l'effleurement de mon museau.

Nos regards se croisent.

« Je dois te nettoyer. »

Ses magnifiques iris vert forêt semblent dans l'incompréhension.

Comme à sa dernière visite, Horia ne saisit pas.

J'insiste et ma langue lupine frôle sa blessure. Mes yeux restent fixés sur les siens en attente de son consentement.

Soudain, un éclair surgit dans ses prunelles. Elle comprend. Son coup de museau sur l'arrière de mon flanc me fait passer à l'action. Et je nettoie consciencieusement cette plaie.

— Je vais chercher un onguent, me signale Versipalis.

J'acquiesce à cette bonne idée.

Je travaille avec application. L'odeur infecte disparaît. Le goût en est infâme. Mais pour ma compagne, je serais prêt à tout, alors je poursuis mon soin. La salive est un excellent cicatrisant et notre métabolisme, un formidable guérisseur. J'espère que c'est aussi le cas de celui d'Horia. Lorsque je ne perçois plus que le sang de ma louve, je sais que mon mage pourra prendre le relais. Entre-temps, Marko a approché la viande. Horia s'en repaît à grandes bouchées. Si bien qu'un Warou fait apparaître de nouveau des morceaux de barbaque bien fraîche. D'où je suis, je devine les côtes d'Horia. Elle perd du poids. Ça me fend le cœur, je me sens si démuni, si impuissant.

Mon corps se love contre le sien et je l'invite à manger tout son soûl.

— Nous devons agir maintenant ! exige Teruki.

31 – Tiago

Affolé, je prends conscience plus précisément des dangers que court ma compagne et j'ai maintenant tellement hâte que Teruki l'enchante afin que nous puissions agir lorsqu'elle est de l'autre côté du voile.

La vampire attend mon aval afin d'intervenir.

Je contemple Horia avec fascination. Elle se lèche les babines ; son regard vitreux me montre qu'elle a eu les yeux plus gros que le ventre et j'en suis satisfait. Elle est trop maigre. Non seulement elle doit bien se nourrir pour reprendre du poil de la bête, mais aussi pour assurer un avenir à notre enfant.

Soudain, elle me fixe et grogne. Je saisis aussitôt qu'elle n'a rien contre moi. D'un coup de museau, elle m'interpelle. Elle paraît vouloir me dire quelque chose. Malgré tout, allez savoir pourquoi, nous ne sommes toujours pas connectés.

Sa tête se renverse en arrière et elle hurle à la mort. La confusion monte autour de nous. J'observe mes Warous, mon mage, Teruki... Personne ne devine son besoin et le message qu'elle désire si ardemment nous communiquer. Quelque chose semble important pour Horia. Néanmoins, ses informations vont rester secrètes.

J'en soupire de frustration.

Alors, ma louve couine de douleur et je comprends immédiatement que ce n'est pas sa blessure ou un quelconque dommage physique. Pourtant, ce qu'elle désire nous révéler est grave. Elle exhale la désolation.

Que peut-il se passer de pire que les circonstances actuelles ?

Horia nous regarde tous l'un après l'autre comme si elle cherchait de l'aide, quelqu'un qui l'entende.

Nous sommes tous penauds. Évidemment, nous tentons de la rassurer d'un sourire contrit ou d'un geste de réconfort, mais nous ne sommes pas en mesure de faire mieux en cet instant.

Versipalis lui montre l'onguent et sa blessure. Horia lorgne sa patte arrière et accepte d'être soignée.

Totalement découragée, mais repue, elle s'allonge sur la Dalle, proposant son membre abîmé au mage pour qu'il applique le traitement. Je m'étends contre elle, lui offrant tout l'amour qui est sur le point de faire exploser mon cœur tellement il en déborde. Je frotte mes babines pour l'enduire de mes phéromones. Ces dernières ont aussi un grand pouvoir pour rasséréner ma compagne. Peut-être que de l'autre côté du voile, ses ennemis la laisseront tranquille en sentant ma puissance.

Je suis le premier à ne pas croire à cette idée, mais j'ai tellement besoin de me rassurer.

D'un coup de tête vers Teruki, je l'enjoins à accomplir sa mission. Conserver Horia avec nous ou à défaut, la lier à notre terre afin que l'on garde contact avec elle.

La vampire acquiesce et s'approche de la Dalle. Ma compagne lui jette à peine un regard. Celle-ci semble tellement désespérée que cela me brûle les entrailles, et mon palpitant manque un battement. Alors, je prends sur moi. J'en appelle à toute ma force et à Mère Nature, protectrice de notre espèce, afin que ce moment soit le meilleur possible au vu des terribles circonstances qui nous collent à la peau.

— Horia, si tu l'acceptes, je vais poser un sortilège sur toi afin que nous puissions entrer en communication où que tu sois !

Horia lève la tête, observe curieusement cette drôle de sorcière et cligne des paupières. Teruki prend cela pour un consentement, même si ma louve ne comprend probablement pas la proposition de la sangsue.

— Alors, ne perdons pas de temps. Je décèle ton bébé lorsque tu es de l'autre côté. Je vais tenter de t'équiper d'une antenne virtuelle. J'espère que tu pourras nous interpeller, et nous également de la même façon.

Une bouffée d'optimisme jaillit autour de nous. Avec cette union, nous jouons sur le futur de chacun d'entre nous. Les Warous, mais aussi nos alliés. Ce couple d'Alphas que nous devons former et cette descendance à naître. Sans Horia, les Warous disparaîtront d'une manière ou d'une autre. Les Duroy en seront déstabilisés, car ils résideront sur un territoire convoité alors qu'ils sont venus ici pour trouver la paix.

Et la Dalle ?

Que deviendra-t-elle sans les Warous, ses gardiens ?

J'espère revoir prochainement Maius pour de plus amples informations. J'aurais aimé qu'il reste plus longtemps. Il dit être à la recherche de renseignements.

Mais quand va-t-il revenir ?

Bref !

Je cesse ces pensées qui tourbillonnent et me torturent inutilement. Je me concentre à nouveau sur cet amour qui m'habite, sur la chaleur d'Horia, sur son parfum que je retrouve et cette légère fragrance qu'elle exhale et qui prouve qu'elle couve toujours notre enfant. J'en soupire de bien-être. Nous nous laissons porter par la litanie de Teruki. Versipalis et Irmo, son fils, se sont joints à elle et l'encadrent. Leurs auras sont majestueuses et gonflent pour nous envelopper. Mes paupières plissées me permettent juste de contempler cette splendeur. Mon intérieur est totalement connecté à Horia. Nos battements de cœur s'harmonisent, et tout à coup s'élève un palpitant plus léger, mais robuste. Une pulsation frénétique qui s'élance comme un cheval au galop.

Notre enfant !

Mes yeux s'embuent de larmes. Ma vue troublée tombe dans celle d'Horia, tout aussi émue. Je crois que je n'ai jamais rien ressenti d'aussi beau !

La main de Teruki repose sur le crâne de ma louve pendant que mes sorciers amplifient le sortilège, une paume sur chaque épaule de la vampire. Les cheveux de Teruki flottent autour d'elle et nous caressent comme des tentacules bienfaitrices. Ce bain magique me rend euphorique et je ne suis pas le seul. Les sourires bienheureux s'étirent.

Ce sont des larmes de bonheur qui s'écoulent dans mon pelage.

Soudain, la Dalle tremble. C'est plus fort que moi, j'agrippe ma compagne avec mes pattes, mes griffes, pour la conserver auprès de moi.

Pas si tôt.

Pas maintenant.

Je veux plus de temps avec elle.

J'exige de la garder auprès de moi, de la chérir et de la protéger.

Malheureusement, la consistance d'Horia diminue. Bientôt, elle devient transparente et perd de plus en plus de densité.

Je ne peux que la regarder s'évanouir. Alors, je braque mes yeux dans les siens. Je lui montre tout l'amour que je ressens pour elle. Je lui envoie le message que nous ferons tout pour elle. J'ai bien conscience qu'elle ne me comprend pas, mais j'ose espérer être assez expressif pour que mes émotions passent et la convainquent qu'elle n'est pas seule et que nous œuvrons tous pour la ramener.

Déjà, je vois à travers elle. La désolation s'empare de mon être. Puis, brusquement, Horia disparaît et je hurle à la mort devant tant d'injustice.

Pourvu que Teruki et mes mages aient réussi à installer une connexion avec ma compagne !

32 – Horia

Me revoilà requinquée, mais si malheureuse.

Toute cette énergie qui circule en moi me fait un bien fou. Pourtant, cette impuissance à maîtriser quoi que ce soit me terrasse. Cette inaptitude à diriger ma vie, je la connais : elle m'habite depuis toujours. Néanmoins, avant ma rencontre avec Tiago, finalement, je n'avais rien à perdre. Désormais, j'ai envie de subsister, et même de vivre pleinement.

J'atterris exactement là où le ver monstrueux m'a mordue au moment où j'ai traversé le voile. Probablement que ma partie animale avait réduit notre capacité à passer inaperçues, devant l'énergie que cela lui demande. Car j'en suis certaine dorénavant : c'est ma louve qui peut traverser les mondes, qui nous fait parcourir les diverses dimensions, que ce soit dans les limbes ou sur terre.

J'observe ma patte arrière, enfin jambe, puisque j'ai repris forme humaine. Une belle éraflure la zèbre. Pourtant, je ne suis pas inquiète, car je cicatrise déjà. Je m'éloigne rapidement de ce portail magique et remonte la berge. Je cherche du regard le prédateur. L'eau marécageuse roule au loin. Je ne le discerne pas vraiment dans tout ce brouillard, mais je reconnais le mouvement des volutes de brume. Je ne traîne pas. Tant que nous pouvons éviter de puiser dans notre énergie pour nous dissimuler, c'est mieux.

Ce passage chez les Warous a été si bref.

Tellement trop court !

L'intensité de ces retrouvailles m'a vrillé la cervelle.

Malheureusement, je sais désormais que j'accepterai un marché avec la diablesse afin de demeurer auprès de Tiago. Des larmes s'écoulent le long de mes joues à cette horrible pensée. Il y a un sacrifice à faire, peu importe lequel, ce terrible choix me tue déjà et j'ignore si j'y survivrai.

J'ai eu beau m'échiner pour envoyer des renseignements que les Warous devaient à tout prix connaître, ils n'ont rien capté. Des sourds auraient probablement mieux entendu. Ça me rend folle qu'aucune information ne soit passée.

Savent-ils que mon père est un traître ?
Qu'il a assassiné ma mère ?
Enfin, non, la mère de la louve avec qui je ne fais plus qu'une ?
Que je ne suis qu'une engeance de la diablesse et qu'elle m'a créée uniquement pour ressusciter ?
Et pire, qu'une autre sorcière de sang rôde dans les parages et qu'elle désire s'emparer de la Dalle ?
Je ne suis qu'une incapable !
C'est le drame de ma vie.

J'ignore ce que la vampire m'a fait, mais je sens quelque chose de particulier en moi. C'est si léger, plus doux même que le frôlement d'une aile de papillon. C'est partout à la fois, comme si mes cellules frétillaient. Hormis cette curieuse sensation, je ne perçois rien de différent.

Ah si ! Ce petit cœur qui pulse dans mon ventre !
Notre enfant !

Depuis ce moment contre Tiago, je le discerne : si vif et si fort.
Ce bébé est déjà vigoureux et ça me redonne du courage.
Ma louve hurle de contentement pour montrer notre puissance et je jubile à l'unisson de nos émotions partagées. Puis je me rembrunis sur-le-champ.
Placée devant ce terrible dilemme, je sens mes épaules se voûter.

Mère Nature, comment allons-nous nous sortir de tout cela ?

— Ah, te revoilà !

Ces mots à peine prononcés, la vieille carne englobe mon poignet de sa main décharnée et aspire à grandes goulées ma vitalité. Je sursaute sous le choc et me retire aussitôt.

— Fais pas ta radine ! Tu n'es là que pour ma survie, ma fille. Un ersatz, voilà ce que tu es, et rien de plus ! Ne l'oublie jamais !

Son ton hargneux me remet brusquement les idées en place.

C'est pour cela qu'elle désirait tant que je la rejoigne dans ce lieu de désolation ! L'inquiétude que j'ai ressentie, ce n'était pas à mon encontre... Non ! Ne pas revenir, c'était la condamner à demeurer dans les limbes à jamais.

Je maudis des émois qu'elle a fait vaciller en moi. Je ne peux lui faire confiance, et probablement que je n'ai aucun choix à faire. Néanmoins, cette perspective me choque, car si je meurs, les Warous disparaîtront, et ça, ce n'est pas possible.

Horrifiée par cet avenir sombre, je suis machinalement Ecaterina sans regarder où nous allons. Sans doute à ces trois branches pourries élevées comme des piquets, là où elle se réfugie sans arrêt.

Tout à coup, je sursaute. Je perçois des énergies autour de nous.

— Qu'est-ce donc ? claironne la vieille sorcière affamée.

Sa langue fourchue sort de sa bouche telle une vipère prête à se repaître de sa proie. J'observe autour de nous, mais ne discerne absolument rien. Pourtant, mes poils se hérissent et un frisson glacial me traverse l'échine. Mon palpitant accélère. Mes sens s'aiguisent et mes muscles se tendent. Un instinct primaire m'indique que je vais devoir combattre ou fuir.

Mais quel est l'ennemi ?

Ma louve aboie furieusement. Ecaterina se pourlèche toujours les lèvres. Je suspecte qu'elle ait trouvé une proie pour se nourrir, et pour une fois, ça ne semble pas être moi. La sorcière cherche autour d'elle comme si nous étions entourées.

— Vous voyez quelque chose ?! je demande timidement.

— Nan, mais j'aimerais bien les attraper avant qu'ils ne deviennent des feux follets !

Les bambins !

Ils doivent être ici.

Les malheureux, ils vont se faire avaler.

Alors, je passe les pouvoirs à ma louve.

D'ailleurs, pourquoi paraît-elle si furieuse ?

Elle hurle comme pour défendre son territoire et grogne comme une combattante en pleine démonstration de force.

— Fais taire ta poilue ! Elle me casse les oreilles !

Mais je ne m'intéresse plus à Ecaterina. Je me retranche au plus profond de moi-même pour laisser la place à ma partie animale. Petit à petit, les teintes de gris disparaissent et tout se colore en rouge. Au fur et à mesure que le carmin apparaît, je découvre une tempête autour de moi. Un tumulte effroyable charrie l'air. Les robes des spectres claquent dans le vent. Leurs capes vides se rapprochent toujours plus de moi. Ces fantômes ne semblent plus inoffensifs comme à notre première rencontre lorsqu'ils m'ont amenée vers les bambins.

Ma louve rugit de plus belle pour les faire reculer.

— Mais qu'as-tu fait, gourdasse !? crie ma génitrice.

Je lui jette à peine un coup d'œil et prends conscience qu'elle écarquille les yeux, son regard rivé devant moi.

Alors, je baisse la tête pour découvrir l'objet de son inquiétude. Mon cœur manque un battement. Mon pied se pose spontanément un pas en arrière pour me protéger et s'enfonce dans une cape derrière moi.

Quelle horreur !

Les enfants avancent de concert. Leur bouche avide bave. Leurs yeux injectés de sang me convoitent. Mon instinct me crie :

Dévoreurs !

33 – Tiago

— Retournons au château ! propose Teruki.

Son ton déterminé me percute et je me reprends.

— Ton sortilège a fonctionné ?

Un grand sourire éclaire son visage et me rassure immédiatement.

— Oui, mon ami !

Mon cœur bat la chamade à nouveau. L'espoir renaît.

— Allons voir ma mère et Aveline maintenant, ajoute-t-elle pour me convaincre davantage.

Je saute sur mes vêtements posés dans l'hémicycle et me rhabille aussitôt.

Bien, nous allons enfin avancer !

Nous accélérons le pas si rapidement qu'un humain ne pourrait pas nous suivre. Je hume à pleines narines les parfums de ma forêt. Ces derniers m'apaisent sur-le-champ et me ragaillardissent à la fois, tellement je me sens empli de confiance dorénavant. Ma puissance est à fleur de peau. Mon loup est prêt à livrer bataille contre tout ennemi pour ramener mon aimée.

Encore faudrait-il connaître ces ennemis !

Car dans cette histoire, nous ignorons toujours qui sont les acteurs et les initiateurs de ce complot.

J'invite ma partie animale à plus de calme. Pour l'instant, le seul combat à mener est celui de la magie et des informations à débusquer pour agir à notre profit. Je respire plus amplement et mon loup s'apaise. La nuit est tombée depuis un moment et l'astre lunaire m'appelle à retourner ma peau. Néanmoins, ce n'est pas possible dans l'immédiat. Je repousse ce plaisir en rassurant ma partie animale que je lui passerai bientôt les rênes.

Rapidement, nous arrivons aux portes du château. Les dragons ciselés sur les battants en bois m'impressionnent à chaque fois. Mais c'est le respect qu'ils m'évoquent avant tout qui m'envahit. Ces chimères sont à l'image de notre Sensei. Je n'ai pas le temps de les contempler davantage que l'entrée s'ouvre pour laisser pénétrer la fille des maîtres Duroy.

— Mademoiselle Teruki... Alpha ! annonce le garde en signe de salut.
— Savez-vous où est ma mère ? demande mon amie.

Le vigile vérifie les allées et venues sur son moniteur.

— Le dernier mouvement que je perçois est vers la roseraie.

Nous acquiesçons et traversons la cour du château sous le ciel étoilé. Au loin, j'entends le cliquetis des instruments qui travaillent le marbre. Kanine érige des statues. Lorsque nous entrons dans la gigantesque serre, des idoles majestueuses nous contemplent avec bienveillance, nous invitant à pénétrer ce sanctuaire sacré sous leur divine protection. Ici, c'est l'antre de la sorcellerie. Mes poils se hérissent. Mes cellules reconnaissent la magie noire, la puissance lunaire. Encore une fois, je lève automatiquement le nez vers l'astre qui nous surplombe, me retenant de répondre à son appel. Le toit de verre nous permet d'admirer cette voûte étoilée sans nuages.

Nous traversons l'allée principale. Au centre, trois divinités splendides sont installées pour équilibrer la magie qui réside sur notre territoire. Tout de marbre blanc, elles forment un cercle de pouvoir. Les trois sorcières Duroy sont là, telles des idoles devant lesquelles nous ne pouvons que nous agenouiller. Je m'incline en passant au milieu, ressentant cette alchimie particulière constituée des dons d'Ismérie, d'Aveline et de Teruki. Cette dernière ignore totalement ce tourbillon frémissant si subtil qui compose la lignée de Sama. Mon amie a tendance à demeurer dans le déni pour tout ce qui concerne sa puissance. Pourtant, elle n'en est pas avare puisqu'elle m'en nourrit depuis sept années afin de renforcer ma meute et de prendre pleinement les capacités de mes ancêtres.

Autour, les roses de sang s'épanouissent. Si blanches, elles libèrent des gouttes carmin. Leur parfum est aussi ensorcelant que vivifiant.

Tout cela augmente encore le pouvoir énergétique de ce lieu sacré.

Cette allée mène directement à la chapelle où les Duroy rendent hommage à leurs morts.

Au fond de la verrière, Kanine est en transe. Son ouvrage semble sortir du marbre et prendre vie à la vitesse de l'éclair. C'est à se demander si les yeux hypnotiques du vampire décèlent ce que ses mains sont en train d'ériger. Je suis bluffé par sa puissance surnaturelle. Tout à ma contemplation de la sangsue, je n'ai pas encore observé cette nouvelle personnification qui s'invite et naît séance tenante.

Alors, je délaisse le sculpteur et ma tête pivote, le sourire aux lèvres, heureux de découvrir cette magnificence en avant-première. Et là, je manque de défaillir. Teruki me retient afin que je ne m'effondre pas.

— Mmmm... fait-elle en analysant cette création.

Le corps de loup est terminé. Sa queue balaie le vent avec panache. Des muscles fermes composent cette enveloppe splendide et remontent le long de l'échine. Je suffoque sous la surprise. Un buste de femme jaillit de cette forme de louve. La poitrine est déjà bien dessinée. Ces seins, je les reconnais. Kanine ne nous voit pas. Son expression se fait délirante. La folie l'habite en cet instant. L'allégresse pousse ses mains à agir frénétiquement. Une sorte d'urgence s'est emparée de lui. J'en suis totalement subjugué. Le menton d'Horia apparaît, tout comme sa puissance. Cette créature mi-femme, mi-louve n'a pas son pareil de beauté. Lorsque je regarde à nouveau le sculpteur, j'en suis effaré.

Qu'est-ce que Kanine a bien pu déceler chez Horia ?

Car nous savons que ce vampire a un don. Ses statues ne sont pas érigées au hasard.

— C'est intéressant, souffle Teruki.

On pourrait croire qu'elle est nonchalante, mais il n'en est rien. Sa bouche ouverte de surprise montre qu'elle est tout aussi décontenancée que moi.

— C'est bon signe, conclut-elle, déterminée à ce que ça le soit.

Moi, j'ai tellement peur au contraire que cette statue finisse en mausolée.

Soudain, le battant de la porte de la chapelle claque. Ismérie jaillit, affolée.

— Qu'as-tu, maman ? demande Teruki, aussitôt inquiète.

Sama sursaute en nous découvrant.

— Nous avons un problème ! crie-t-elle, terrorisée. Il s'est passé quelque chose !

Brusquement, les outils de Kanine tombent. Ce vampire est depuis toujours le garde personnel de la cheffe Duroy. Leur connexion est profonde. Seule Ismérie peut le faire sortir de sa transe créative. Le mastodonte est déjà prêt à combattre. À l'affût des indications de sa maîtresse, il l'observe, attentif au moindre de ses besoins.

— Les cachots ! hurle tout à coup Ismérie.

Nous partons tous en trombe. Afin de ne pas nous gêner, chacun choisit son chemin au milieu des statues et des roses de sang. Nous nous retrouvons vite sur le parvis. La garde est déjà alertée. Des combattants déboulent et s'engouffrent dans les différents corridors qui mènent dans le ventre de la montagne sous le château.

— Dépêchons-nous !

Le ton terrifié d'Ismérie ne me dit rien qui vaille. Kanine lui prend le bras pour la soutenir dans son effort, car tous savent que Sama n'a pas toute la force physique qui habite normalement les vampires. Cependant, cette créature hybride a bien d'autres cordes à son arc.

Nous descendons les escaliers pour atteindre enfin le niveau des cachots. Et là, nous sommes sous le choc.

Une grande giclée d'hémoglobine encore chaude dégouline le long du mur.

« *Humain* », conclut mon loup.

Je cille, c'est mauvais.

Très mauvais, même.

Arrivés sur la dernière marche, nous observons avec horreur la traînée rouge. Cette dernière annonce une mort certaine pour cet humain. C'est trop de sang pour survivre !

Une botte de cuir noir émerge au milieu des gardes penchés sur la victime. Ils semblent éberlués par ce qu'ils aperçoivent. Tellement atterrés qu'ils ne portent pas secours à cette personne. J'en suis catastrophé.

Ismérie hurle déjà de douleur.

Les gardiens s'écartent et Maxence apparaît aussitôt, allongé dans une mare carmin qui recouvre les dalles à la vitesse de l'éclair.

— Demetriu s'est échappé ! annonce un garde.

34 – Tiago

Je lève à peine la tête en direction du cachot ouvert, là où était enfermé Demetriu. J'avoue que c'est le cadet de mes soucis en cet instant. Mon cœur saigne. Tous, nous adorions Maxence. Avoir sous les yeux une Sama en pleurs, à terre, au chevet du majordome en train d'expirer son dernier souffle, me terrifie. Toutes les émotions que j'ai ressenties à la mort de mon frère aîné, qui était mon modèle, puis de ma sœur, de mes parents, et maintenant avec Horia retenue outre-tombe, rejaillissent et me submergent. C'est si fort, si intense que mes jambes vacillent.

Alors, nous n'en aurons jamais fini de toute cette violence ?

Autour de nous, les larmes coulent sur les joues. Les reniflements s'élèvent de temps à autre.

Les sanglots d'Ismérie résonnent dans les cachots. Ses « Non ! » s'enchaînent, comme pour repousser cette terrible réalité. À genoux, penchée sur ce corps quasi sans vie, elle le supplie de ne pas nous quitter, de rester parmi nous, de ne pas l'abandonner.

Toutes ces supplications nous déchirent le cœur.

Mais Maxence est blanc comme un linge, ses yeux hypnotiques déjà tournés vers l'au-delà. Son palpitant ne fait qu'un soubresaut irrégulier annonçant qu'il est sur le point de s'arrêter. Ces subtils à-coups sonnent le glas d'une mort imminente.

— Non, je ne te laisserai pas partir ! hurle Ismérie brusquement dans un dernier sanglot.

D'un coup de crocs, elle ouvre la veine de son poignet et le plaque sur la bouche béante du majordome. Teruki, perdue dans sa tristesse, sursaute à cette action et fonce vers sa mère.

— Non, maman, Maxence ne voulait pas... Il ne désire pas devenir l'un des nôtres !

La main posée fermement sur l'épaule de sa mère, elle l'invite à se replier.

— Il ignorait ce qu'il disait ! affirme Ismérie, convaincue de ce qu'elle annonce.

Interdite, mon amie recule, ne sachant plus comment gérer cette situation. Chez les Duroy, chaque humain signe un contrat concernant sa vie éternelle ou sa mort. Les dernières directives ont toujours été respectées à la lettre. C'est la force de Sensei, cet ancien samouraï. Si ce dernier accepte de vampiriser un membre, c'est que celui-ci se conforme à toutes les valeurs du clan. Dans le cas contraire, une recrue ne pourrait perdurer au sein des Duroy, même pendant son humanité. En revanche, lorsqu'un humain ne désire pas être métamorphosé, sa mort sera honorée comme il se doit, selon ses croyances.

Maxence a toujours été très clair. Il ne souhaite pas devenir une sangsue. Il a pourtant vécu pleinement avec le clan, et heureux. Ismérie a cherché à maintes reprises à le faire changer d'avis. Ce majordome est la première personne qu'elle a rencontrée dans ce clan. Maxence a été un ami très cher. Cet homme est agréable à vivre, d'une grande bienveillance tout en étant respectueux d'un travail bien accompli. Ismérie a beau lui avoir répété que ce serait un honneur pour elle de le transformer, il n'a jamais plié.

C'est pourquoi nous sommes tous sidérés en cet instant par la tournure des événements.

— Maman, tu n'as pas le droit ! Tu dois accepter les dernières volontés de Maxence !

Et elle agrippe fermement les deux épaules de sa mère pour l'inciter à lâcher son protégé. Ismérie, toujours penchée sur Maxence, le poignet plaqué sur sa bouche et tenant délicatement sa nuque de l'autre main, se redresse, mécontente à l'idée que l'on vienne l'interrompre.

— Recule, Teruki ! s'indigne Sama, résolue.

Interloquée, sa fille sursaute face à ce regard inébranlable. L'avertissement est clair. Aucun mot n'a besoin d'être prononcé. Teruki doit immédiatement plier devant la volonté maternelle.

Vampires, lupins et humains sont affolés. L'air crépite. Des arcs de sorcellerie rebondissent contre l'allée des cachots.

De la magie noire !

Elle irradie autour de nous et c'est délicieux d'en percevoir autant. Mes poils se dressent. Mon loup se pourlèche les babines pour s'en nourrir avidement.

— Lâche-moi et recule, ma fille !

Les éclairs jaillissent et claquent tel un avertissement supplémentaire. Devant la menace, Teruki se redresse, analysant la situation. Tous nos sens sont ouverts, contemplant cette folie surnaturelle. La magie d'Ismérie lèche nos peaux comme pour marquer son territoire et nous mettre en garde.

— Je ne peux pas le laisser partir, Teruki ! C'est impossible.

Les larmes brouillent la vue de Sama. Ce combat est perdu pour nous, j'en suis certain. Ismérie a toujours tout tenté pour protéger le clan. Elle est devenue intransigeante envers les personnes qu'elle chérit particulièrement, quitte à mettre en péril sa vie, quitte à être déraisonnable pour les garder auprès d'elle. D'une certaine manière, elle est comme son samouraï.

Nous reculons tous d'un pas face au sortilège que la sorcière chuchote lentement, mais avec une grande assurance. Son regard demeure braqué sur Maxence, sur ce cruor d'immortalité qui s'écoule dans sa bouche. Sa magie se ratatine autour d'elle et de son protégé. Un amas électromagnétique se forme. Si terrible et dérangeant que nous nous éloignons de Sama. Une bulle lumineuse devient compacte et l'intérieur s'écarte, constituant un dôme pour les abriter totalement de nous.

En cet instant, la maîtresse vampire n'a qu'une priorité : ramener son ami à la vie. Et personne ne va prendre le risque de traverser cette voûte maléfique. Pour autant, connaissant la bonté de cette femme envers les siens, nous savons que nous ne courrions pas à la mort. Probablement que nous tomberions simplement dans l'inconscience, histoire de lui laisser le champ libre pour vampiriser Maxence.

Tout combat serait vain désormais.

Alors, la mort dans l'âme, nous baissons la tête devant notre impuissance. Une partie de moi est ravie à l'idée de retrouver Maxence vivant. Mais une autre est triste que ses dernières volontés ne soient pas respectées.

Comment Maxence va-t-il prendre les choses à son réveil ?

Un vampire tout juste né peut se révéler très dangereux.

Tout à coup, Eiirin et Léo surgissent dans le couloir et stoppent net leur avancée au pied du dôme protecteur.

Tous les deux effarés, ils contemplent avec horreur Ismérie et Maxence dont les joues commencent à rosir sous le pouvoir du prodigieux cruor.

— Ismérie, il n'est pas trop tard pour céder dès maintenant, annonce

Eiirin, impassible.

La vampire ne lui jette même pas un regard. Elle savait qu'il arriverait et qu'il chercherait à la faire changer d'avis.

— Non, tu ne le décapiteras pas ! conclut-elle énergiquement.

Sensei tique. Le processus de transformation étant entamé, c'est ce qui devra se passer à présent pour l'interrompre.

— Tu dois respecter la volonté de Maxence, Sama !

Là encore, Ismérie l'ignore. Malgré le titre que son compagnon emploie afin de lui remémorer sa place dans la hiérarchie.

— Tu sais très bien que c'est impossible !

La vampire pose délicatement la tête du majordome sur les pavés et caresse tendrement ses cheveux, comme on cajolerait un enfant.

— Je te rappelle que tu n'as jamais réussi à le faire changer d'avis !

Un sanglot échappe à Sama.

— C'est parce qu'il n'avait pas compris que la mort, c'est définitif ! Je ne le laisserai pas partir.

— Isie, tu dois respecter le cycle de la vie.

Nous nous retournons tous à l'arrivée d'Aveline, cette magnifique sorcière blanche et mortelle qui constitue avec Teruki la lignée d'Ismérie.

Nos yeux fixent la dame blanche.

Pourra-t-elle faire changer d'avis son ascendante ?

35 – Tiago

Les deux sorcières s'observent et se sondent. Elles terminent cet échange par un sourire de connivence. La tristesse dans le regard d'Ismérie est terrible, tout comme la bonté dans celui d'Aveline.

C'est la seule qui peut tout changer...
Néanmoins, Aveline est aussi celle capable de tout pardonner !
La dame blanche est d'une bienveillance inébranlable.

— Laisse-moi entrer, propose-t-elle.

Ismérie hoche à peine la tête, tellement elle est concentrée sur la transformation de Maxence. Ses sourcils froncés indiquent une contrariété plus importante que le fait d'enfreindre les lois des Duroy. Je l'ai toujours connue rebelle, à braver les interdits. Malgré tout, grâce à sa combativité, ma meute continue d'exister. Sans elle, tous les Warous auraient péri.

Je soupire d'incrédulité devant ses coups d'éclat. Néanmoins, comme je la comprends, cette Sama. Il est parfois bien difficile de prendre parti entre sa raison et son cœur.

Aveline tend la main et pose la paume sur la coupole protectrice. Petit à petit, ses doigts transpercent la sphère magique, et lorsqu'elle avance, c'est déjà tout le bras qui a traversé. Soudain, un mouvement vif échappe à nos regards. Un gémissement de douleur retentit et Sensei grogne sous le champ électrique qui le repousse violemment. Il réapparaît au bord du dôme alors qu'Aveline est à l'intérieur, désormais à genoux près de Maxence, face à sa consœur.

— Laisse-moi entrer, Ismérie, ordonne Sensei.

Mais sa compagne l'ignore et se tourne vers sa descendante.

— Il y a un problème... Son cœur ne reprend pas un rythme normal.

Aveline acquiesce et ses mains se promènent au-dessus du corps allongé. Elle évalue chaque parcelle. Les joues de Maxence ont rosi.

Est-ce bon signe dans ce processus ?

Je ne connais rien à la vampirisation. J'observe les sangsues autour de moi. Aucun indice ne me permet de saisir ce qui se passe.

— Peut-être qu'il ne le désire pas, tout simplement, annonce Eiirin, toujours aussi impassible malgré la situation.

— Je suis bien placée pour savoir qu'il ne s'agit pas d'une question de volonté, ronchonne Ismérie.

Les hochements de tête autour de moi m'informent qu'elle dit vrai. La tactique de Sensei pour ramener sa compagne à la raison ne va pas fonctionner. Je lève les yeux au ciel devant cette tentative de tromperie éhontée et me concentre à nouveau sur Maxence. Pas un souffle ne sort de son nez ou de sa bouche. Mais je sais qu'il faut quelques jours afin que la transformation soit complète, que l'humanité s'éteigne et que naisse la créature de la nuit. C'est un tout autre rythme vital qui éclot et se réalise pour l'éternité.

Quand je vois Maxence dans cet état, je me plais à espérer qu'il perdure, qu'il soit encore là pour nous accompagner dans notre existence et règle nos difficultés avec nous. Cet humain a une place essentielle chez les Duroy.

Mais si Ismérie parvient à le ramener parmi nous, comment vivra-t-il sa nouvelle condition ?

De quelle manière jugera-t-il cette cheffe de clan qui n'a pas respecté ses dernières directives ?

— Peut-être qu'Eiirin a raison, Isie. Et si la volonté de Maxence était plus forte que ton pouvoir ? Peut-être que ses croyances sont tout autres... annonce soudainement Aveline.

L'attention de la sorcière blanche est fixée au-dessus du corps.

Que voit-elle ?

J'ai beau scruter, je ne distingue rien.

Tout à coup, Ismérie relève la tête.

— Son âme est égarée. Aide-moi à lui faire retrouver son chemin, Aveline !

La dame blanche acquiesce, le regard hypnotique.

— Uniquement si tu me promets que tu la laisseras aller où elle le désire !

J'ai rarement observé autant de détermination chez la sorcière blanche. Ismérie évalue sa descendante comme pour jauger sa ténacité. Lorsqu'enfin Sama baisse la tête en signe de respect, les souffles se coupent autour de nous.

Je crois que pareille chose n'est jamais arrivée. Aucun bruit ne vient perturber les cachots. Alors, une litanie envoûtante s'élève dans le dôme protecteur. Dans cette symphonie troublante, il est question d'Anciens, de Cosmos, de supplication pour les âmes égarées afin qu'elles retrouvent leur chemin de vie ici-bas ou dans l'au-delà. Là où tout n'est qu'un !

Là où tout n'est qu'un !

En moi résonne la magie ancestrale. Cette puissance puisée dans la Terre, dans la lune, dans le Grand Tout.

Tous, nous nous agenouillons, appelés par ces divinités surnaturelles qui nourrissent nos pouvoirs et notre être. Nous prions avec nos sorcières dans une communion magnifique et accompagnons notre ami, là où est son destin.

Nos cœurs s'allègent devant ce chant mélodieux qui ne devient qu'allégresse.

Une pensée émue pour Horia survient.

Où est-elle en cet instant dans ce Grand Tout ?

Comment va-t-elle ?

Et surtout, quand allons-nous pouvoir la ramener près de nous ?

Mes paupières closes débordent de larmes. Mon palpitant s'agite.

Vais-je devoir abandonner ma compagne à un destin funeste, comme Maxence en ce moment ?

Ce serait la fin de tout, je n'y survivrais pas et mes Warous non plus.

Petit à petit, le cantique s'élève pour accompagner l'âme vers le firmament. Les visages des sorcières se dirigent vers le Cosmos. Même si nous sommes enfoncés à l'intérieur de la falaise du château, une puissance énergétique afflue et le sortilège résonne maintenant comme une acclamation joyeuse.

J'oublie toute pensée triste.

Face à cette célébration des Anciens, du Divin, du Cosmos, les mercis se succèdent soudain dans une mélopée à la gloire du Grand Tout. Puis le silence apparaît, solennel et grandiose.

Nos cœurs se sont apaisés. Nous formons comme une vaste chaîne magique, mêlant nos dons, qu'ils soient vampires ou humains.

Je reprends conscience de notre présence ici et découvre une scène improbable. Les yeux de Maxence sont écarquillés. Ses pupilles sont d'un bleu glacial.

Ismérie passe tendrement sa paume sur les paupières du majordome afin de les clore.

Tout est fini.

J'ignore si je dois en être déçu, tellement j'étais partagé.

Les soupirs de soulagement s'élèvent autour de moi. Les sourires s'étirent. J'en suis confus.

— Nous devons attendre, maintenant ! conclut Sensei solennellement.

Alors que je pensais que tout était perdu, je saisis aussitôt que l'âme de Maxence a réintégré cette enveloppe corporelle. J'en suis stupéfait.

Le contrecoup émotionnel me secoue. L'adrénaline me fuit, me rappelant brusquement que je paie tous ces jours sans sommeil. Trop longtemps que je n'ai pas dormi.

Une crampe me fend le torse. Mon palpitant rate un battement. Je m'effondre sur les pavés anciens des cachots.

Des images terribles d'Horia surviennent.

Est-ce un cauchemar ?

Est-ce la réalité ?

— Tiago ! me secoue Teruki, me braquant du regard. Que se passe-t-il ?

Mes yeux demeurent écarquillés face à son inquiétude. J'aimerais lui dire qu'Horia est en danger. Mais les mots ne veulent pas sortir de ma bouche. Ma gorge se serre. J'étouffe, noyé dans mes émois, ceux de voir disparaître Horia.

36 – Horia

Les yeux exorbités, je ne peux qu'observer ces bouches avides pleines de petits crocs noirs avancer vers moi. La robe d'un spectre voltige autour de mon corps comme si elle aspirait à m'envelopper. Le vent s'est levé. Tout est rouge de nouveau. Le brouillard s'est dissipé et au loin, les vestiges de bâtiments poursuivent leur éternel déplacement.

Je me sens emprisonnée dans ce drapé qui me frôle et je n'ose plus bouger. Probablement que je n'en ai pas la capacité en cet instant, tellement je suis estomaquée.

— Mais qu'as-tu fait, gourdasse !? demande encore ma génitrice, totalement désemparée.

Sa question attire mon attention, mais je n'ai plus les mots. Néanmoins, son ton me sort de ma sidération. Je pourrais crier victoire de la découvrir si chancelante, car jamais je ne l'ai vue ébranlée par tant d'hésitation. Pour autant, je mesure que la situation est très grave. Ecaterina est la confiance personnifiée. Pour l'instant, c'est l'électrochoc pour toutes les deux.

— Combien sont-ils ? demande la sorcière, complètement aveugle à cette autre dimension.

Mon regard dérive sur ces bambins qui avancent très lentement vers moi.

— Une dizaine... À peine !

— Tu as vu la vampire-sorcière sur la Dalle ?!

Je repense à Teruki, à son sortilège. J'ignore totalement ce qu'elle m'a fait. Cependant, sur le coup, cela m'a semblé une bonne idée.

— Oui, je souffle.

La démone maugrée.

— Tu n'avais pas assez de vie sur toi pour appâter les Dévoreurs avant votre rencontre. La suceuse de sang a été bien inconséquente !

Les petits pieds traînent toujours sur le sol spongieux, attirés par cette proie que je suis devenue. C'est affreux, cette transformation. Ils avaient l'air si mignons. Leurs crocs noirs sont bien loin des dents de lait que portaient ces enfants.

Je recule à nouveau d'un pas. Ma tête s'enfonce dans la capuche fantomatique et je suffoque. Ma gorge se serre. Ma louve aboie furieusement, m'invectivant à me bouger tandis que ma vitalité est avalée avidement.

— Secoue-toi les puces, gourdasse. Je ne pourrai pas les repousser seule.

J'ai simplement le réflexe d'avancer, ce qui coupe la connexion avec le spectre et rompt son aspiration. Je vacille sous l'énergie qui s'harmonise dans mon corps.

Les Dévoreurs tendent leurs mains. D'ici peu, ils me toucheront. Mon instinct m'informe que ces monstres ne sont pas inoffensifs. Au contraire, ils vont m'éloigner de tout retour vers Tiago. Mon cœur saigne à l'idée de ne plus jamais le revoir.

— Va falloir faire appel à ton pouvoir, ma fille ! Et arrête de te lamenter : ils se nourrissent de tes émotions pour avancer !

Je sursaute et suffoque.

Comment ne pas ressentir toute cette peur et cette tristesse à l'idée de ne plus être avec mon bien-aimé ?

Un autre élément important m'interpelle. Alors, je chuchote :
— Quel pouvoir ?

La sorcière me jauge, condescendante.
— Tu ne le sens pas ?

Je fais « non ».
— Secoue-toi un peu, sinon il en est fini de toi et de ma résurrection !

Elle m'assène une grande gifle. Ses doigts osseux s'enfoncent dans ma joue et ma tête pivote. Instinctivement, ma paume recouvre mon visage douloureux.

Comment peut-elle avoir autant de force alors qu'elle est translucide ?

Son expression se fait cruelle.
— Je peux t'aider, Horia. Mais je n'ai pas tous mes pouvoirs dans les limbes. Si tu veux revoir ton poilu, il va falloir que tu y mettes du tien, et immédiatement !

La colère surgit, car c'est à elle qu'elle pense en cet instant, à son avenir. Je ne suis que son instrument.

— Pas d'émotions ! Avec ce lien vers la vie, tu les attires ! scande-t-elle, et sa main claque mon autre joue. Reprends-toi, tu en as la capacité !

Je fusille la démone du regard. Celle-ci me défie.

— Montre-moi que tu peux réussir au moins une fois dans ta misérable existence !

Cette petite phrase assassine me pique, mais elle fait son effet.

Alors que je me croyais perdue, ma louve couine pour m'enjoindre à plus de courage. Elle peut probablement repousser nos assaillants ou nous emmener sur la Dalle. Je cherche du regard le chemin qui nous mènerait vers ce passage chez les Warous.

— C'est trop loin ! Les Dévoreurs vont se nourrir de ton énergie.

Soudain, ma main me fait horriblement mal. Je surprends un bambin tétant mon doigt. Une douleur remonte dans mon bras et ma vitalité me fuit encore.

Je tire en arrière pour faire lâcher cet ignoble rapace qui n'a plus rien d'un angelot. Le petit grogne et ne veut pas abandonner sa proie. Alors, je lève le pied, l'enfonce dans son torse et l'éjecte du plus fort que je peux.

La souffrance devient infernale. L'enfant geint en signe de protestation. La puissance de ma louve amplifie la mienne, et brusquement, notre prédateur lâche prise et roule dans un pêle-mêle de membres, emportant les bambins autour de lui. Aussitôt, je me précipite pour les relever, ces pauvres enfants. Ma louve aboie pour me rappeler à l'ordre et je m'interromps immédiatement. Les Dévoreurs redémarrent leur ascension inexorable vers moi. Je suis devenue un aimant pour eux. Ils ne perçoivent que la vie. Et moi, je dois oublier que je suis bonne, je ne dois plus me sacrifier pour les autres comme je l'ai toujours fait.

— Dépêche-toi, maintenant, Horia !

Je fixe la sorcière. J'ai bien saisi que j'avais certains pouvoirs. Mais je suis incapable de les mobiliser. Mes lèvres se pincent devant cette situation pour le moins ubuesque.

Ma forme animale saute pour attirer mon attention.

Ce pouvoir, nous le détenons à deux !

J'ignore comment l'invoquer, mais à chaque fois, j'ai laissé les rênes à ma louve. Peut-être en sait-elle davantage que moi ?

Elle aboie en guise d'assentiment.

Les capes des spectres ondulent en se rapprochant. Les Dévoreurs avancent à petits pas. Je ferme les yeux pour faire taire ma peur. Je m'imagine avec Tiago pour faire naître l'espoir et évacuer la tristesse de ne plus le revoir.

Je me retranche en mon intérieur. Ma partie animale s'érige et j'ai l'impression que nous sommes d'égale à égale.

En cet instant, elle ne peut pas prendre totalement le dessus, car je retournerais ma peau et nous mourrions définitivement.

Alors, j'observe ma louve réclamer l'attraction de la lune. Cet astre répond et je discerne le ciel, la Terre, le SANG ! Tout ce sang essentiel à ce type de sorcière qu'est ma génitrice. Mes cellules bouillonnent. La noirceur de la magie qui m'habite, que je n'avais jamais décelée, monte du plus profond de mes entrailles et me submerge. Je discerne alors ce lien que la vampire-sorcière m'a posé. Il est d'une blancheur exceptionnelle. Il me relie à la vie. Rarement, j'ai vu autant de beauté.

Autour de moi, je perçois soudain de l'agitation. J'ouvre les yeux par réflexe. Des volutes carmin se forment et prennent de l'ampleur pour tourbillonner et écarter mes assaillants, les tenant à distance. Les bambins en sont horrifiés et pleurent, affamés, bavant davantage devant ce mets énergétique que je représente pour eux. Toutefois, ils ne peuvent plus avancer. Derrière moi, les spectres ne font plus barrage.

— Enfin ! crie Ecaterina, victorieuse. Il y a déjà assez de ce chiard que tu portes pour attirer les prédateurs !

Les bras d'Ecaterina dansent autour de moi. Ma respiration se débloque brusquement dans un grand coup de tonnerre. Les Dévoreurs redeviennent soudainement des angelots et m'observent de leur petit visage empli de supplication pour que je leur vienne en aide.

J'ai perdu le lien de Teruki !

37 – Tiago

Quand j'ouvre les paupières, je découvre les boiseries de ma chambre. Je soupire d'aise, soulagé d'être dans mon lit, d'avoir dormi si profondément et de me sentir enfin reposé. Cette dernière pensée me provoque un véritable électrochoc.

Horia !

Que s'est-il passé ?

Cette douleur dans la poitrine m'a fait craindre une crise cardiaque. Ce serait une première à mon âge, avec un tel métabolisme. Néanmoins, j'ai eu si mal que j'en ai perdu connaissance. Mon cerveau a dû court-circuiter pour m'épargner davantage de souffrance.

Je saute du lit, enfile mon pantalon. Quelqu'un m'a déshabillé. J'ai une pensée émue pour mes bêtas qui sont toujours aux petits soins pour moi. Mais elle est éphémère. Elle est bien vite remplacée par la peur qu'il se soit produit quelque chose de grave pour Horia.

Je déboule dans ma pièce principale et réveille en sursaut Marko, affalé sur mon canapé.

— Mmmm... Enfin réveillé, conclut-il en se frottant les yeux.

Il bâille à s'en décrocher la mâchoire.

— Horia ! Où est-elle ?

Mon bêta est aussitôt embarrassé.

Malheur, que lui est-il arrivé ?

Je me précipite dehors.

— Attends, Tiago, où vas-tu ?

— À la Dalle !

Il m'arrête en m'empoignant le bras calmement. Nous nous fixons. Mon regard doit être empli d'interrogations.

— Nous ne l'avons pas revue, Tiago. Si jamais elle revenait, nous le saurions immédiatement. Les sentinelles sont toujours en place dans l'hémicycle, mais aussi sur tout notre territoire.

J'acquiesce, rassuré. Puis l'horreur survient à nouveau, bousculant mon palpitant de soubresauts anarchiques.

— Mais il lui est arrivé quelque chose, Marko, j'en suis certain. Je l'ai senti en moi. Cela m'a fait perdre connaissance.

Mon bêta opine du chef à plusieurs reprises.

— Teruki a conclu que le lien qu'elle a créé est rompu. Elle ne le discerne plus.

Un grognement de frustration m'échappe.

— Horia est-elle encore en vie ?

— Teruki le pense, oui, car elle perçoit toujours la lumière qu'elle a posée sur votre enfant !

Marko me dit la vérité, c'est indéniable. J'apprécie aussi son calme et sa confiance. Il ne m'en faut pas davantage pour m'apaiser et garder espoir.

— On peut supposer alors que la situation n'a pas empiré, dis-je, tourmenté.

Car même si les choses ne semblent pas s'être aggravées pour Horia, nous n'avons pas de nouvelles non plus. Je dois juste rester concentré sur cet enfant à naître. Cela signifie que ma compagne est toujours en vie.

— Et la sorcière de sang ? Et Maxence ? Ai-je perdu connaissance longtemps ?!

Les événements surgissent au fur et à mesure, comme une cascade de soucis qui déferle sur moi. Le poids pèse de plus en plus sur mes épaules.

— Tout doux, Alpha ! Asseyons-nous !

Je toise mon canapé. J'ai autre chose à faire que tailler une bavette comme au bon vieux temps. Marko s'assied et insiste du regard. Je souffle d'exaspération. De toute manière, j'ignore où on en est, alors je n'ai nulle part où aller dans l'immédiat.

Je me pose lourdement dans mon fauteuil de prédilection. Seulement, mes jambes sont prêtes à entrer en action pour m'emmener là où sera le prochain problème à régler. Et autant que possible, que cela concerne Horia. Mon impatience monte encore et mon expression se fait butée. Mon pied commence même à tapoter mon parquet.

— Tu es resté inconscient plus de vingt-quatre heures.

Je réalise qu'il fait nuit à nouveau. J'acquiesce, l'invitant à poursuivre.

— Maxence est en lieu sûr. Son éveil devrait avoir lieu dans deux jours. Sensei a exigé de gérer cet événement lui-même. Nous demeurons tous concentrés sur la sorcière de sang...

— A-t-on retrouvé sa trace ?

Marko s'assombrit aussitôt et je me rembrunis. Mes émotions se calent à l'unisson des siennes et l'inquiétude monte en moi.

— Tiago, la sorcière de sang... Elle est très dangereuse... Les images que l'on a recueillies sont affreuses.

J'écarquille les yeux. Nous en avons vécu, des atrocités. Alors, pour chambouler mon bêta de cette façon, je ne parviens pas à imaginer ce qu'il a découvert.

— Sait-on où elle peut bien se cacher ? Probablement avec Demetriu ?

— Nous n'avons aucune trace de ces deux lascars. Pourtant, il est certain qu'ils se connaissent et font partie du complot.

Ils ne peuvent pas être les seuls.

— Et les Vircolac ?

La bouche de Marko se plisse.

— Liviu ignore tout. Sensei en est convaincu ! Il a de nouveau exploré sa cervelle sans rien trouver de plus.

— Et Radu ?

Ce coup-ci, ce sont ses épaules qui se haussent et redescendent à plusieurs reprises. Mon bêta est totalement décontenancé.

— Je ne parviens pas à imaginer qu'il soit éloigné de toutes ces manigances. J'avais du mal à croire que Liviu était étranger à tout cela aussi. Et si c'était Horia, la complice, Tiago ?

Mes poils se hérissent. Mon pouls accélère tambour battant. Mon âne bâté hurle et quémande un meurtre pour cette offense à notre âme sœur. Mon aura gonfle et se jette sur mon bêta pour le ratatiner. Mon pouvoir me surprend moi-même, tant je n'étais pas préparé à une telle réaction.

Marko bleuit sous mon regard désormais malveillant.

Qu'il crève !

Mon loup devient fou et je sursaute quand les battements de cœur de mon bêta ralentissent dangereusement.

Je fais taire aussitôt la bête en moi. Je reprends possession de ma puissance et dégage mon aura du corps inconscient qui gît presque sur mon canapé. Je me jette sur mon Warou.

Je suis son protecteur !

— Marko ! Reviens à toi !

J'attrape ses épaules et le secoue. Mon compagnon papillonne des paupières. Ses lèvres redeviennent roses, tout comme ses joues.

— Tiago… souffle-t-il.

— Ça ne peut pas être Horia, Marko, dis-je pour le convaincre. Réfléchis, bon sang ! Elle n'est que l'instrument d'Ecaterina. Horia est une victime, elle aussi.

Marko respire difficilement en m'observant, peiné.

— Je sais, Tiago. Je disais ça comme ça, car je ne trouve pas d'explications. Toutefois, Demetriu et sa sorcière de sang ont forcément des complices !

La situation pourrait être risible si je n'avais pas tenté de tuer mon bras droit.

— Marko, réfléchis avant de parler. Horia est mon âme sœur ! Il y a des choses que je peine à maîtriser !

— Ouais, j'avais oublié…

— Puis-je voir les enregistrements de Maxence et la sorcière de sang ?

Il tique.

— Si tu y tiens…

— Oui, je vais tourner bourrique si j'attends à ne rien faire. J'ai dormi, je suis en pleine forme. Pour ma santé mentale, je dois passer à l'action. Je ne voudrais pas éliminer un des miens !

Marko acquiesce.

— Allons au château… Kanine a peaufiné son réseau de moineaux guetteurs sur tout le territoire. Et les sorcières ont posé de nouveaux sortilèges avec Versipalis et Irmo. Nous allons les trouver, Tiago !

38 – Horia

Tout est redevenu gris et les bambins sont à nouveau dans l'autre dimension, aussi innocents que des angelots. Les spectres semblent être leurs gardiens.

— Mmmm… Enfin, nous revoilà tranquilles ! ronchonne Ecaterina.

Je dodeline de la tête, même si la situation est loin d'être idéale.

— Qui sont les Dévoreurs ?

— Ces chiards ?!

J'acquiesce, même si je ne me permettrais jamais de les qualifier de la sorte.

— Ici, tu te nourris ou tu te fais manger. Ces pauv' mômes sont coincés dans les limbes, à titre de martyre. Soit ils trouvent de l'énergie vitale pour subsister sous cette forme, soit ils finissent en feu follet…

J'en suis perplexe.

— Comment se transforment-ils en Dévoreurs ? Ils ont pourtant l'air mignons.

… Enfin, parfois.

Ma génitrice éclate de rire.

— C'est la quantité de vie perdurant dans chacun d'entre nous qui nous détermine comme prédateur ou proie. La sangsue t'avait reliée directement au monde des vivants, faisant de toi un soleil dans la nuit… Quelle idiote !

Ma moue se tord sous l'insulte. Si Teruki m'a ensorcelée de cette manière, c'est que Tiago cherche à me ramener auprès de lui, et ça, ça me soulage énormément.

— Déjà que tu attires certains prédateurs avec le rejeton de ce loup dans ton giron…

Clairement, ça la soûle.

— Au moins, je suis encore vivante ! je m'exclame soudain, pleine de rébellion.

Aussitôt, je recule devant tant d'audace. Je ne me reconnais pas.

— Tu peux faire la maligne ! Certes, tu es la seule à pouvoir revenir dans le monde des vivants, mais n'oublie pas que tu es là pour me ressusciter. Tu ne subsistes que grâce à moi !

Je m'invective d'avoir relancé cette folle furieuse dans sa quête d'immortalité. Cependant, cette piqûre de rappel me remet les idées en place.

— Toujours est-il, reprend-elle, que cette attaque des Dévoreurs arrive à point nommé. Tu as fait sauter la protection qui cachait tes capacités de sorcière... Nous allons peut-être enfin réussir à retourner chez les Warous, maintenant, et nous emparer de notre dû.

Elle m'évalue de la tête aux pieds, m'analysant presque avec contentement. Je vois même de la fierté dans son œil. La satisfaction d'avoir une progéniture presque digne d'elle. Cela me fait horreur.

J'avais constamment la sensation que quelque chose clochait en moi, mais je n'imaginais pas autant de noirceur.

Alors, je regarde enfin au plus profond de moi. Ma louve est toujours là, assise, la langue pendante, à me contempler avec amour. Clairement, elle est fière de nous. Tant d'adoration m'enveloppe de bonheur. Puis je distingue cette autre chose que je n'avais jamais perçue. Mon cœur saigne d'effroi. Je suis autre chose qu'une métamorphe. Je saisis aussitôt la chance que j'ai d'avoir été fusionnée avec ma partie animale.

Teruki a été tellement bien inspirée !

Sans ça, probablement que j'aurais mis fin à ma vie, tant cette partie me paraît infâme, capable de tous les méfaits.

Mais jamais je ne ferai de mal à ma louve. Cette dernière claque des crocs pour m'assurer de son soutien. Nous ne sommes plus qu'une et je suis bien plus qu'une sorcière de sang.

Plus j'observe cette dangereuse particularité qui s'épanouit pour prendre enfin sa place, plus des visions confuses émergent dans mon esprit tourmenté. Je vacille sous cet afflux d'images qui me percute bien trop rapidement pour que j'en saisisse une quelconque signification.

La Dalle est là, plus présente que jamais. Je vois des humains enchaînés dessus, torturés de mille façons. Certains meurent, d'autres se relèvent pour former des créatures plus horribles encore. La nausée me tord l'estomac. La bile remonte et me brûle la gorge d'effroi.

— Han... Ça s'épanouit en toi ! s'exclame la vieille bique, heureuse de ce qui se produit.

Elle en parle comme si c'était le Graal !

— La... Dalle...

Mon souffle est saccadé. Les mots peinent à sortir. Je me fais violence et poursuis :

— La Dalle... À quoi sert-elle ?

La diablesse sourit de toutes ses dents pourries.

— Han... Merveilleux... La Dalle appartient à notre ancêtre, Giulia...[3] C'est elle qui a créé la première sangsue humaine et l'homme-loup !

J'écarquille les yeux de surprise. J'ignorais ces informations.

Je saisis que cette pierre était un autel sacrificiel pour cette sorcière de sang. Ce granit brille de mille feux dans mon esprit. J'en distingue la puissance, elle est emplie de magie. Je comprends enfin pourquoi elle m'appelait sans cesse, pourquoi elle requérait ma présence auprès d'elle et surtout pourquoi elle nourrissait mon pouvoir.

La Dalle m'avait reconnue !

Je crains brusquement de ne plus être compatible avec Tiago. Ma louve aboie pour me sermonner et me rappeler à son existence.

Je suis mi-sorcière, mi-louve.

J'ai enfanté avec l'Alpha.

Nous sommes des âmes sœurs !

Soudain, je suis soulagée. Je dois absolument retourner sur terre, parmi les vivants.

— Et les Warous ? je demande, effarée.

Cette question, je l'ai presque chuchotée. J'ai tellement peur d'entendre la réponse. Néanmoins, je dois perdre toute naïveté et comprendre enfin quelles sont les règles de cet univers dont j'ignorais tout.

— Han... Ces chiens sont les gardiens de la Dalle. C'est cette foutue sangsue originelle qui a fait basculer notre monde. Il nous a volé notre pierre sacrificielle, et ces sales poilus la protègent. Mais je vais redonner notre grandeur à notre espèce. Grâce à moi, l'ordre surnaturel va changer, et les sorcières de sang qui me feront allégeance retrouveront notre suprématie telle qu'elle aurait dû perdurer.

Je suffoque sous cet afflux d'horreurs qu'elle débite.

Nous sommes tous foutus si Ecaterina ressuscite.

Mes jambes vacillent sous ce futur si noir qui se présente.

Je n'ose plus rien demander. Et lorsque la bouche de la mégère

---

[3] Chers lecteurs, une lecture BONUS vous attend sur mon site d'autrice : *Maius*.

s'ouvre, je sais déjà qu'elle va m'annoncer le pire.

— La sorcière qui conquerra à nouveau la Dalle fera des Warous ses esclaves et ses gardiens. Elle contrôlera une grande partie du monde de la nuit, et ce, pour toujours.

Elle éclate d'un rire tonitruant, démoniaque. Ses yeux maléfiques brillent comme des obsidiennes. Ecaterina est pressée de s'emparer de la Dalle. Je le vois enfin. C'était le dessein de sa vie. Il fallait une sorcière de sa carrure pour tenter cette quête et assouvir son besoin d'immortalité.

J'en suis effarée.

Je dois me débarrasser d'elle !

Il est hors de question qu'elle asservisse les Warous.

Mais soudain, je tremble.

Je suis moi aussi une sorcière de sang.

Et si au contact de la Dalle, je n'avais plus qu'une envie maintenant : m'emparer de son pouvoir et faire des Warous mes esclaves ?

39 - Tiago

J'ai tout de même pris une douche avant d'aller au château. J'en avais bien besoin après ces jours et ces nuits à stresser, à avoir peur de perdre Horia.

Un moineau guetteur vole au-dessus de nous.

— Les Duroy savent déjà que nous arrivons, conclut Marko.

— Kanine en a mis beaucoup en service ?

Il opine du chef plusieurs fois.

— Tout à fait. Les moineaux guetteurs détectent les mouvements. Même les brises qui se lèvent soudainement sont analysées et suivies. Si Demetriu repointe le bout d'une aile ou d'un croc, nous en serons aussitôt informés !

— Et la sorcière de sang ?

Mon bêta hausse les épaules.

— Elle est capable de grandes choses !

Il y a autant d'admiration que d'effroi dans sa voix. J'en suis sceptique et j'ai d'autant plus hâte de découvrir les images de cette démone.

Lorsque nous arrivons aux portes du château, nous sommes immédiatement arrêtés. Le battant ne s'ouvre plus devant moi. Je me rembrunis.

Que se passe-t-il ?

— Nous ne sommes plus des alliés ?

— Si, bien sûr ! affirme Marko.

— Regardez en haut à droite, exige une voix dans un haut-parleur.

Observant Marko faire, je m'exécute à l'imitation.

— C'est une précaution, m'explique Marko. Tu comprendras mieux quand tu découvriras la sorcière à l'œuvre !

Mes sourcils se froncent davantage et mes doigts fourragent dans mes rouflaquettes comme chaque fois que je suis dans une intense réflexion.

— C'est bon ! Entrez !

Et les portes s'ouvrent devant nous.

— Nous voudrions voir les images... demande évasivement mon bêta.

Le vigile acquiesce gravement. Un accès apparaît comme par magie au fond de la pièce et monsieur Bourru est dans l'encadrement.

— Venez, nous invite-t-il.

C'est le nouveau chef de la sécurité. Il remplace monsieur Revêche, enfin en semi-retraite. Celui-ci demeure un grand conseiller pour la protection des Duroy. Mais on ne le voit plus la nuit.

Nous passons les différentes barrières de sécurité pour entrer dans son antre.

— Bonsoir, Alpha !

Je le salue à mon tour pendant que nous nous serrons la main.

— Merci de nous accueillir.

— C'est bien normal, Alpha. Installez-vous... J'avais des consignes. Sensei se doutait que vous voudriez voir les vidéos.

Monsieur Bourru place deux fauteuils de bureau devant une table contenant de multiples écrans. Nous nous asseyons et c'est avec un soupir de frustration qu'il pianote sur un clavier et envoie les vidéos.

Les images que j'aperçois ont été filmées dans les cachots, à l'étage précisément où était enfermé Demetriu. Maxence se trouve au bas de l'escalier. La sorcière est encapuchonnée sous une grande cape, exactement comme me l'a décrit Nilsa, le soir de la tempête. L'attitude du majordome est tout à fait inhabituelle. Il semble neurasthénique, alors qu'il est le premier à sourire en toute circonstance. Ses yeux vitreux fixent la démone ; pourtant, je parierais qu'il ne la voit pas vraiment.

Nous n'avons que les images. Aucun son. Néanmoins, la sorcière doit parler à sa victime pour qu'il demeure ainsi figé face à elle. Tout à coup, une main sort de la cape. Elle paraît jeune avec une peau légèrement hâlée. Mais ce qui attire le plus mon attention, c'est la lame. Son alliage se révèle bien particulier.

— Sama pense que la lame est en cristal noir. Elle est ensorcelée. C'est un couteau de rituel.

Je tique à cet élément. Cette sorcière est donc plus qu'expérimentée. Je me plaisais à croire que nous pouvions avoir affaire à une novice. Mais il n'en est rien.

C'était stupide de ma part. Probablement pour m'assurer que nous allions bientôt clore ce chapitre, éliminer la démone et faire revenir Horia.

Ce poignard tendu vers Maxence est une invitation pour qu'il le prenne. Et quand j'aperçois Marko et monsieur Bourru se crisper, je serre moi aussi les mâchoires.

Alors, j'observe Maxence s'emparer du couteau, le tourner pour le tenir par le manche.

J'ose espérer que Maxence va retourner la lame contre sa propriétaire.

Bien sûr que je suis fou d'avoir une telle pensée. Mais c'est plus fort que moi.

La main de Maxence monte vers sa gorge, sans aucun tremblement. Ses yeux sont toujours rivés sur la diablesse. Son expression demeure à l'identique.

Je cramponne les accoudoirs du fauteuil de crainte de ce que je vais apercevoir.

Maxence ne cille pas. Il pose la pointe de la lame avec assurance sur sa jugulaire.

La sorcière pivote vers la caméra. Nous découvrons un magnifique sourire de connivence sous sa capuche. Seul le bas de son visage est visible.

Une fraction de seconde avant qu'elle ne reporte son attention sur sa proie.

Le couteau tranche la gorge du majordome avec vigueur et détermination. Sous le choc ou la douleur, Maxence lâche l'arme blanche. Nous sommes incapables de savoir ce qu'il ressent en cet instant.

Le sang gicle sur le mur.

La sorcière passe ses doigts dans l'hémoglobine chaude qui se déverse du cou entaillé et s'en abreuve avec jouissance. Là encore, nous ne discernons que le bas de son visage, mais l'effet est saisissant !

Affreux, même.

C'est une grande démente à qui nous avons affaire.

Puis elle attrape l'épaule de Maxence et l'image se coupe.

Je suis sous le choc, atterré. Heureusement que je suis assis, car j'en tomberais. Tous, nous avons blêmi devant tant de sauvagerie.

— Sama nous a expliqué que plus la victime est consentante pour donner sa vie et plus le maléfice sera puissant. Un grand sacrifice était nécessaire pour démanteler tous les sorts et libérer Demetriu.

Ismérie porte la magie noire en elle. Elle en connaît tous les préceptes, même si je sais qu'elle utilise très peu les sortilèges obscurs. Je me demande si les sorcières de sang n'endossent pas que la magie noire. Une chose est certaine : il leur faut de l'hémoglobine pour ensorceler.

Je suis sous le choc.

En fait, ces images n'ont duré que cinq secondes au plus. Et la suite, nous la connaissons. Je me tourne brusquement vers monsieur Bourru.

— Avez-vous d'autres vidéos de cette meurtrière ?

Il fait non de la tête, impuissant.

— Elle nous a montré uniquement ce qu'elle voulait que nous découvrions. Elle joue avec nous. La sorcière a fait fondre la porte du cachot. Pourtant, elle était envoûtée par des charmes redoutables. Mais la diablesse a été capable de passer outre.

— Mais comment allons-nous la retrouver sur notre territoire ? Elle va faire d'autres victimes ?

— Nous avons renforcé la sécurité à bien des niveaux. Nous scrutons le moindre mouvement d'air. Ce plan n'est pas terminé.

— Que cherche-t-elle exactement ?

Il hausse les épaules d'ignorance.

— Nous ne le savons pas encore...

— C'est forcément la sorcière à l'origine de la tempête ?!

J'aimerais tellement que la réponse soit affirmative, car si ce n'est pas le cas, cela signifie que nous avons plusieurs sorcières à nos trousses.

Mais là encore, nul ne dit mot, et nous nous observons gravement.

40 – Horia

Les bras m'en tombent.

Je pourrais asservir les Warous ?

Suis-je un danger pour cette meute ?

Ma louve n'est pas d'accord et fait mine de m'écharper afin que je revienne à plus de bon sens. Je déglutis. Elle a raison. Nous sommes aussi une métamorphe. Nous ne sommes pas que sorcière de sang. Nous ne désirons pas faire des Warous nos esclaves. Nous souhaitons simplement vivre notre amour avec Tiago, au sein de la meute.

Je soupire, soulagée de ce dialogue intérieur avec ma folle adoratrice. Nous verrons plus tard si cette maudite sorcellerie en moi est un problème.

D'ailleurs, c'est dans le chantage de ma génitrice qu'est la menace. Elle veut faire de moi une dent de loup ou une sorcière de sang. D'après elle, il me reste à choisir quelle partie sacrifier.

Ma louve se lamente devant cette épée de Damoclès. Mon ventre se crispe. J'ignore encore comment me tirer de cette affaire.

Mais ce qui est sûr : jamais je ne renoncerai ni à ma forme lupine ni à mon bébé.

JA-MAIS !

Ma louve se ragaillardit.

Il est temps que nous prenions conscience de toutes nos capacités.

Il doit bien y avoir un moyen de se débarrasser de cette furie démoniaque qui ne rêve que d'éternité ?!

Ma folle adoratrice gambade dans tous les sens, comme pour fêter cette courageuse décision.

Je regarde la vieille bique. Elle m'observe, le front et la bouche plissés. Au moins, je ne contemple pas ses dents pourries. Je dois la jouer fine. Cette femme a de grands pouvoirs pour avoir réussi à perdurer dans les limbes. Pendant le rituel qui nous a transportées ici, les âmes de ses ancêtres voltigeaient autour de nous pour soutenir Ecaterina.

Cependant, force est de constater qu'aucune autre sorcière n'est avec nous. Seule ma génitrice a accompli cette prouesse.

Alors, je décide de passer à l'attaque.

— Combien de sorcières de sang reste-t-il ?

Ecaterina me regarde de travers maintenant, m'évaluant pour deviner mes intentions. Malgré tout, elle n'a que moi avec qui composer. Mon meurtrier de père ne peut rien pour elle là où il est ; enfin, je l'espère ardemment. J'ignore si elle a d'autres complices. Il est grand temps que j'en apprenne davantage pour prendre les bonnes décisions.

Elle en arrive probablement à la même conclusion que moi : je suis sa seule alliée. Alors, elle soupire et lâche :

— En Roumanie, il n'y en a plus... Ma Wanda est morte. Nous ne nous reproduisons pas si facilement. As-tu choisi si tu désires être une sorcière de sang ou une dent de loup ?

Son œil se fait torve. Mes mâchoires se serrent instinctivement.

— Si tu veux retrouver ton poilu, il va bien falloir que tu te décides ! insiste-t-elle.

Mon cœur s'agite devant tant de cruauté. Ecaterina ne reculera devant rien.

— J'ai besoin d'appréhender quelles sont les conséquences de mes options.

Mon hésitation est manifeste. J'ose juste espérer qu'elle va mettre cela sur le compte de ma fébrilité et non du mensonge. Ma folle adoratrice grogne pour donner le change et Ecaterina balaie de sa main comme pour écarter un insecte désobligeant et bien trop collant.

— Mmmm... C'est compréhensible...

Au moment où je perçois qu'elle va se lancer dans de grandes explications, je l'interromps.

— Je veux en savoir plus sur l'existence de mes consœurs avant de choisir. Je souhaite évaluer ce qui m'attend !

— Tes consœurs ? ricane ma génitrice. Nan, tu es unique. À ma connaissance, personne n'a été capable d'enfanter comme je l'ai fait. La sangsue t'a même fusionnée avec ta poilue, ce qui n'était pas prévu (elle grimace chaque fois qu'elle se rappelle ce phénomène qu'elle juge indésirable). Les dents de loup surviennent à la suite de nombreux essais... Mmmm... Enfin, quand la créature survit...

J'en reste bouche bée. Pourtant, je ne devrais pas. Je connais les expériences qu'Ecaterina menait. Je me tenais toujours le plus loin possible de son antre maléfique. Toutes ces réminiscences de tests morbides, plus catastrophiques les uns que les autres, m'ont bousculée tout à l'heure. C'était horrible ! J'en ai encore la nausée.

— Il en reste peut-être ailleurs s'il n'y en a plus en Roumanie ?!

Je croise les doigts dans mon dos, espérant que la réponse soit négative.

Pourvu qu'Ecaterina soit la dernière !

Puis je grimace : je me souviens qu'elle a évoqué une dangereuse sorcière de sang.

— Han... Malheureusement, la descendance italienne dans le berceau ancestral n'est pas éteinte !

Et elle mordille sa bouche. Je saisis aussitôt que c'est un problème.

— Qui sont-elles ?

— Nos lignées se sont séparées il y a des centaines d'années. Afin de garantir la paix pour la survie de notre espèce, nous nous ignorons. Mais je dois bien avouer que j'ai toujours espionné cette descendance. Et je serais prête à parier qu'elles ont agi de la même façon.

— Sont-elles dangereuses ?

La vieille bique met trop de temps à répondre à cette question. Je déteste ça.

— Elles sont redoutables, certes... Elles n'ont pas développé les mêmes... compétences. En revanche, la quête de la Dalle est le leitmotiv de toutes les lignées. La posséder nous placerait au-dessus de toutes les créatures surnaturelles. Tu n'imagines pas, ma pauv' fille, tout ce que j'ai dû endurer pour survivre et arriver à ce summum de compétences.

Je réfléchis à ces paroles. Les souvenirs de Fiodor me reviennent. Que ce soit mon Alpha ou ce maître vampire, tous craignaient cette sorcière. La démone a su établir et entretenir des allégeances. Elle a réussi à s'élever à leur niveau. Rien que pour cela, j'éprouve une certaine admiration pour ma génitrice.

Pourquoi n'ai-je pas hérité de sa témérité et de son audace ?

Une sourde chape de plomb pèse brusquement sur moi. Si lourde que toutes mes fragilités me sautent aux yeux. Je ne suis que couardise et lâcheté !

Ma forme animale grogne et me griffe à l'intérieur comme pour me rappeler que je ne suis pas seule. Pour elle, nous avons été formatées pour être faibles alors que nous sommes fortes !

Nous sommes une créature hybride, certes. Mais nous sommes une descendante d'Inanna et de sorcière de sang...

Nous sommes une combattante !

Mes yeux s'embuent de larmes devant les convictions de ma louve. Cela paraît si simple pour elle.

— Qu'as-tu donc, ma fille ?! demande Ecaterina d'un air suspect.

L'émotion est si forte en cet instant. Découvrir ce potentiel en nous me chavire le cœur et l'esprit. Toutefois, pour donner le change, je gémis et souffle :

— J'ai besoin de voir Tiago... Ça m'aidera à choisir !

Ma génitrice hoche simplement la tête plusieurs fois. Néanmoins, son œil cruel ne me lâche pas. Au moindre doute, si elle doit rester coincée ici, elle m'éliminera.

Je dois m'éloigner de cette diablesse et faire le point. Même si je suis dans l'incapacité de révéler toutes ces informations à Tiago, être avec lui m'apaisera.

Je pars en trottinant vers le portail qui communique avec la Dalle, sous le regard suspect de la démone.

— Attention à la vilaine sorcière qui rôde autour des Warous !

Mais je me moque de ce danger en cet instant. Je désire simplement voir mon amour !

41 – Tiago

« *Alpha ! Horia...* »

Je me réveille en sursaut. Allongé sur ma terrasse pour profiter du lever du soleil, une tasse de café posée à mes côtés, je m'étais assoupi. Je n'en reviens pas de m'être endormi alors que j'ai passé plus de vingt-quatre heures dans les bras de Morphée.

Il fallait que je sois vraiment fatigué.

J'ai dû réfléchir trop intensément à ces histoires de sorcière manipulatrice et volatile.

Je saute sur mes jambes et cours vers la Dalle. L'appel d'Irmo a résonné dans mes tripes. À travers notre connexion, je perçois qu'Horia est présente.

« *Viande à la Dalle !* »

Je ne peux m'empêcher de leur remémorer les consignes au travers de mon lien afin que tout soit à disposition de ma compagne. Si elle a faim, elle doit pouvoir manger. Il en va de sa survie. Elle était si maigre la dernière fois que je crains le pire. Tout est organisé en cas de blessure et pour les repas. Dans les faits, je suis sûr qu'elle est déjà soignée ou qu'elle se nourrit en ce moment même. Mes Warous sont opérationnels et nous savons tous qu'Horia, malgré elle, tient notre futur entre ses mains.

Je gambade comme un jeune loup pourrait le faire, totalement excité de revoir ma belle, et plus encore, la mère de mon enfant. Avec mon âne bâté, je suis si heureux de la retrouver. Mes poils se hérissent pendant ma course effrénée. Mon dos se courbe pour s'adapter à mon nouveau squelette. Un arc électrique remonte le long de mon épine dorsale. C'est si vif et si bon à la fois.

Au diable mes vêtements !

Mon tee-shirt et mon pantalon craquent et tombent en lambeaux. Je perds mes chaussures en route. D'un bond, je parviens en bas de l'hémicycle. D'un seul regard, j'aperçois Horia. Sa fourrure soyeuse ondule sous une légère brise. Son parfum de pivoine arrive jusqu'à ma truffe. J'aspire à grandes goulées comme un junky en manque et je fonce tel un bolide vers le bas, vers ma Dalle.

D'un dernier coup de crocs, ma compagne finit sa bouchée de viande. Il n'en reste déjà plus. Je suis satisfait qu'elle mange de si bon appétit. Elle se tourne immédiatement, sentant ma présence, et nous nous frottons l'un contre l'autre. Au passage de son arrière-train, je hume pour vérifier sa santé. Aussitôt, je jubile : Horia dégage toujours les hormones de grossesse, mais surtout, je ne détecte pas de maladie. Je gémis de bonheur et nous poursuivons nos câlins de retrouvailles.

Des pensées trop furtives me parviennent dans un brouhaha énorme, un peu comme si je m'approchais d'une bonne fréquence pour discerner les informations clairement. Je n'y prends pas garde plus que ça. Nous avons peu de temps avant qu'Horia ne disparaisse à nouveau. Je veux profiter de chaque instant.

« *Tiago...* »

Soudain, je sursaute et m'arrête. Nous nous fixons du regard.

« *Tiago?* »

Mes yeux s'écarquillent de plaisir. Je la perçois distinctement.

« *Horia ?!* »

Elle me donne un vif coup de tête pour me montrer sa joie.

Et brusquement, ma compagne s'emballe.

Les mots « *sorcière* » et « *Italie* » reviennent sans cesse en boucle.

Est-elle au courant que nous avons été éprouvés par une sorcière de sang ?

« *Sorcière...* »

« *Italie...* »

« *Sorcière...* »

« *Italie...* »

« *Sorcière !* »

« *Italie !* »

Je me rends bien vite compte que notre échange est des plus basiques. Si toutefois, elle tente de me faire passer plus d'informations, le canal est clairement bouché !

— C'est une sorcière de sang !

Je me détourne en entendant Teruki. Au bord de la Dalle, elle fixe Horia suspicieusement. La vampire s'en méfie carrément, comme si ma compagne représentait un grave danger.

D'un coup de tête vers Versipalis, je l'invite à rassurer notre alliée.

— Horia communique avec nous désormais ! Nous la comprenons, indique-t-il à Teruki.

— Vraiment ?!

— Oui, nous sommes sur le même canal... Enfin, très peu d'informations nous parviennent.

— Il s'est passé quelque chose alors ! Horia a perdu la connexion que je lui avais posée. Mais surtout, je perçois maintenant clairement que c'est une sorcière de sang. C'est comme si elle avait enlevé sa carapace de dissimulation.

— C'est probablement aussi pour cela que nous pouvons échanger avec elle.

Voyant que la conversation est calme et que la crainte de Teruki s'est allégée, je reviens aussitôt à ma compagne.

« Oui, sorcière de sang ! », j'émets pour la rassurer.

Horia donne de bons coups de museau pour me montrer sa satisfaction.

« *Sorcière de sang* », répète-t-elle en boucle.

En revanche, un malaise prend forme en moi.

Par conséquent, je demande : « *Italie ?!* »

Tout à coup, Horia hurle à la mort comme pour nous prévenir d'un grand danger.

La sorcière de sang serait-elle italienne ?

Alors, je lui pose cette terrible question à plusieurs reprises, tout en l'observant attentivement pour découvrir la réponse.

« *Sorcière, Italie !* » vire en boucle dans son esprit.

« *Je comprends !* »

Je me concentre ardemment sur cette pensée pour la calmer. Ma compagne s'apaise enfin en saisissant que l'information est bien passée.

Je n'en reviens pas. Nous étions tellement tournés vers la Roumanie que nous n'avons pas imaginé que le danger pouvait venir d'ailleurs. Finalement, les doutes sur les Danois ont été levés. Quant à Orféo, nous avons mis ses coups d'éclat sur son caractère bouillant et volubile.

Et s'il faisait partie du complot ?

J'ai beau réfléchir, aucun élément ne l'indique.

— Horia affirme que la sorcière de sang est italienne, annonce Versipalis.

Tous sursautent autour de moi, tant nous en sommes surpris.

— Nous n'avons aucune preuve contre les De Luna, anticipe Teruki.

— Ilario, son bêta, a même été assassiné. Si Orféo était le complice de la sorcière, son bras droit n'aurait pas péri.

C'est effectivement difficile à imaginer...

Le gémissement d'Horia m'interpelle. J'avais relâché mon attention sur ma compagne. Cette dernière est évanescente et sur le point de disparaître. Mon palpitant manque un battement. Je ne peux m'agripper à elle pour la retenir. Elle n'a déjà plus de consistance.

L'impuissance m'emplit et la peur réapparaît.

Peur qu'il lui arrive du mal et que je ne la revoie jamais.

Peu importe que je meure ; sans elle, je ne peux pas vivre !

Nous nous fixons intensément, passant chacun tout l'amour que nous ressentons l'un pour l'autre. C'est un baume pour mon cœur, même si ce dernier saigne abondamment sous le coup de ces terribles tourments.

Quand tout cela va-t-il cesser ?

42 – Tiago

— Horia est une sorcière de sang ! s'exclame Teruki, dont l'humeur s'est assombrie.

— Peut-être, mais c'est aussi une métamorphe et elle est complètement compatible avec les Warous !

Je renfile un pantalon, à disposition au niveau de l'hémicycle.

— Comment ça ?!

La vampire est surprise de ma révélation.

— Horia communique avec moi à présent, mais mes Warous peuvent l'entendre également sans que nous ayons réalisé le rituel d'accouplement. Horia a intégré notre magie.

— Justement, ça devrait t'inquiéter, Tiago. Cette communication ne devrait pas exister. Horia est une sorcière de sang, je le perçois maintenant. Cette espèce est dangereuse !

En cet instant, nous avons tous une pensée émue pour Maxence. Je revois ces images horribles où le majordome a été si bien envoûté qu'il s'est lui-même tranché la gorge afin que la diablesse produise un puissant sortilège.

Je soupire de lassitude.

— Horia est mon âme sœur !

C'est une épouvantable malédiction au vu des circonstances.

Teruki pince la bouche. Le chagrin s'empare d'elle. Nous sommes clairement en mauvaise posture, mais ce n'est pas nouveau.

— Comment se fait-il qu'elle soit à la fois sorcière de sang et métamorphe ? Je n'ai pas perçu cette caractéristique avant !

La vampire semble déçue et son ton m'indique qu'elle s'en veut terriblement de ne pas avoir détecté ce détail. Pourtant, sa question est pertinente. Tous, nous nous tournons vers Versipalis. Lui seul peut avoir ce genre d'information.

— À vrai dire, cela apparaît dans nos mythes, mais de mémoire de loups, nous n'avons jamais vu de nos yeux pareil hybride.

— Chez les Warous, peut-être... mais qu'en est-il des autres meutes ?

Ma demande le fait sourire et je saisis qu'elle est bien naïve.

— À ma connaissance, aucune meute n'en a jamais déclaré. Si des créatures similaires ont existé, elles ont été bien dissimulées. Aucune n'a été répertoriée dans nos registres du Grand Conseil.

Il n'est pas étonnant que je n'en sache rien. Je manque tellement d'apprentissage.

Est-ce qu'un jour, je comblerai ces lacunes pour embrasser ce destin qui n'était pas le mien ?

— Je vérifierai tout de même !

— C'est une excellente idée, conclut Versipalis.

Oui, dès que je le pourrai, je me connecterai à nos bases de données.

— Pour l'heure, nous devons interroger Radu. Lui seul peut avoir des révélations à nous faire sur les particularités de sa fille.

Je grogne à ces mots, car ce bêta n'a jamais eu l'attitude d'un père. Un tel comportement n'aurait jamais perduré chez les Warous.

— Tout à fait. Cependant, un autre problème persiste. Nous devons aussi lui parler de cette connexion avec ta meute !

J'opine du chef. Même si c'est très agréable, ce phénomène est anormal. Je n'ose tirer de conclusion. Une frayeur s'empare de mes entrailles et me glace le sang.

Et si Horia était un danger ?

Quand je me remémore les vidéos de la sorcière de sang italienne et de ses atrocités, j'appréhende notre avenir.

Nous remontons l'hémicycle, en direction du château. Comme il fait jour, nous n'aurons que peu de vampires avec nous. Nos alliés sont toujours d'un grand secours et je crains de ne pas être impartial avec les Vircolac. Je les hais depuis si longtemps. Un besoin de vengeance s'empare de moi pour les faire expier de tous les crimes qu'ils ont commis.

Or les éliminer avant qu'ils ne parlent serait totalement contre-productif.

— Il va falloir interroger les Italiens aussi pour savoir s'ils fricotent avec les sorcières. Peut-être en ont-ils une à leur solde !

La détermination de Teruki résonne avec la mienne.

— Commençons par les Vircolac, je veux être présent quand nous passerons aux De Luna.

Tous hochent la tête à ma requête.

Teruki nous fait pénétrer dans le château et nous rejoignons l'appartement des Vircolac. Comme toujours, leur cou est encerclé d'un collier anti-retournement de peau et ils sont sous haute surveillance. Nous entrons sans nous annoncer et les découvrons dans le salon. Que ce soit l'Alpha, son héritière ou le bêta, ils ont l'air plus moroses que jamais.

— Allez-vous enfin nous libérer ? demande le chef roumain.

— Pas encore ! répond Teruki, sans s'embarrasser.

Les lupins se renfrognent davantage.

— Nous venons de voir Horia !

Ma déclaration leur fait immédiatement relever la tête.

— Comment va-t-elle ? interroge Radu.

Son père semble presque heureux d'avoir de ses nouvelles. Il pourrait paraître attendrissant. Mais les bleus sur les bras d'Horia me reviennent brusquement à l'esprit. Son paternel est un tortionnaire. Il a torturé sa fille, de bien des manières, et ce toute sa vie. Aussitôt, mon expression se fait dure quand je reprends mes questions.

— Elle nous a rendu visite sous sa forme de louve.

— Ainsi, elle retourne sa peau maintenant, annonce Liviu, songeur.

— Oui, mais Horia est aussi une sorcière de sang !

L'Alpha des Roumains sursaute devant cette bombe que je viens de lâcher.

— Non... Impossible. En tant qu'Alpha, je m'en serais rendu compte ! Horia est une métamorphe monomorphe. Elle est porteuse d'une maladie génétique, tout simplement.

Je me tourne alors vers Radu. À son regard fuyant, je saisis aussitôt qu'il cache quelque chose. Et son Alpha en prend conscience sur-le-champ. Il s'assombrit et je patiente pour découvrir la réaction de ce chef. Nous n'avons toujours pas eu les réelles raisons de leur dispute quand ils ont été enfermés au château. Sauf que, ce coup-ci, je suis sur les lieux pour analyser leurs attitudes et la véritable ascendance que l'Alpha peut avoir sur son bêta.

— Radu ? exige Liviu, en gonflant son aura.

— Non, Alpha, se défend-il. Si j'avais su quoi que ce soit, je te l'aurais dit.

— Êtes-vous sûrs de ce que vous annoncez, nous demande alors Liviu, en nous évaluant tour à tour.

— Tout à fait ! déclare Teruki. Il n'y a aucun doute, Horia est une sorcière de sang.

Et soudain, j'aperçois les yeux de Radu, allant de droite à gauche, sans comprendre.

— Qu'as-tu à ajouter, Radu ?

Ma question le fait sursauter.

— Ecaterina a sauvé Horia... Peut-être qu'elle l'a transformée !

Mes lèvres se plissent. Avec une diablesse de cette trempe, tout est malheureusement possible. Je me renfrogne devant ce nouvel élément qui ne me rassure absolument pas.

— Comment ça ? demande Liviu, étonné. Tu ne m'as jamais parlé de la présence d'Ecaterina !

Radu baisse les yeux.

— Je ne pouvais pas. Je craignais que tu rejettes mon bébé.

La fureur monte en moi. Radu n'a jamais été protecteur. Quelque chose cloche dans ce témoignage.

— Comment s'est réellement passée la naissance d'Horia ? je demande en serrant les poings afin de ne pas frapper ce père qui ne mérite absolument pas de porter ce qualificatif.

Teruki envoie des ondes pour m'apaiser. Immédiatement, je m'ouvre à son invitation : je dois demeurer calme.

Radu soupire et prend la parole.

— Ma compagne se sentait très mal. Elle s'est mise à faire une hémorragie. Il y avait tant de sang.

Son expression semble brusquement triste et résignée en se replongeant dans ce lointain passé.

— Pourquoi ne pas avoir fait venir Versipalis ? demande Liviu.

Radu relève la tête, désespéré. Je reconnais la peur en lui.

— Jamais je n'avais vu ou entendu parler de ces problèmes. Alors, je suis allé chercher Ecaterina. Elle me paraissait la meilleure personne pour garder en vie ma bien-aimée. J'étais prêt à perdre Horia si elle sauvait ma compagne. C'était l'amour de ma vie !

J'en frissonne, tellement son témoignage résonne au plus profond de mes entrailles.

— Et que s'est-il passé ? demande Liviu.

Nous sommes tous impatients de le découvrir.

— Ecaterina n'a pas pu secourir ma compagne, c'était trop tard... En revanche, j'ignore ce qu'elle a fait lorsqu'elle a réanimé Horia, mais ça a dû modifier son métabolisme... C'est sa punition d'avoir tué sa mère ! Je lui ai toujours reproché la mort de ma louve adorée. Elle a les mêmes yeux. J'étais confronté à la perte de ma compagne tous les jours. Jamais je ne le lui ai pardonné !

Nous sommes abasourdis par la cruauté de ces malheurs. J'aimerais croire Radu. Pourtant, ma haine envers lui m'en empêche. Je ne peux supporter qu'il soit une victime dans cette histoire.

— Cela expliquerait qu'Horia n'ait jamais eu de lien avec moi, annonce Liviu. Ce côté hybride a dû l'en exclure.

Je l'observe, songeur. Liviu n'exhale que la vérité.

— En revanche, elle est connectée aux Warous !

Sa bouche s'ouvre grand, tellement il est hébété.

43 – Tiago

— Comment est-ce possible ?

Je me tourne vers Radu. Faire confiance aux Roumains est absurde. Pourtant, je dois poursuivre l'investigation.

— Radu, est-ce qu'Ecaterina aurait pu ensorceler Horia pour qu'elle soit liée à ma meute ?

Il papillonne des paupières. Enfin, il est désarçonné.

— Ecaterina est capable de bien des méfaits. Mais comment aurait-elle pu faire une chose pareille ? Il lui aurait fallu un composant appartenant aux Warous, non ?!

Je fourrage dans mes rouflaquettes. Ces paroles sont pertinentes. Nous manquons cruellement de connaissances sur ces créatures.

— Elle avait bien des artefacts dans son cabinet maléfique... explique Liviu.

Clairement, nous perdons notre temps. Aucun élément concret ne sortira de cette discussion. Je fais signe à Teruki que nous devons partir. Elle acquiesce subtilement et pourtant, ne bouge pas. Je ronge mon frein, empli d'une frustration mêlée de colère.

— Êtes-vous en affaires avec une autre sorcière de sang ? demande-t-elle innocemment.

Nos prisonniers ne savent rien de la fuite de Demetriu et des dommages commis par la diablesse. Les Vircolac sursautent et l'héritière plisse les yeux.

Aurait-elle vu quelque chose ?

— Que Mère Nature nous en préserve ! Une sorcière de sang à gérer, c'est déjà bien trop de tempêtes à éviter. Elles sont sournoises et avides de pouvoir, se dédouane Liviu.

C'est certain, et pourtant, la démone devait être comme un poisson dans l'eau chez les Roumains.

— Sabaya ? je demande.

Nous nous fixons et soudain apparaît dans son regard blasé toute la rancœur qu'elle a à mon encontre.

— Je l'ignore totalement, affirme-t-elle en baissant les yeux.

Et je jurerais qu'elle a vu ou entendu quelque chose. D'ailleurs, sa réaction n'échappe pas à l'Alpha, car il grogne en la toisant. Sabaya sursaute devant le mécontentement paternel.

— Père, je ne sais rien !

Elle courbe l'échine et cette fois, cet entretien est définitivement clos. Nous sortons sans rien ajouter.

— Qu'en penses-tu ? j'interroge Teruki, une fois que nous sommes loin de toute oreille indiscrète.

— Liviu semble parfaitement sincère. Pour Radu, je ne saurais dire, même si je n'ai aucune preuve du contraire. En revanche, la réaction de l'héritière m'interpelle. Se pourrait-il qu'elle ait surpris les vampires avec la sorcière ? Auraient-ils pu comploter loin des loups ?

Ce sont d'excellentes questions !

Soudain, les alarmes sonnent et nous courons jusqu'au poste de garde.

Pourtant, une pensée me turlupine.

Que Sabaya nous cache-t-elle ?

— Les moineaux guetteurs ont détecté un mouvement suspect à la frontière du territoire, côté Warous, annonce monsieur Bourru. Et il n'est pas naturel !

Immédiatement, nous braquons du regard les vidéos de surveillance pour tenter de découvrir la créature qui vient de pénétrer nos lignes de défense. Dans mon lien, j'enjoins mes Warous à se mettre sur le qui-vive. Aussitôt, certains vont retourner leur peau, tandis que d'autres vont saisir les armes. C'est le moyen le plus sûr de pallier tous les dangers en attendant de connaître la véritable menace.

Monsieur Bourru a beau ralentir, nous ne discernons rien.

— Envoyons une délégation ! ordonne Teruki.

Monsieur Bourru cille. Il ne peut laisser cette héritière de clan prendre des risques sans son compagnon. Ce dernier et les maîtres Duroy entreraient dans une rage folle.

— Je préviens le second, mademoiselle Teruki, vous ne pouvez pas partir comme ça !

Le chef de la sécurité appelle Léo, qui répond immédiatement. Il a forcément été alerté, lui aussi, par leur système de protection. Il est devenu diurne afin qu'il y ait toujours un second en action chez les

Duroy.

Marko, de son côté, avertit ma meute afin que tous soient sur le qui-vive, et donne toutes les informations nécessaires à la conduite à tenir. Que ce soit la sorcière, Demetriu ou un autre intrus, aucun ne vient pour nous rendre une visite courtoise.

— Je dois y aller ! dis-je.
— Une délégation de gardes va vous accompagner !

Je tique.

— Et si ce n'était qu'une diversion ?

Monsieur Bourru m'évalue, puis opine du chef.

— Nous avons suffisamment de combattants pour faire face à plusieurs fronts, de jour comme de nuit.
— Des vampires ?!

La rotation des sangsues, afin qu'il y en ait H24, est maintenant relativement bien installée grâce au cruor extraordinaire de Teruki. Elle distribue ses doses de sang au compte-gouttes. Ce dernier a été nommé « élixir grand soleil » par ces vampires.

— Je ne veux pas que les humains courent le moindre danger, j'insiste.
— Je comprends, Alpha ! Quelques vampires vont vous accompagner.

Teruki pose machinalement ses mains sur ses deux sabres pour vérifier leur présence.

— Allons sur les lieux où a retenti l'alerte ! ordonne Léo, à peine arrivé.

***

Les portes du château s'ouvrent pour nous laisser passer et nous partons comme des flèches. Malgré notre vitesse, tous nos instincts sont déployés afin de discerner la moindre embûche. Teruki et Léo ont des oreillettes qui les relient directement au poste de garde. Les humains se sont répartis derrière les écrans de vidéosurveillance pour nous prévenir du plus insignifiant des mouvements.

Tout à coup, je perçois la fébrilité de Versipalis au cœur de l'hémicycle.

Est-ce Horia ?
Est-ce la sorcière de sang ?

Je frissonne et trébuche sous l'information qui revient jusqu'à moi. Irmo est en grande souffrance.

— La Dalle ! j'émets dans un souffle.

Nous pivotons comme un seul homme et changeons de direction.

— Rien sur les écrans ! annonce Léo.

— Un énorme déploiement de magie jaillit ! s'exclame Teruki, le front plissé.

Tout à coup, elle grogne, et d'un coup de reins nous laisse sur place.

— Teruki ! s'écrie son compagnon.

C'est bien la fille de sa mère !

Les deux peuvent être impulsives en cas de danger, quitte à se mettre en mauvaise posture.

Teruki bondit déjà en bas de l'hémicycle. Lorsque nous arrivons, Anton est étendu sur la Dalle et son sang se répand autour de lui.

La scène est surréaliste.

Mes Warous sont prostrés.

Je sursaute à l'odeur d'hémoglobine lupine que je décèle. Il y en a bien trop pour qu'il n'y ait qu'une seule victime. D'instinct, mes yeux se portent sur Ava et Velkan tombés à l'écart. Les liens de meute m'indiquent qu'ils sont encore vivants, mais peut-être plus pour longtemps.

Irmo tremble de tout son corps, comme électrisé. Il semble happé par un pouvoir terrible. Quand je l'aperçois sombrer à genoux, je crains le pire pour sa vie. Inanna et Versipalis sont toujours debout. Mon chaman scande une litanie obsessionnelle.

Je cherche du regard partout autour de la Dalle, comme Inanna.

Rien ! Nous ne voyons rien et c'en est effrayant !

Nous avons affaire à de la magie occulte, morbide.

Une sueur froide me recouvre tel un linceul. Avec les vampires, nous formons un cercle au pied de notre autel pour contrecarrer la menace. Teruki a déjà pris la main de Versipalis pour décupler leurs pouvoirs.

Anton gémit sous l'assaut d'une nouvelle attaque invisible. Son ventre s'ouvre sous nos yeux ébahis. Mes bras s'étendent au-dessus de lui pour attraper ce criminel. En vain : mes doigts, dont mes griffes lupines sont sorties, brassent l'air.

Un rire de folle résonne autour de nous.

44 – Tiago

Les cheveux de Teruki s'érigent et volettent autour de la Dalle, tels des tentacules monstrueux et avides. Ses prunelles sont devenues si noires que l'on ne discerne plus ses iris.

Le vent s'élève autour de nous, diluant le gloussement de la démente. Les branches vacillent sous le coup des bourrasques. Je me revois cette horrible nuit où Horia a disparu.

Est-ce Ecaterina ?

Est-ce l'autre ?

Un cri de rage monte en Teruki, mais un regain de magie bondit en elle. Versipalis en devient pâle comme la mort. Son fils est prostré au sol.

Ma maîtresse des hautes œuvres demeure campée sur ses positions, prête à attaquer. Elle semble être la seule à percevoir une présence.

— Inanna, à droite ! grogne la vampire sous l'effort.

Tous, nous tournons la tête, impuissants, mais pressés d'agir.

Mais où est cette maudite démone ?

Et pourtant, ma justicière est parée. Ses paupières se ferment pour plus de concentration. Je blêmis à l'idée de la perdre.

— Maintenant ! hurle Teruki.

Inanna bondit sur la Dalle, les bras projetés en avant. Ses griffes sont subitement couvertes d'hémoglobine. Le cri de souffrance qui s'élève nous rassure aussitôt. Inanna a touché la sorcière de sang.

Brusquement, le vent s'apaise en même temps que la chevelure de Teruki redescend. On pourrait croire que la vanne de magie a été coupée brutalement.

Je cligne des yeux.

Le danger a-t-il disparu ?

Tout semble calme dans l'hémicycle désormais. Chacun jauge avec ses capacités s'il reste la moindre menace.

Cet arrêt est si soudain que c'en est surréaliste.

— Elle est partie ! annonce Versipalis.

Mes Warous sortent de transe, totalement éberlués.

Comment cette sorcière fait-elle pour avoir autant de pouvoir ?

— Reprenez-vous et montez la garde !

Mon ordre s'accompagne de puissance, que je diffuse au travers de mon lien. Mes Warous répondent un à un. Je les sens parfaitement connectés maintenant. Je n'ai pas eu l'idée de vérifier notre liaison pendant l'agression. Jamais je n'avais vu pareille chose. J'en ai été sidéré. Aussitôt, je m'insurge devant ma faiblesse à protéger les miens.

— Alpha, de mémoire lupine, nous n'avons jamais connu semblable attaque surnaturelle !

J'acquiesce. Intérieurement, je remercie mon mage. Mais je suis incapable de me pardonner.

— Occupons-nous des victimes ! j'exige sombrement.

Pour ma part, je saute sur Anton pour le secourir. Il est inconscient. Son ventre ouvert m'inquiète. Cependant, ce n'est pas une blessure mortelle pour un métamorphe. En revanche, il a perdu énormément de sang. Cela risque de ralentir son rétablissement.

Ce Warou avait déjà fait les frais d'une attaque. Son bras avait été arraché sans que l'on en connaisse le coupable. Une chose est maintenant sûre : la sorcière de sang était forcément dans le coup.

Du coin de l'œil, je constate qu'Irmo se remet difficilement, mais si Versipalis n'est pas à ses côtés, c'est que sa relève est hors de danger et qu'il n'y a rien à faire de plus pour l'instant. Versipalis est sur Velkan et Ava.

Mon mage acquiesce à ma proposition. Je perçois à nouveau sa force. D'ailleurs, Teruki œuvre derrière nous pour intensifier la magie lupine. Connectée au Cosmos et à la Terre, elle a ses racines qui s'étendent en dessous de nous. Ses branches s'élèvent dans le firmament. Son aura gonfle et sa puissance jaillit de toute part. Son pouvoir est extraordinaire.

Instinctivement, ma langue pourlèche mes lèvres. Un arc électrostatique me traverse. Pour autant, j'ouvre grand la bouche et lève la tête vers la lune que l'on ne peut distinguer en plein jour. Mais pour moi, elle est là, bien présente. L'énergie me pénètre en profondeur, nourrissant chaque cellule de mon corps. Mon loup hurle pour accueillir et remercier cette vigueur.

« *Aidons-les à retourner leur peau !* »

Versipalis acquiesce. Je diffuse toute la force gagnée grâce à mon amie et repartage autour de moi. Versipalis en premier, puis les blessés et enfin mes Warous.

— À la prochaine attaque, nous devons nous mobiliser de cette façon !

Mon souffle est erratique et je reconnais à peine ma voix.

— Oui ! claque Teruki.

Car des agressions, il y en aura d'autres à n'en pas douter. Je ne saisis pas l'enjeu de cette sorcière de sang.

Que cherche-t-elle à conquérir sur notre territoire ?
Elle ne s'est pas associée à Demetriu par hasard.

Je me concentre à nouveau sur nos victimes pour leur enjoindre de retourner leur peau. Je dois requérir toute ma puissance, car il est très difficile pour un Alpha de revendiquer une telle chose sur des métamorphes inconscients. J'étends mon aura sur Versipalis afin de prolonger mon autorité. J'en transpire à grosses gouttes. La magie qui coule dans mes veines, augmentée par Teruki qui me sert d'antenne en ce moment même, n'est pas de trop. Sans elle, je ne suis pas certain que je pourrais agir sur trois de mes membres à la fois.

Petit à petit, la plaie d'Anton se referme. Ses poils poussent sur son abdomen. Il y est presque. Je puise plus loin dans mes ressources et soudain, un loup est étendu devant moi. Je soupire de soulagement. Il est maintenant sous l'effet de notre métabolisme hautement guérisseur, et donc en bonne voie de s'en sortir.

Pour autant, je ne lâche rien. Mes paupières se ferment à nouveau. Je poursuis mes efforts pour qu'ils rejaillissent au travers de Versipalis. Je perçois le moment exact où mes blessés retournent leur peau.

Aussitôt, Ava mugit de chagrin. La tristesse de sa louve monte en moi et se transforme en désespoir. Je devine alors qu'il s'est produit quelque chose de grave. J'accours jusqu'à elle.

Ses yeux sont embués de larmes.

« Jade ! »

Je saisis sur-le-champ.

— Cherchez Jade immédiatement !

Je crains le pire.

Velkan, tout comme Anton, demeure inerte.

Une partie de mes Warous fouille le village. Par leur lien, je sais qu'ils ne la trouvent pas. Les heures passent, nous ratissons tout notre territoire au peigne fin. Il faut se faire à l'idée : Jade a disparu.

Aurait-il mieux valu retrouver son cadavre ?

Non, bien sûr.

Pourtant, nous parvenons à la conclusion que cette enfant humaine est aux mains de la terrible sorcière.

Pouvait-il lui arriver quelque chose de pire ?

La nuit est tombée et Sensei ordonne d'agrandir le périmètre de recherches grâce aux drones et à toute leur technologie.

Marko a rejoint le poste de garde des Duroy pour tenir la meute informée au fur et à mesure et nous représenter en cas de menace avérée.

Je traverse la cour du château avec Teruki. J'ai une requête à faire auprès de Sama. Je ne suis pas sûr qu'elle acceptera, mais je l'espère au plus profond de moi.

Si Horia est véritablement une sorcière de sang, elle pourrait devenir un atout pour nous.

Nous aurions NOTRE sorcière !

Tout à coup, une chauve-souris aux ailes blanches fonce sur nous.

Je recule d'un pas pour laisser l'ancêtre me devancer. Il a l'air bien pressé.

Que se passe-t-il encore ?

45 – Tiago

— Maius !

Nous saluons l'Ancien, d'une blancheur éclatante dans la nuit noire.

— Alizia est sur notre territoire ! annonce-t-il de but en blanc.

— Qui ça ?!

Nous le fixons sans comprendre.

— Alizia Di Rosa, la sorcière de sang italienne. J'ai perdu sa trace non loin de là. Elle est forcément ici. Cette sorcière est aussi redoutable que dangereuse !

Alors, nous connaissons maintenant l'identité de la coupable !

— Nous devons en informer immédiatement tes parents, Teruki ! exige Maius d'un ton inquiet.

Je ne l'ai jamais vu dans cet état.

Quelle mouche l'a piqué pour qu'il soit si troublé ?

— C'est fait ! annonce celle-ci.

Sensei étant télépathe, Teruki a déjà pu alerter son père. De mon côté, je préviens les miens grâce à notre connexion lupine. Avec ces formes de communication, nos deux clans vont rapidement être au courant, car maintenant que nous connaissons notre ennemie, il va nous falloir trouver une stratégie imparable. En parallèle, j'appelle Marko par notre lien. Je désire qu'il entende lui aussi toutes ces nouvelles informations.

— Où étiez-vous, Maius, depuis tout ce temps ? demande Teruki.

Une pointe de culpabilité transparaît chez l'antique sangsue. Il hausse les épaules nonchalamment et reprend son air impassible. Voilà, nous le retrouvons tel qu'il est.

— Où est donc Maxence ? Il n'a pas son pareil pour nous apporter des habits dès que nous en avons besoin !

Nous sursautons à l'évocation du majordome. D'ailleurs, l'un de ses collègues arrive avec les vêtements de Maius.

— Hummm... Merci, jeune humain !

Malgré tout, Maius nous regarde, suspicieux, et commence à se vêtir. Nous devons avoir de drôles d'expressions.

— Maxence se réveillera dans vingt-quatre heures environ, explique Teruki.

— Pourquoi est-il si fatigué ?!

Mon amie soupire de lassitude.

— Que s'est-il passé ?

— Maman l'a vampirisé !

Maius sursaute à cette information.

— Je croyais que Maxence ne souhaitait pas devenir un buveur de sang !?

Nous dodelinons de la tête.

— Alors, ici aussi, il s'en est produit, des choses ! conclut-il. Bien, allons voir les maîtres !

Maius s'enroule dans sa cape et nous prenons le chemin du bureau de Sensei. Marko nous emboîte le pas et nous pénétrons dans le château. Par notre lien, mon bêta m'informe que tout est calme sur notre territoire.

En apparence, certes... mais qu'en est-il véritablement ?

Quand nous arrivons dans le corridor, la porte est déjà ouverte et les maîtres Duroy sont à l'entrée pour nous accueillir. Ils ont hâte de prendre nos problèmes à bras le corps, ce qui me réconforte au plus haut point.

— Teruki ! crie Ismérie, en enlaçant sa fille. Tu n'es pas blessée ?

Sama recule et examine sa progéniture à bout de bras. Ce serait risible si la situation s'y prêtait. Teruki est une vampire-sorcière de presque 40 ans et elle ne manque pas de ressources, bien au contraire. Mieux vaut être son ami que son ennemi.

— Je vais bien, maman !

— Asseyons-nous ! Nous avons beaucoup d'éléments à passer en revue, tranche Sensei en nous poussant vers son salon où des fauteuils et des canapés confortables nous attendent.

Nous saluons Miguel, l'autre second des Duroy, et sa compagne, Aveline. Léo étant en pleine régénération, il sera informé dès son réveil. D'ailleurs, Teruki ne va pas tarder à nous quitter pour le rejoindre. J'observe Marko du coin de l'œil. Mon bêta aurait bien besoin de dormir lui aussi. Ses cernes s'agrandissent un peu plus chaque jour.

— Que s'est-il passé à la Dalle ? demande aussitôt Sensei.

Je laisse la parole à Teruki. Elle lui raconte en détail les événements. Leurs expressions s'assombrissent au fur et à mesure qu'ils apprennent les aptitudes hors norme de cette sorcière de sang.

— Cette diablesse est capable de tirer profit des âmes de ses ancêtres pour accroître son pouvoir… comme Ecaterina.

Des marmonnements incompréhensibles s'élèvent. C'est donc comme cela que notre assaillante a réussi à avoir autant de puissance. Nous voilà avec une autre sorcière de la trempe de celle qui sévissait en Roumanie.

— Inanna l'a blessée, dis-je.

J'ai l'espoir qu'elle le soit assez gravement, même si je n'y crois pas vraiment.

— Je suis certain qu'Alizia a prévu un système de guérison ultime avant de se lancer dans un tel assaut, annonce Maius.

— Quel genre de système ? demande Aveline.

— Aucune idée ! Mais avec du sang, tout est possible pour ces diablesses…

Les épaules d'Aveline se voûtent. Cette dame blanche ne peut pas comprendre ces types de maléfices. Elle serait incapable d'en lancer de tels et se sacrifierait plutôt que de faire souffrir une créature vivante, même la plus petite. Miguel l'enlace, en guise de réconfort.

— Les Di Rosa ont été très inventives pour allier la discrétion et la soif de pouvoir, révèle Maius, à nouveau impassible et presque admiratif. Elles semblent talentueuses.

Toutes les têtes se tournent vers lui. Au vu des circonstances, je ne parlerais pas de talent. Nous sommes tout de même leurs victimes. Pourtant, je ne vais pas débattre de ce sujet. Clairement, nous sommes pressés d'en apprendre davantage. Soudain, Maius réalise que nous attendons qu'il poursuive. Alors, il se lance.

— J'ai retrouvé la trace d'une lignée dans le berceau ancestral des Warous. Giulia avait donc réussi à dissimuler sa descendance. J'ignore combien elles sont. Je viens d'éliminer la plus ancienne d'entre elles, non sans l'avoir fait parler au passage.

Je n'ose imaginer la cruauté dont peut faire preuve Maius. Ce dernier se tait et rassemble ses idées.

— Selon la vieille mégère, Ecaterina provient directement de Giulia. Une sœur dissidente, il y a de cela plusieurs centaines d'années, a préféré fuir vers l'Europe centrale. Malgré tout, les deux branches de cet arbre pourri se sont toujours espionnées. Chacune paraît avoir travaillé et expérimenté dans des directions différentes. Pour autant, leur pouvoir de nuisance est aussi élevé d'un côté comme de l'autre. Toutes ces sorcières se connaissent sans pour autant se côtoyer.

Ses sourcils se plissent. C'est très mauvais signe que Maius soit si inquiet. Il exhale même une certaine nervosité, ce qui ne lui ressemble absolument pas.

— Que cherchent-elles ? demande Sensei. Pourquoi venir sur notre territoire ?

— Ah, ça, j'espérais que le temps anéantirait cette information, déclare Marius, plus que contrarié.

Quand son regard me fixe intensément, je sais que je vais apprendre une désastreuse nouvelle !

— Comment se sont comportés tes Warous, jeune loup, pendant l'attaque d'Alizia ?

Je réfléchis à cette drôle de question dont je ne comprends pas l'intérêt. Je me replonge mentalement dans ce terrible événement.

— Anton était sur la Dalle. Son sang se répandait...

— Logique, me coupe Maius.

Je cille devant son interruption, mais c'est complètement dans ses habitudes, à l'Ancien !

— Ava et Velkan étaient blessés non loin de la Dalle...

Il acquiesce, mais ne dit mot, cette fois.

— Jade, leur fille, nous ne l'avons pas retrouvée !

— Quel genre de créature est-ce ? demande Maius.

— Cent pour cent humaine, dis-je, dérouté.

— Alors, c'est elle qui sert de vecteur de guérison. Son sang pur peut facilement être canalisé.

— C'est malheureusement vrai. De ce que j'ai constaté chez ce type de sorcière, les bébés et les enfants donnent de meilleurs sortilèges, déclare Ismérie, penaude.

Choqué par cette nouvelle, j'en reste estomaqué.

Ainsi, Jade est condamnée ?!

— Mais tes Warous, Tiago, comment ont-ils réagi ?

Je sursaute.

— Ils étaient sidérés, annonce Marko. Tous nos omégas étaient prostrés ! C'en était flippant !

— C'est bien ce que je craignais, se lamente tout à coup Maius.

Et il replonge dans son passé.

— Maius, que veux-tu dire ? l'interpelle Sensei.

Il nous évalue alors tour à tour, comme s'il jaugeait si nous étions dignes d'entendre ses secrets. Et soudain, il se décide.

Mon ventre se crispe. Mon loup mugit de désespoir.

Nous redoutons le pire.

46 – Tiago

— Cette Dalle est un puissant artefact pour les sorcières. J'ai demandé à tes ancêtres, Tiago, de toujours la conserver au sein de votre meute et à l'abri de toutes les créatures de la nuit. Quand les Duroy sont devenus vos alliés, j'ai laissé faire. Il n'y avait aucun danger !

Sensei opine du chef.

— Mais quel est le problème, Maius ? Je ne comprends pas.

L'Ancien m'observe, presque avec pitié.

J'ai horreur de son expression.

— Toute la magie de sang que renferme la Dalle est liée aussi bien aux Warous qu'aux sorcières de sang. Ta meute et toi en êtes les gardiens ou les esclaves !

Nos exclamations de stupeur montent dans un brouhaha. Et soudain, je m'insurge devant tant d'irresponsabilité.

— Pourquoi ne pas m'avoir prévenu ?!

Maius me fixe dédaigneusement.

— Avec le temps, tout se perd... Tout s'oublie !

— Oui, les Warous ignorent totalement cette information, revendique Marko, hargneusement.

— Mais pas les sorcières de sang ! j'ajoute sur le même ton.

Je partage le mécontentement de mon bêta. Clairement, cette méconnaissance nous a pénalisés depuis le départ. Nous n'avions pas conscience d'être en danger. Nous ne savions pas que des ennemies guettaient le meilleur moment pour nous attaquer.

Tous les regards sont rivés sur Maius. Il ne peut ignorer notre consternation.

— Je m'étais assuré qu'il ne restait pas de descendante de Giulia, insiste-t-il. J'ai écumé le territoire de la démone pendant bien longtemps. J'y suis encore retourné pendant une centaine d'années pour vérifier que toute forme d'engeance avait disparu. J'ai éliminé le peu de créatures que j'ai trouvé. Giulia a été bien plus forte que moi !

Ces paroles nous laissent songeurs. Les sorcières ont su se dissimuler avant de revenir véritablement au-devant de la scène. Elles ont été très patientes et ont entretenu leur vengeance. C'en est terrifiant.

— C'est pour cela qu'Ecaterina et Alizia veulent s'emparer de la Dalle, dis-je, blasé que notre futur paraisse si compromis et soit entre les mains de ces harpies.

— Tout à fait ! Celle qui réussira sera encore plus puissante de par l'artefact et son armée de loups asservis, énonce placidement Maius.

Sa certitude est à faire peur. Et brusquement, je blêmis.

Et Horia, alors ?

— Ma compagne est en partie une sorcière de sang. Pourrions-nous devenir ses esclaves ?

Je suis terrifié à l'idée d'entendre la réponse de Maius. Une affirmation pourrait porter un coup fatal à tous mes espoirs. Lorsque le vieux buveur de sang hoche imperceptiblement la tête, mon palpitant cogne fort dans mon thorax.

Je ne peux survivre sans Horia.

Elle est mon âme sœur !

Et si perdurer signifiait que nous devenions ses esclaves ?!

Le silence pèse sur moi comme une chape de plomb. Ma poitrine se comprime sous la pression. Je n'ose plus respirer.

— Nous ne laisserons pas faire cela ! tonne le maître Duroy.

— Horia n'est pas qu'une sorcière de sang, c'est aussi une louve. À ce titre, tout espoir est permis, nous rappelle Aveline.

Son sourire bienveillant m'envoie une bouffée de réconfort, et c'est le signal donné à mon corps pour que je respire à nouveau.

— Tiago, tu dois surveiller Anton, Ava et Velkan ! réclame Teruki.

Ahuri, je la regarde sans comprendre.

Pourquoi une telle exigence ?

— Les enfermer serait même plus sûr, annonce Ismérie.

Ma tête pivote automatiquement et je demande :

— Que craignez-vous ?

— Alizia a pu ensorceler tes Warous. Ces derniers pourraient se retourner contre toi !

— Sama a raison, insiste Maius.

Alors je me tourne vers le maître Duroy.

— Tes sorcières vont examiner mes Warous et si elles trouvent le moindre indice d'emprise sur les miens, je me résoudrai à une telle extrémité. Dans le cas contraire, ils seront libres. Il est hors de question que je crée un climat de méfiance. Ce serait contre-productif et pourrait même servir le jeu des sorcières !

La tension est vive entre nous. Les doutes planent de toute part.

— Le jeune loup n'a pas tort, conclut Maius.

J'acquiesce, heureux d'avoir un allié.

— Alors, qu'il en soit ainsi ! approuve Sensei. Ils seront examinés dès que nous clorons cette réunion.

— La GARCE ! s'écrie subitement Ismérie.

Sama bondit sur ses pieds. Elle saute par-dessus l'énorme table basse et sort comme une furie. Elle n'a pas le temps de franchir la porte que nous sommes derrière elle. Sensei lit automatiquement dans les pensées de sa compagne.

— Alizia vient de s'échapper du château !

C'est très mauvais !

Mon palpitant tombe dans mon estomac. Mes entrailles me brûlent sous le coup de la terreur qui m'emporte.

— Aveline ! grogne Eiirin.

Miguel met aussitôt la dame blanche sous bonne garde. Teruki et son père encadrent notre Sama pour pallier toute menace. Sa magie est puissante ; cependant, elle n'a pas toutes les capacités physiques des vampires.

Nous arrivons comme des balles dans la cour du château et nous stoppons net, tous nos sens ouverts pour déceler la moindre parcelle de la sorcière.

Je hume et grimace aussitôt.

— Sang de loup ! dis-je, effaré.

Autant d'hémoglobine ne peut que m'amener à conclure que nous avons un mort. Les alarmes des systèmes de protection se mettent à rugir de tous les côtés.

La fureur nous envahit et nous prenons le chemin qui mène aux appartements de nos invités prisonniers. L'odeur provient de cet endroit.

— Fenêtre cassée chez les Vircolac ! nous apprend Sensei.

Encore ces maudits métamorphes ! Nous fonçons vers leur logement. Les gardes dans le corridor sont déjà en train d'ouvrir la porte. À leur front plissé, ils ont flairé le problème. Clairement, ils ne sont pas surpris de nous voir débarquer, ce qui signifie qu'ils ont perçu les manigances de la démone.

— L'Alpha est mort, crie l'un d'eux.

Nous découvrons immédiatement Liviu décapité. Son collier anti-retournement tombé repose entre son corps et sa tête. Son expression d'horreur est à brûler les tripes. J'en tressaille.

Que s'est-il donc passé ?

— Cherchez l'héritière et le bêta ! ordonne Sensei.

Je me dirige aussitôt vers la fenêtre. Lorsque je me penche au-dessus de la falaise, je ne vois que le vide et un paysage à couper le souffle à perte de vue. Les autres ont beau fouiller partout, aucune trace de ces deux-là.

— Vous pensez qu'ils sont partis par là ?!

Je me sens stupide de poser cette question, tellement je n'y crois pas.

Les métamorphes ne volent pas.

— Il n'y a pas d'autre option, approuve Ismérie.

À mes côtés, elle cherche le moindre fragment de magie. Son aura gonfle et résonne avec la mienne. Ce côté sombre que nous partageons enfle et renforce son pouvoir. Tout à coup, elle tourne la tête.

— La forêt ! affirme Sama. Ils sont dans la forêt.

Sensei balance une poignée d'ordres. Je retransmets les informations à mes Warous. Inanna et Falko me rassurent immédiatement sur tout ce qui est en train de se mettre en place. Versipalis et Irmo campent sur la Dalle, maintenant sous haute protection.

Et nous repartons à la poursuite de ces scélérats.

47 – Tiago

C'est un gigantesque arsenal qui est aussitôt déployé sur la terrasse du château pour traquer nos ennemis.

— Je dois vous laisser ! annonce Teruki à contrecœur.

J'écarquille les yeux à l'idée que mon amie se retire.

— Va, ma fille ! répond Sensei.

Depuis que nos conditions de paix sont menacées, les vampires Duroy se séquestrent sous haute sécurité pour se régénérer. Ils ont aménagé leurs mille mètres de profondeur de falaise en véritable bunker. Leurs tombeaux sont apparemment introuvables.

Pourvu qu'ils aient raison, car Alizia a encore réussi à pénétrer le château. Non seulement elle a commis ses crimes en toute impunité, mais en plus, elle s'est enfuie sans difficulté.

Aveline, en tant que compagne de Miguel, est la seule humaine à connaître leur cachette.

Inquiète, Teruki observe sa mère déjà à l'entrée du château, trépignant d'empressement pour que les portes s'ouvrent, qu'elle puisse sortir enfin.

— Fais attention à maman !

Sensei hoche gravement la tête et donne l'ordre d'ouvrir.

Alors que je m'élance, Ismérie lève la main pour tous nous stopper. Son aura gonfle et elle contrôle que nous pouvons progresser plus loin sans danger. Nous la laissons procéder et c'est moi que l'impatience gagne. Nos ennemis grandissent en nombre, ou plutôt se révèlent enfin, mais surtout, ils sont en train de nous échapper, et ça me met dans une rage folle. Mon loup gronde en moi.

Par mon lien de meute, je vérifie que mes Warous vont bien, que la connexion est toujours établie. Je rassure chacun d'eux. Leur allégeance me tranquillise. Nous sommes plus puissants que jamais et je ne discerne pas de dissonance dans notre magie lupine.

Versipalis a intensifié notre interconnexion pendant mon absence.

Irmo a pris une belle part dans son ascension. Je perçois maintenant deux chamans dans mon aura et le cœur de chacun de mes Warous résonne en moi. C'est très curieux de nous sentir si unis. Nous pourrions croire que nous ne formons qu'un. Néanmoins, notre magie est plus forte que jamais. Mon loup jubile en moi de constater toutes nos parties animales si mêlées.

— Allons-y ! clame Ismérie, une fois certaine que nous pouvons passer sans dommage.

Kanine, qui nous a rejoints, se poste d'un côté de la vampire-sorcière et Sensei de l'autre. Ces trois-là vont former une équipe de choc, tout en laissant le plus large champ possible à Ismérie pour produire ses sortilèges.

Nous nous déployons et avançons de concert. Inutile de courir dans tous les sens. Au contraire, nos instincts sont à fleur de peau. Je suis à la limite de me métamorphoser. Je ne suis jamais plus mi-homme mi-loup qu'en cet instant. Je perçois que Marko et les Warous qui nous ont rejoints sont dans le même état que moi.

Chaque brise, chaque mouvement de feuille, chaque odeur qui vient jusqu'à moi est analysée par toutes mes capacités. Et surtout, mon champ électromagnétique se déploie. Je discerne des myriades de parcelles de magie invisibles à l'œil humain. Je pourrais m'attarder sur cette beauté à couper le souffle, mais je reste à l'affût. En cet instant, je traque toute particule ensorcelée pour déceler nos intrus. Mes alliés sont bel et bien présents dans toutes les dimensions. Leur concentration titille la mienne et la renforce.

Soudain, comme un seul homme, nous tournons tous la tête vers la gauche.

Clairement, nos ennemis sont passés par là.

Le magnétisme habituel de la forêt est brouillé.

Kanine commande à ses moineaux guetteurs de se lancer dans cette direction et nous progressons précautionneusement sur une ligne afin de ne rien rater.

Je m'humecte les lèvres et pose avec grande attention un pas devant l'autre. Nous reprenons prudemment notre avancée, quadrillant chaque parcelle de notre territoire, du sol à la cime des arbres. Aucune peur n'exhale de notre groupe. En revanche, un certain stress – ou plutôt une forme d'excitation – d'éliminer nos ennemis pour en finir avec toute cette menace. Et plus que tout, une sourde colère s'est emparée de notre communauté.

— Un collier ! annonce Kanine.

Je sursaute devant cette nouvelle.

— Lequel ? je demande sans tourner la tête.

Cela pourrait être une diversion pour nous faire tomber dans un piège, alors nous restons aux aguets.

— Radu ! crache-t-il.

Il peut donc retourner sa peau désormais.

Nous avions gravé leur initiale sur chaque cercle métallique.

Il manque des indices pour saisir la position de Sabaya.

Est-elle la prisonnière de Radu ou sa complice ?

Si elle porte encore son collier, c'est probablement qu'il n'a pas confiance en elle.

Je conserve ce détail dans un coin de ma tête. Une dissidente parmi nos assaillants pourrait nous être utile. Sabaya était tout de même l'héritière de Liviu. J'ai du mal à croire qu'elle se soit retournée contre son père.

Nous poursuivons notre battue, mais nous arrivons bien trop rapidement à la limite de notre territoire.

— Ils sont passés là, affirme durement Ismérie.

Je tourne la tête vers l'endroit qu'elle nous montre. Je découvre avec horreur quatre percées dans l'émanation des sortilèges que nous avons posés. Sama en est très contrariée. Nous avons mêlé nos magies pour rendre nos frontières sûres. Toutefois, force est de constater que pour l'instant, nous échouons lamentablement devant une seule de ces diablesses.

— Rien de visible sur les caméras de surveillance, précise Eiirin, qui est relié au système de vidéo.

Pourtant, quatre créatures ont bien emprunté cette voie, c'est indéniable.

Alizia, Demetriu, Radu et Sabaya... Oui, cela pourrait leur correspondre. Si tel n'est pas le cas, c'est que nous avons bien plus d'ennemis à identifier que nous ne le pensions.

Ismérie passe sa main sur le pourtour des percées. Ses paupières closes et son front plissé montrent une intense concentration.

— Je reconnais la sorcière de sang. Je saurai la repérer maintenant. Dommage que Teruki ne soit pas là pour s'imprégner de son essence.

J'acquiesce. Sama va refermer la frontière. Déjà, ses lèvres bougent pour reconstruire la barrière de protection.

— Je serai prévenue quand elle troublera cette ligne de démarcation, indique-t-elle.

— Et les autres ?

Ismérie tique à ma question.

— Malheureusement, cette harpie ne manque pas d'imagination. Elle trouvera une solution pour faire passer les autres.

Nous nous renfrognons à cette sinistre nouvelle.

— Poursuivons, ordonne Sensei.

Nous traversons la frontière ensorcelée. Ma peau frétille. La protection reconnaît ma magie et c'est tout un équilibre qui se produit entre nous, une belle communion, comme si nous ne formions plus qu'un avec nos alliés.

— Du sang ! clame Marko, satisfait de sa découverte.

Immédiatement, je le rejoins.

— Il est encore frais, même s'il a refroidi.

Tous les regards braquent les environs dans cette vaste forêt. Je hume cette hémoglobine.

— Du sang de louve ! j'annonce.

— Est-ce Sabaya ? demande Ismérie.

— J'ignore qui cela pourrait être d'autre, mais je ne peux affirmer que c'est l'héritière !

Je hausse les épaules et nous reprenons notre traque consciencieuse. Au bout d'une heure sans aucun nouvel élément, nous décidons de rebrousser chemin.

— Il faut retrouver Jade, exige soudain Ismérie.

Je ne suis pas fier de notre impuissance.

— Nous l'avons cherchée en vain…

— Je comprends, Tiago, mais il faut la retrouver…

— Elle est probablement morte !

Ma tristesse se déploie en moi à l'idée d'avoir perdu l'un des miens.

— Je n'en suis pas si sûre. Si tel était le cas, vous auriez découvert son cadavre ! Alizia la conserve vivante. Mais dans quel état ?!

48 – Tiago

Impossible de poster davantage de gardiens aux quatre coins de notre territoire. Alors, nous restons groupés.

Tout comme il est impossible de savoir si Alizia rend ses complices invisibles, si elle maîtrise la téléportation ou autre chose.

Quel mystère a-t-elle percé pour réussir de telles prouesses ?

Nous pensions qu'il n'y avait pas pire qu'Ecaterina, mais force est de constater qu'il n'en est rien.

Ismérie est face à Ava dans son chalet. Nous avons préféré nous entretenir avec elle dans sa maison afin de la mettre plus en confiance. À l'extérieur, nous sommes sous bonne garde.

Sama a déjà examiné Anton et Velkan. Ces deux-là n'ont rien vu, rien entendu et ne se sentent pas différents. Nous n'avons rien décelé d'inquiétant chez eux. Bien sûr, il est important de s'assurer qu'Ava va bien et de vérifier si elle n'a pas de nouveaux éléments à nous apporter.

Inanna et Marko sont avec moi. Au moindre indice de présence d'envoûtement d'Alizia, Ava sera emprisonnée. Nous pourrions même l'éliminer si nous la jugions trop dangereuse. Mon estomac se crispe à cette idée. Je n'ai jamais eu à exécuter l'un des miens. Néanmoins, mon rôle d'Alpha me pousse désormais dans des retranchements douloureux. Je n'étais pas prêt à m'obliger à de telles extrémités.

— Que faisais-tu avec Jade quand Alizia vous a attaquées ? demande Ismérie.

Les yeux bleu glacial de la vampire sont envoûtants. Son aura enveloppe mon oméga pour déceler la moindre exhalation de la sorcière de sang. Les trouées que nous avons trouvées dans la frontière magique ont captivé Sama. Et depuis, elle a pris une grande assurance dans la future capture d'Alizia. Alors, je suspecte qu'elle ait trouvé des moyens de débusquer la diabolique sorcière.

J'ai hâte aussi d'aller confronter l'Alpha italien à ces nouveaux éléments.

Est-il de mèche avec Alizia ?
Mais si c'est le cas, pourquoi ne pas l'avoir libéré en priorité ?
Je n'ose imaginer un si vaste complot.
Qu'ils se soient tous ligués contre nous ?
Non, impossible !

À ma connaissance, les Vircolac et les De Luna n'ont aucun lien. Ça aussi, je vais le vérifier dans ma base de données dès que je le pourrai.

Ava éclate en sanglots à la mention de Jade. Ismérie enveloppe aussitôt la main de ma louve dans ses paumes. Sa magie blanche apaise mon oméga par vagues subtiles. Je laisse faire, car ce sera d'une grande aide pour cette mère éplorée, mais également pour nous tous.

Mes trois Warous sont les seuls témoins. Malheureusement, Velkan et Anton n'ont rien donné. Ils sont remis sur pied grâce à notre métabolisme hors norme, mais c'est tout. Ils ont été totalement inconscients des événements.

— Laisse-toi aller, Ava, ferme tes paupières et les images vont arriver... suggère Ismérie.

Cette louve s'exécute et se calme aussitôt. Ses ondes cérébrales s'élèvent, l'envoûtement d'Ismérie agit.

— Quand les images arrivent, raconte-nous ce que tu vois...
— Jade jouait derrière moi pendant que j'étendais le linge.
— À quoi jouait-elle ?

Ava réfléchit.

— Elle avait amené sa poupée Gigi. Sa poupée était devenue une magicienne et elle inventait des sorts à jeter.

Est-ce important ?
Probablement que non. Jade a une imagination très fertile...

— Et après ?

Ava hausse les épaules. Ses paupières sont toujours closes. Pourtant, on voit ses globes oculaires chercher activement le moindre indice. Et brusquement, sa bouche se plisse.

— Ce n'était pas tout à fait sa voix, annonce Ava, contrariée.
— Que veux-tu dire ? demande Ismérie.
— La voix, ce n'était pas celle de Jade. Je n'y ai pas prêté attention. Mais lorsque j'y repense, quelques syllabes n'avaient pas l'intonation de ma fille. Au début, c'était sa voix, puis ce n'était plus elle !

Ava ouvre brusquement les paupières.

— La sorcière, cette Alizia. Elle était avec nous !

J'en suis choqué.

Alors, cette maudite créature était dans mon village, et même avec mes Warous !

Ismérie hoche la tête en arborant un sourire bienveillant.

— Ferme à nouveau tes yeux, Ava, j'ai besoin que tu continues d'explorer le passé pour moi.

L'oméga tique.

— Et Jade ?

— Pour la retrouver, nous devons avoir le maximum d'informations, Ava. Obéis à Sama ! j'ordonne.

La louve s'exécute de mauvaise grâce. Je perçois que pour elle, nous ne gérons pas bien les priorités. Pourtant, je lui ai expliqué que nous avons ratissé la forêt et que malgré tout, nous n'avons pas retrouvé la petite humaine.

« Nous pouvons encore la trouver », lui dis-je mentalement.

Elle acquiesce et se laisse aller avec toute la bonne volonté dont elle est capable en ce moment.

De contrariété, je plonge mes doigts dans mes rouflaquettes. Le temps s'écoule sans qu'il ne se produise absolument rien. C'est moi maintenant qui ronge mon frein. Ava devient si molle que je me demande si elle ne va pas tomber. A contrario, Ismérie est si crispée. Ses yeux écarquillés tournent à la terreur.

Que se passe-t-il ?

Par mon lien, j'ordonne à Versipalis de rechercher la moindre anomalie dans la magie de notre territoire.

Immédiatement, il s'exécute. Ses ondes parviennent par vagues et balaient tout ce champ électromagnétique.

« Une réminiscence », m'envoie Versipalis.

« Une présence passée, là où tu es. »

J'observe autour de moi. Inanna et Marko sont à l'affût. Je leur ai communiqué l'information au fur et à mesure qu'elle arrivait.

Ismérie se tend un peu plus. Émane alors d'elle une magie ancestrale, si noire que je me demande si nous ne courons pas un danger imminent. Elle suffoque et sa moue se renfrogne.

Tout à coup, une voix d'outre-tombe sort de la bouche d'Ava :

« Vermeil et merveille, soyez ma sève de vie
Mânes ancestraux, soyez mes enracinements

Éros, Thanatos et Aiôn, mêlez vos énergies
Tous, abreuvez ma sève et non mon gibet à perpétuité !
Lit de plumes, lie-de-vin, calice et supplice,
Concubine ou esclave, je demeurai votre fidèle camériste... »

Ava s'écroule et Ismérie sursaute.

— Alizia a trouvé le moyen de contrôler le temps et la vie ! souffle-t-elle, atterrée, les yeux dans le vague.

Marko va au chevet d'Ava. En tant qu'Alpha, je ne m'en inquiète pas pour l'instant. Par mon lien, je sais qu'elle n'est pas en danger. Mon oméga est simplement inconsciente.

— Pourquoi dis-tu cela, Ismérie !

— J'ai convoqué ma magie noire pour ramener une réminiscence. Alizia a renouvelé son allégeance à des démons ancestraux pour contrôler le temps, la vie et la mort ! Ce sortilège a été prononcé en présence de Jade et Ava...

Nous cillons sous cette avalanche de mauvaises nouvelles.

— Elle ne doit pas être belle à voir ! murmure la vampire-sorcière.

— Jade ?

Je ne saisis pas. Ismérie m'observe, perplexe, et j'insiste :

— Qu'a-t-elle fait à Jade ?

— Je ne saurais le dire et je ne parlais pas de Jade, mais d'Alizia. On ne peut invoquer et se compromettre avec de telles forces obscures sans en subir les conséquences !

C'est bien possible, mais j'avoue que le physique de cette sorcière de sang m'importe peu.

— Alizia a utilisé Jade pour un sacrifice, mais je doute qu'elle soit morte... Enfin, pour l'instant. Pour autant, je ne suis pas certaine que nous pourrons la sauver.

Ava reprend connaissance pour entendre ces paroles. Elle éclate en sanglots.

— As-tu trouvé des traces de maléfices dans mes Warous ?

Ismérie met trop de temps à répondre. J'insiste du regard.

— Je suis bien obligée d'avouer que non... mais on ne peut leur faire totalement confiance, Tiago ! De notre côté, nous allons enfermer Maxence. Des âmes malfaisantes tournaient autour de lui lorsque je l'ai vampirisé !

49 - Tiago

— Je désire que la statue d'Horia soit placée ici, près de ma Dalle !

Ismérie fronce le nez de dédain à l'annonce de mon exigence. J'ai l'impression de me retrouver face à une mère devant son garnement préféré. Sauf que je vois bien qu'elle ne souhaite pas accéder à ma demande. D'ailleurs, elle ne répond même pas et se détourne.

— Ismérie, nous devons ramener Horia au plus vite ! Tu sais pertinemment que les sculptures de Kanine sont envoûtées. Cela pourrait aider ma compagne.

Devant mon insistance, elle m'observe à nouveau.

— Ce n'est pas en l'apportant dans ton hémicycle qu'Horia va revenir plus vite !

— Elle a pris vie dans la roseraie. La statue pourrait servir d'antenne...

— Justement ! Celle-là doit demeurer dans la roseraie, c'est plus sûr !

— Augmenter la présence d'Horia auprès de ma Dalle pourrait décupler son pouvoir...

Je plaide ma cause misérablement, mais j'ignore que faire pour aider ma compagne.

— Apporter plus de magie de sorcière de sang ici est une très mauvaise idée. Alizia pourrait s'en emparer et cela se retournerait contre nous !

J'avoue que cette idée est pertinente.

Pourtant...

— Tu m'as toujours dit que chaque sculpture était liée à chacune d'entre vous et que cela multipliait le champ électromagnétique de la roseraie. Ma Dalle est un artefact extrêmement puissant qui rend cet hémicycle très particulier.

Ismérie jauge mes paroles et évalue les alentours. C'est comme si chaque banc, chaque arbre, mais aussi chaque brin d'herbe était examiné par ses capacités extrasensorielles. Je patiente du mieux que je peux pour ne pas la troubler avec mes craintes de ne jamais revoir Horia et de condamner mes Warous.

— Tiago, la statue d'Horia demeurera dans la roseraie.

J'ouvre la bouche pour protester.

— ... pour l'instant ! Le sujet est clos maintenant. Viens au château, nous devons confronter l'Alpha italien ! Alizia a suffisamment agrandi son armée sur notre territoire. Il faut stopper ce phénomène immédiatement.

Je n'ai pas d'autre choix que d'accepter. Notre groupe repart vers le domaine des Duroy. Mes Warous sont sous le commandement de Falko et Inanna. Mon bêta et ma maîtresse des hautes œuvres sauront réagir, le temps que je sois alerté par notre connexion. Quant à Versipalis et Irmo, ils ont ajouté des points ensorcelés, mettant mon village sous protection triangulaire. Chaque sort émis par un étranger sonne l'alerte. Nous ne pouvons malheureusement pas étendre ce dispositif à toute la forêt. En revanche, la Dalle est plus sécurisée que jamais. La seule chose qui m'attriste dans ce procédé est que l'hémicycle repousse toute sorcière, hormis Ismérie. Nous prendrons en compte Teruki à son réveil, mais pour Horia ?

Est-ce que ce système va l'empêcher de venir jusqu'à moi ?

Mon cœur palpite comme un fou à l'idée de ne plus la revoir. J'avance péniblement vers le château. Bien sûr que je désire confronter Orféo à cette satanée sorcière, mais Horia ?! Je crains maintenant que nous n'œuvrions malgré nous contre elle. Si bien que je traîne des pieds. J'ai vraiment du mal à progresser. S'en rendant compte, Sama stoppe sa marche. Son garde du corps fait de même et patiente pendant que sa maîtresse m'observe avec bienveillance. Autour de nous, tous se sont arrêtés. Le sourire placide de la vampire se veut rassurant, j'en suis bien conscient, mais l'entrain ne parvient pas à me toucher.

— Tiago, nos statues neutralisent la magie des sorcières de sang dans la roseraie. Ne crains pas que cela se retourne contre ta compagne. Nous allons trouver une solution... comme toujours.

— Tu as raison, Ismérie. Chaque chose en son temps...

Mais ça me fait mal d'être si sensé alors que je n'aspire qu'au retour d'Horia. Sama presse mon bras pour me réconforter et nous repartons, tous ensemble.

Les vérifications d'usage sont vite effectuées avant que les portes s'ouvrent.

Il ne manquerait plus qu'Alizia soit capable d'ensorceler une trentaine de créatures surnaturelles !

Mère Nature, fais que cela soit impossible !

— Sensei demande que vous le rejoigniez dans le cachot immédiatement. Tout est prêt, annonce monsieur Bourru.

Je n'y suis pas retourné depuis les événements qui ont conduit à la vampirisation de Maxence. Je vois aussitôt que Sama est mal à l'aise avec ce qui s'est passé dans ces souterrains. À mon tour, je presse son bras en guise de soutien.

— Merci, Tiago, murmure-t-elle.

De tout temps, nous nous sommes entraidés. Je réalise que malgré tous ces événements, notre alliance est toujours aussi solide. Soudain, une bouffée d'espoir me regagne et je suis ravi d'aller nous confronter à Orféo. C'est l'élément qu'il fallait pour me redonner de l'entrain.

Nous descendons les escaliers. Chaque étage nous rapproche de notre victoire, il ne peut en être autrement.

— La salle de torture, indique Sama.

J'acquiesce, et rapidement, nous y pénétrons.

Comme pour le dernier événement, Orféo et son héritière sont enchaînés face au trône sur lequel un samouraï à l'allure de trentenaire paraît plus que jamais blasé. Ses sabres reposent sur chacun de ses flancs, de sorte qu'il puisse vite en disposer. Sa nonchalance est trompeuse : ce maître de clan contrôle parfaitement la situation.

Maius est debout à ses côtés. Cette salle est emplie de vampires armés jusqu'aux crocs. Leur attitude ronchonne manque de me faire sourire, mais je me retiens. On ne sait jamais si ces vieux vampires s'ennuient à mourir ou réprouvent les événements. Leurs yeux brillants de convoitise sont rivés sur les De Luna. Comme s'ils attendaient qu'on leur donne un jouet à se mettre sous les crocs. J'avoue que je veux bien participer à la curée. Une bonne bagarre pour me défouler me ferait un bien fou. Teruki et Léo me manquent. Ils ont toujours le bon mot ou une proposition pour décompresser.

— Ah, Tiago... Enfin ! ose Orféo, soulagé de me voir.

Son toupet est phénoménal. Il semble retrouver un vieil ami en ma personne.

Comme si je lui avais déjà accordé un traitement de faveur !

Je l'observe, plus dédaigneux que jamais, et son sourire disparaît.

— Allez-vous me dire ce qui se passe ? Et pourquoi mes homologues ne sont-ils pas convoqués avec moi ?

Sama prend place dans l'autre trône en bois à côté de Sensei et fixe l'Alpha italien d'un air renfrogné. Quant à moi, je croise les bras sur mon torse puissant. Mes pectoraux roulent en démonstration de force. Aussitôt, Chiara se range derrière son père. Ce dernier la rassérène de son aura en l'englobant. J'admets qu'Orféo demeure digne et solide malgré la situation. Il n'exhale pas la peur. Pourtant, il le devrait au vu des circonstances de son emprisonnement. Son état d'esprit ne me rassure pas.

Que nous cache-t-il ?

Comme nous sommes sur le terrain des Duroy, je laisse le maître des lieux ouvrir cette « cérémonie ». Nous nous toisons tous en chiens de faïence.

— Bien ! J'ai assez perdu de temps ! s'exclame Sensei. Orféo, TA sorcière est parmi nous !

Je n'imaginais pas qu'Eiirin partirait sur un coup de bluff. Et pourtant, ça marche. L'Alpha italien cherche du regard une présence. Je blêmis.

Alors, il a bien une sorcière au service de sa meute.
Est-ce Alizia ?

Puis, ne découvrant rien, Orféo cille.

— Je ne comprends pas, dit-il en fixant Eiirin.
— Au contraire, tu m'as très bien compris !
— Mais que ferait Alizia ici ?!

Mon cœur tombe à nouveau dans mon estomac !

50 – Tiago

— Elle a aidé les Vircolac à s'échapper ! informe Sensei, comme si de rien n'était.

— Quoi ?! crie Orféo, rouge de colère.

J'observe simplement et hume les exhalaisons des émotions. L'Alpha est sans aucun doute un excellent comédien. Cependant, le ressenti des réactions spontanées ne peut pas être totalement contrôlé.

Chiara semble ahurie. Elle a perdu de sa prestance au fur et à mesure de son enfermement. Certes, elle est toujours aussi belle, mais elle en joue moins. Sa confiance inébranlable l'a fuie.

Quant à son père, il est entré dans une colère terrible.

— *Sporca puttana*[4] ! vocifère-t-il, enragé.

Sensei ne bouge pas d'un pouce. Pas même un rictus. Aucun vampire ne réagit, d'ailleurs. Moi, j'ai plein de questions qui me viennent et qui ne demandent qu'à sortir. Mais non, Sensei laisse l'Italien volcanique s'égosiller dans sa langue maternelle. Son loup est tellement fort en ce moment qu'il est à un poil de retourner sa peau. Toutefois, il se contient à cause du collier.

— Calme-toi, papa, répète Chiara plusieurs fois en secouant le bras de son père pour le rappeler à l'ordre.

Mais rien n'y fait. Cet énergumène sanguin est au bord de l'explosion.

— Alors, Alizia est bien ta sorcière, conclut Sensei dans une évidence.

— Oui ! C'est ma sorcière ! Cette salope n'a rien à faire ici et n'a rien à faire avec les Vircolac ! Il faut les capturer immédiatement et je vais lui infliger ses propres traitements ! Elle s'est retournée contre moi, cette garce ! Je n'ai jamais rien commandité.

— Oui, nous allons les arrêter, notifie Sensei.

---

[4] Sale pute.

On pourrait croire que c'est sur le point d'être réalisé. Malheureusement, il n'en est rien.

— Que peut bien faire ta sorcière avec les Vircolac ? demande Eiirin, nonchalant.

— Comment veux-tu que je le sache ? La dernière fois que je l'ai vue, elle était au sein de ma meute. Je le répète, nous n'avons pas convenu qu'elle vienne ici.

— Connaît-elle Ecaterina ?

Orféo réfléchit.

— Alizia haïssait la branche de Roumanie. Où sont les Vircolac ?

— Liviu est mort.

L'Alpha italien ouvre grand la bouche, totalement interdit.

— Et Radu ? demande-t-il, une fois qu'il s'est remis de cette surprise.

— Envolé...

— Et l'héritière ?

— Envolée aussi !

— Sabaya est toujours vivante ?!

Orféo ne parvient pas à croire cette réalité, c'est flagrant.

— Nous n'avons pas retrouvé son corps, annonce simplement Sensei. Quel genre de lien avais-tu avec Alizia ?

L'Alpha hausse les épaules nonchalamment.

— Les affaires ordinaires... Nous nous protégions mutuellement, chacun offrant son potentiel...

— Apparemment, tu n'as pas assouvi suffisamment ses besoins !

Orféo se fâche à cette conclusion.

— Tu sais bien que les sorcières sont avides de pouvoir... Elles n'en ont jamais assez !

— C'est le propre des sorcières de sang ! déclare Ismérie. Leur nature les rend assoiffées et insatiables.

Teruki m'avait expliqué que la composante de la magie de chaque sorcière avait une influence sur son tempérament. D'ailleurs, mon amie s'est crue folle quand elle était plus jeune, tellement elle était tourmentée par son côté obscur.

Néanmoins, concernant Alizia, pourquoi avoir trahi Orféo ?

Si les De Luna faisaient partie d'une potentielle alliance avec les Warous, cela rapprocherait automatiquement la sorcière de sang de la Dalle !

— Qu'est-ce que les Vircolac ont à proposer de plus que vous ?

Tous tournent la tête vers moi. Je ne pouvais plus me retenir. Je me devais de poser cette question : elle est essentielle pour mieux saisir la menace.

Orféo réfléchit à cette douloureuse interrogation. Un Alpha de sa trempe, avec autant d'expérience, doit prendre cette alliance bafouée comme un échec. Ce chef est ébranlé, c'en est effrayant. Ses émois résonnent particulièrement avec les miens. Pour moi aussi, tout a basculé du jour au lendemain avec leur arrivée sur mon territoire.

Pour autant, est-ce que je compatis avec Orféo ?
Absolument pas !

À mes yeux, il demeure un trafiquant de drogue inondant l'Europe de ses substances. Et clairement, il souhaitait étendre son commerce frauduleux chez nous. Alors, je ne m'apitoie pas sur son désenchantement.

— Je l'ignore... J'ai dû passer à côté de quelque chose, reconnaît Orféo, penaud.

Devant une telle confession, les bras m'en tombent.

Lui, si orgueilleux, s'avouer vaincu si facilement ?

Et tout à coup, l'Alpha italien ouvre des yeux grands comme des soucoupes.

Quelle évidence vient-il de réaliser ?

Sa cervelle risque de fumer tant il semble perturbé.

— Plaît-il ? insiste Sensei pour faire sortir Orféo de sa torpeur mentale.

Celui-ci sursaute et me fixe.

— Elle a assassiné mon Ilario !

Je fronce les sourcils.

— Pourquoi aurait-elle fait une chose pareille ? Elle aurait pu t'éliminer directement, dis-je, car cette affirmation ne me paraît ni solide ni pertinente.

— La mâchoire métallique ! Elle est à Alizia !

Sensei se redresse.

— Tu nous as menti, alors ! gronde le samouraï.

Le maître Duroy empoigne ses sabres. Il est prêt à décapiter l'Italien.

— Hum... Ça expliquerait que personne n'ait rien vu, même pas Anton, concède Ismérie, songeuse.

Je pivote vers elle.

Alizia maîtrise le temps, la vie et la mort. À chacune de ses apparitions, on a pu l'observer uniquement lorsqu'elle le désirait.

— Hormis pour la tempête magique... Elle a dû être surprise, dis-je à haute voix sans en avoir l'intention.

C'est maintenant vers moi que tous les yeux sont rivés.

— Oui, car elle a le chic pour disparaître pour commettre ses méfaits.

Orféo nous regarde tour à tour et fronce les sourcils.

— Le soir de notre arrivée ? demande-t-il.

J'opine simplement du chef.

— Qu'as-tu à nous révéler sur ta sorcière afin que nous l'arrêtions au plus vite ? exige Eiirin.

— Ce n'est plus MA sorcière, ricane Orféo, totalement désabusé.

— Quelle est son apparence ? exige Ismérie.

Orféo hausse les épaules.

— C'est une belle Italienne plantureuse.

Son rire goguenard est inattendu. J'en conclus qu'il a dû bien des fois goûter sa chair au vu de ses yeux roulant dans leur orbite.

— J'en suis surprise... Elle n'a pas une difformité ?

Ismérie nous a expliqué que la pratique de la sorcellerie, au niveau où Alizia s'adonne, laisse forcément des traces physiques.

Orféo paraît aussitôt effrayé.

— Elle apparaît rarement sous sa vraie nature...

— Comment peut-on l'arrêter ? insiste Eiirin.

— Malheureusement, j'ignore tout de ses secrets !

C'est bien ce que je craignais et aux mines défaites autour de moi, je ne suis pas le seul.

Soudain, les alarmes retentissent.

— C'est la forêt ! annonce Sensei, toujours à l'affût des moindres pensées.

51 – Horia

Je suis tellement heureuse !

Certes, toujours entre la vie et la mort. Et j'ignore encore de quel côté je vais basculer.

Mais je communique maintenant avec les Warous.

Je perçois que quelque chose a éclaté en moi.

Est-ce mon pouvoir enfin libéré ?

Est-ce une protection qui enfermait mes capacités qui a sauté ?

Je ne saurais le dire. Mais une chose est sûre : j'entends les pensées de Tiago, et les Warous, les miennes. Je n'ai même pas tenté de capter les autres membres de la meute. Toute à mon euphorie, je désirais uniquement faire passer les éléments sur ces menaces qui pèsent sur Tiago et les siens.

Je fronce les sourcils, soudain inquiète à l'idée que Teruki m'ait décelée comme étant une sorcière de sang. J'ose espérer que ce ne sera pas un problème. Je me doute que les Duroy ont des griefs contre toutes ces bêtes à crocs de Vircolac et Ecaterina. Malgré tout, je n'ai absolument rien à voir avec tous leurs complots.

Je soupire de lassitude.

D'ailleurs, où est passée ma génitrice ?

De retour dans ces marais putrides, j'observe autour de moi. Le plafond bas sous cette brume épaisse. Ces eaux nauséabondes qui roulent au loin m'informant que le danger est bel et bien toujours présent. Tout est gris. Tout est puant. Tout est tellement désespérant.

Ecaterina est probablement assise sous ces trois branches pourries qui lui servent de toit. Si seulement ces bouts de bois morts pouvaient se briser, lui taper si fort sur la tête qu'elle en succombe... mais non, la vieille bique est solide. Je suis certaine qu'elle s'en tirerait.

Comment vais-je me débarrasser d'elle ?

Pour l'heure, il faut que je la rejoigne.

La sorcière de sang italienne est déjà connue des Warous. Je dois absolument apprendre comment l'éliminer elle aussi. Je ne désespère pas de vivre ce grand amour qui m'attend au sein d'une meute en paix. Mais pour cela, je dois m'aguerrir. Cet espoir que je couve en moi m'enivre. C'est nouveau comme sensation. C'est euphorisant.

Je dois passer à l'attaque !

D'un pas vif, je retourne vers ce lopin de terre putréfié où je pense trouver ma... mère.

Quelle horreur d'avoir une telle ascendance !

Le brouillard est moins épais aujourd'hui et ma vitesse de déplacement le disperse en volutes tourbillonnantes. Déjà, je discerne la vieille mégère édentée gratouillant dans la terre putride à la recherche d'asticots ou autres vermines. Sa langue de vipère, qui sort par intermittence au gré de sa concentration, me soulève l'estomac.

Je dois conserver mon repas !

Je me recentre et respire. Malheureusement, l'odeur qui pénètre dans mes narines me coupe le souffle, tant cette pestilence est faisandée.

Existe-t-il quelque chose dans cette dimension qui ne soit pas que pourriture ?

Ma louve aboie pour me secouer. Elle a raison ! Je ne dois pas me laisser aller. Ecaterina lève la tête et cille en m'observant. Clairement, elle m'évalue. Probablement qu'elle cherche à savoir si je suis un danger. Je reprends aussitôt mon air de gourde pour la rassurer.

— Enfin, te revoilà ! clame-t-elle.

Est-elle contente de me revoir ?

Je hausse les épaules à ma propre question stupide.

Évidemment, je suis son passe maléfique pour retourner à la vie !

— L'Italienne a déjà commencé à sévir ! dis-je en me laissant tomber à ses côtés.

— Ah ! Qu'a-t-elle fait, cette garce d'Alizia ?

Je sursaute à ce qualificatif et ce prénom.

Mais pour qui se prend-elle ?

Alors, elle la connaît bien mieux qu'elle ne l'évoquait.

Puis je réfléchis, me repassant en mémoire mon dernier séjour chez les Warous.

Si bref...

Mon cœur se serre de tristesse.

Si intense !

Mon ventre se crispe sous mes émois partagés.

À la fois tant de bonheur d'être au contact de Tiago, mais si désespérée aussi de ne pas pouvoir demeurer auprès de cette meute.

Ma folle adoratrice se cabre et rue afin de me stimuler.

Je me concentre à nouveau sur mes souvenirs et me plonge dans une vive réflexion.

— Je ne saurais le dire... J'ai juste compris que les Warous avaient déjà subi la présence de la sorcière... La communication n'est pas très... bonne !

La psychopathe me regarde de travers, oubliant le ver qui se dandine entre ses doigts à quelques centimètres de sa bouche gâtée.

Vite, détourner les yeux de cette abomination !

— Tu vois bien que ta louve n'est pas très utile.

Ma partie animale fait mine de se jeter sur la vieille harpie et de la déchiqueter.

Sois patiente... Ce moment arrivera !

Enfin, je l'espère...

Et soudain, je m'en veux à nouveau de mes piètres capacités. Je serre les poings pour me contenir.

— Ecaterina, il faut me dire comment me débarrasser de cette sorcière. Je dois être préparée à lui faire face lorsque j'y retournerai !

Mon ton péremptoire la surprend. Néanmoins, je ne lâche rien.

— Je devrai passer de l'autre côté pour me nourrir à nouveau. Je n'ai pas d'autre option ! j'insiste.

Même si ma motivation est tout autre, j'espère bien noyer le poisson dans ce simple fait pourtant bien réel.

Soudain, Ecaterina saisit ma main. Ses doigts crochus s'enfoncent dans ma chair telles des serres. Je suffoque sous la crainte et la douleur. Tout aussi brusquement, je suis bombardée d'images.

Je vois la Dalle et des expérimentations toutes plus monstrueuses les unes que les autres.

Un hoquet de stupeur me secoue lorsque je prends conscience que ce sont des réminiscences de ma lignée de sorcières. S'enchaînent les souvenirs des expériences d'Ecaterina dans son laboratoire d'horreur, au milieu de ses bocaux renfermant des morceaux de corps humains, des animaux, et même des fœtus et des nourrissons...

Ces abominations me soulèvent les tripes. Dans un réflexe instinctif, ma main libre se plaque sur ma bouche tandis qu'une remontée acide obstrue ma gorge.

Des sortilèges fatals...

Des envoûtements de créations bouillonnantes, mêlant des destins funestes et des apparitions démoniaques.

La vie est un terrain fertile pour ces monstruosités.

Je vois même la recette pour produire une créature telle que moi.

La vie... La mort... Tout se confond chez les sorcières de sang, et tout à coup, je ne discerne plus où s'arrête l'une, où commence l'autre.

Les loups asservis, des esclaves.

Les vampires soumis à ma condition ancestrale.

C'est trop de pouvoir.

Je suis capable de régir la vie, la mort, de donner le tempo, maîtresse de toutes les créatures de la nuit !

J'en suis horrifiée.

Je me ratatine sur moi-même.

Mon seul désir en cet instant est de disparaître à jamais.

Une sueur froide me recouvre comme un linceul. Toutes ces répugnances me débectent.

Je n'étais pas prête à toutes ces révélations. Je n'en demandais pas tant. Et surtout, je ne souhaite pas être une telle créature. Je veux vivre, mais pas comme ça.

Je me relève soudainement, arrachant ma main pour me libérer de cette charogne.

Mes jambes vacillent et je peine à marcher. Pourtant, je dois m'écarter. Ma louve prend le relais pour nous faire avancer. Mes pieds progressent malgré moi et je m'éloigne sous le rire tonitruant de cette folle, trop heureuse de m'avoir joué ce sale tour.

Je titube pendant que ma louve nous dissimule. Le gris se transforme en rose et le rouge apparaît, plus violent que jamais. Mais il résonne tellement avec ma nature profonde.

Les ruines ambulantes éclosent dans cette autre dimension pour se faire réelles. Les capes des spectres frappent dans le vent. Déjà, ces fantômes me montrent le chemin vers cette béance.

Je sais ce que je vais y trouver.

Ces anges Dévoreurs.

Ces enfants à qui on a arraché la vie.

Ces ruines sont si proches des eaux troubles et roulantes, mais je n'ai plus peur. Si je péris définitivement, je serai enfin libérée de ce terrible destin.

J'avance. Peu importe ce qui se passera, je suis prête désormais.

La vie, la mort, est-ce si important ?

Au milieu des fantômes, les capes flottent autour de moi et m'escortent tels des oracles. J'approche maintenant d'un pas assuré.

D'une manière ou d'une autre, cela doit cesser !

Je traverse l'entrée de la ruine. Je les cherche du regard, balayant tout autour de moi. Soudain, ils sont là, ces bambins au sourire triste avec leurs grands yeux désabusés. Mon cœur fond devant leur sort funeste. Les enfants avancent vers moi, désireux de me toucher. Ils s'écartent. Et au milieu des Dévoreurs, un nouvel ange apparaît.

Jade !

J'en suis choquée.

52 – Tiago

Nous partons à une vitesse hallucinante vers la forêt. Au fur et à mesure que nous progressons, le dispositif de sécurité se déploie autour de nous. Nous allions à la fois nos forces magiques et surnaturelles. Constater que ce dispositif est si harmonieux me réjouit. Mes Warous bondissent et furètent. Les vampires se déplacent à des vitesses totalement différentes en utilisant leurs dons. Ismérie et mes chamans œuvrent à un autre niveau sensoriel.

Résultat : tout est quadrillé, rien ne nous échappera désormais.

Alors, je me réjouis.

Nous ne pouvons que débusquer la vilaine sorcière, lui botter le cul et l'envoyer en enfer !

C'est une conclusion un peu simpliste ?

Évidemment, mais si nous n'y croyons pas, autant patienter le temps qu'Alizia vienne nous cueillir et nous asservir !

En attendant de trouver cette criminelle et ses acolytes, notre système d'alarme retentit sur l'ensemble de notre territoire. Nos forces atteignent les points d'alerte.

« Rien ! » m'envoie un Warou, alors qu'un groupe est sur place.

— Mes Warous ne constatent aucune menace, dis-je à Ismérie.

Elle plisse le front.

— Impossible ! Mes pièges ne me trompent pas !

Son visage est fermé, mais plus déterminé que jamais. Clairement, elle mettra tout en œuvre pour stopper Alizia. Je déteste lorsqu'elle est dans un tel état et Eiirin le répugne encore plus que moi. Sa compagne est capable de tout pour rendre justice ou arrêter nos ennemis, quitte à mettre sa vie en péril. Nous sommes tous sur la corde raide, à l'affût du moindre danger.

— Là-bas ! ordonne soudain Sama.

Nous pivotons tous dans la direction qu'elle nous indique. J'ai hâte d'arriver sur la zone où sonne l'alerte, histoire de voir si nous percevons davantage la menace que Versipalis. Je n'ai aucun doute sur ses capacités. S'il ne détecte rien, c'est que c'est hors de son champ d'expertise, ce qui est extrêmement inquiétant.

Nous ralentissons notre progression, nous calant sur cette vampire-sorcière. Personnellement, je ne ressens absolument rien. J'ai beau forcer sur tous mes sens...

Rien !

Je comprends à regret que mes Warous me renvoient tous la même réponse. Je grimace face à notre incapacité.

« *Je décèle un problème dans l'hémicycle* », m'envoie Versipalis.

Ah, enfin !

« *Lequel ?* »

Je continue en suivant les indications d'Ismérie sur cette autre piste, patientant difficilement, à l'affût du moindre élément que pourrait mentionner mon mage.

« *J'ai identifié le périmètre qui résonne, mais je ne discerne pas l'intrus !* »

La frustration me gagne.

Qu'est-ce que cette maudite sorcière a bien pu inventer ?

Brusquement, Sama stoppe net sa progression, le pied suspendu en l'air. Du coup, nous ne bougeons plus non plus. Pour ma part, je hume... Certains d'entre nous ferment les paupières comme pour mieux se concentrer sur une faculté particulière.

Je ne perçois absolument rien, mais je ne quitte pas des yeux notre sorcière. Celle-ci a détecté quelque chose. Son expression m'est cachée, car elle est presque de dos. Cependant, son visage est tourné vers le sol qu'elle scrute intensément.

— La garce ! s'exclame-t-elle à nouveau.

Sensei la rejoint en deux enjambées. Elle le stoppe aussitôt pour qu'il n'avance pas davantage. Sama se penche, puis s'accroupit. Eiirin l'imite. Lui, il ne voit absolument rien. Je le devine à son incompréhension. J'approche doucement. L'expression d'Ismérie est si concentrée.

Elle a débusqué un élément étranger à sa magie.

Je regarde ce que ses yeux fixent.

Rien !

Quelques feuilles sèches, des petits cailloux, des brindilles...

Je clos mes paupières et tente de dénicher une sorcellerie quelconque...

Toujours rien !
Je m'accroupis à mon tour.
Peut-être que je suis trop loin ?!
Toutes mes capacités s'efforcent de révéler l'invisible... L'indétectable...
Mais non, vraiment rien !
Je fulmine intérieurement.
Comment combattre de telles forces obscures ?
— Reculez ! exige soudain Sama.

Eiirin l'observe, méfiant, craignant les réactions impulsives de sa compagne. Malgré tout, il s'exécute et s'éloigne... un peu.

La main d'Ismérie passe au-dessus de ce qu'elle a décelé.

— Énergie des Ancêtres, montre-moi ce qui n'est ni blanc ni noir !

Un rictus se forme aussitôt sur ses lèvres. En cet instant, c'est avec sa paume qu'elle débusque les méfaits d'Alizia.

Un marmonnement jaillit alors de sa bouche. Un sortilège aussi vif que redoutable. Mon thorax se serre brusquement. Une intense pression nous entoure. Des magies subversives s'affrontent et compactent nos auras pour les ratatiner. Ma tête semble coincée dans un étau qui se referme lentement sur mon crâne.

Je vais exploser.

Ma poitrine se comprime et je grimace sous la douleur.

L'envoûtement d'Ismérie prend de l'ampleur et repousse les forces obscures. Pourtant, le combat n'est pas gagné. Je le perçois au plus profond de mes entrailles. Tout tourne autour de moi. Du coin de l'œil, j'aperçois que les autres créatures de l'ombre sont touchées, elles aussi.

Ma magie noire brille, comme happée par quelque chose de plus grand, de plus brut, mais surtout de maléfique. Alors, je me concentre sur mon astre.

La lune.

C'est elle qui régit ma puissance et ma nature.

Les pressions s'allègent. L'air ondule dans cette nuit sombre.

J'en appelle à mes chamans qui s'unissent à moi. Nous communions pour soutenir la magie d'Ismérie. Cela me vient d'instinct.

Mais tout à coup, la vapeur s'inverse et un pincement surgit au tréfonds de moi.

— Stoppe, Tiago... Recule, tu es allé trop loin !

Je saisis aussitôt ce qu'elle veut dire.

La Dalle.

La Dalle m'appelle.

Malheureusement, suivant où je positionne mon champ électromagnétique, et surtout si je l'abaisse trop, j'entre dans les ondes de la sorcière de sang, dans la fréquence qui pourrait asservir toute ma meute.

Horrifié, je sursaute.

Versipalis m'exhorte à retourner au niveau où notre artefact ne résonne qu'avec les lupins.

— Bien ! annonce Ismérie, soulagée.

Puis, à nouveau, la contrariété revient en elle.

— Tes sabres, Eiirin !

Ce dernier s'exécute. D'un geste vif et assuré, il tire les lames de ses fourreaux. Celles-ci sont dangereusement bleues. C'est la façon dont elles alertent sur la présence d'un ennemi.

— Pose-les sur ma main !

Sensei les approche délicatement. Ces sabres, c'est sa compagne qui les a envoûtés. La magie monte plus fort en elle. Sa litanie incessante reprend de plus belle. Ses marmonnements se transforment en mélopée hypnotique. Tous, nous commençons à nous balancer de droite à gauche. C'est plus fort que nous.

Nos auras gonflent, en totale communion.

Soudain, une explosion retentit. Par réflexe, mes yeux se baissent. Sama a juste le temps de retirer sa main. Une flamme s'élève, aussi rouge que le sang. Une fois qu'elle s'est consumée, il ne reste qu'un tas de cendres si noires que c'en est anormal.

— Cette sorcière est pire que les sept plaies de l'Égypte réunies ! s'exclame hargneusement Ismérie en s'épongeant le front.

Nous l'observons, interdits.

— Qu'est-ce que c'était ? je demande, inquiet.

— Des cônes de téléportation, annonce-t-elle, scandalisée. Alizia peut les avoir mis dans n'importe quoi. Là, c'était un caillou comme il y en a tant autour de nous.

Ahuris, nous recherchons immédiatement alentour toutes les petites pierres qui pourraient se révéler suspectes.

— Je suis la seule à les percevoir. Mais j'ai besoin de vous pour les éliminer. Vu la quantité de cônes que je détecte, vous allez me servir de vecteurs de magie. La harpie désire m'épuiser pour avoir le champ libre.

— En ce moment, elle peut se téléporter ici ?!

Les poils se hérissent sur mes bras. Je suis prêt à faire face à toute menace.
— Oui ! affirme Ismérie avec beaucoup de méfiance.

53 – Tiago

Nous passons le reste de la nuit à supprimer les cônes de téléportation d'Alizia. Une fois que Teruki nous rejoint, nous les éliminons plus vite encore. Malheureusement, Ismérie se retire pour se régénérer et notre tâche ralentit.

Nous sommes actuellement dans l'hémicycle, devant un artefact maléfique récalcitrant. Les cheveux de Teruki nous effleurent tels des tentacules monstrueux. Ses mèches puisent dans nos magies, tout en se connectant régulièrement à la Terre ou au Cosmos. Un échange incroyable se fait au milieu des forces obscures pour garantir l'équilibre.

— Elle a mis la dose dans celui-là ! souffle Versipalis sous l'effort.

Irmo est si blême que je me demande s'il ne va pas s'évanouir. Nous sommes juste à la limite des pouvoirs de la lignée des sorcières de sang. Nous en maîtrisons le périmètre maintenant pour ne pas le pénétrer.

— Si Alizia parvient directement au pied de la Dalle, nous sommes foutus, maugrée-je.

— N'en sois pas si sûr, jeune loup !

Un sourire de soulagement et de satisfaction étire mes lèvres.

Léo !

Son arrivée nous met du baume au cœur. Cela fait partie de ses pouvoirs.

Le vampire se penche et observe minutieusement le travail laborieux de sa compagne.

— Je vais vous aider. Je perçois le sang dans cet artefact, même s'il est souillé. Je peux jouer sur sa pression pour l'éliminer. Une fois l'hémoglobine partie, vous pourrez agir plus aisément !

— Avec joie ! Fais-moi exploser ce sang et j'anéantirai le réceptacle pour que cette parasite ne puisse pas revenir nous polluer ! répond Teruki.

En moins de temps qu'il ne faut pour le dire, cette écorce de bois prend feu sous nos yeux. Cette fois-ci, la flamme vermeille est teintée d'ébène, ce qui est probablement dû au traitement de Léo.

Soulagés, nous savons que nous allons accélérer l'éradication de ces quelques vermines qui demeurent encore actives.

— Alizia ne devait pas être prête à passer à l'attaque, explique Versipalis, en sondant autour de lui.

— C'est certain. Dans le cas contraire, elle ne nous aurait pas laissés détruire ses portails ensorcelés, dis-je, en évaluant moi aussi les alentours.

Ce qui est très inquiétant, c'est que sans une sorcière, nous sommes incapables de sentir la magie des sorcières de sang. Ce point m'est extrêmement douloureux.

Comment vais-je garantir la sécurité des Warous contre ces créatures démoniaques ?

« Gardiens ! » résonne la Dalle.

Notre pierre ancestrale exige toujours notre protection. Et pourtant, elle a la faculté de se retourner contre nous face à une sorcière de sang. C'est tout le paradoxe de notre terrible fonction. J'en suis mal à l'aise.

Qu'allons-nous devenir ?

Et Horia ?

J'inspecte notre pierre ancestrale.

Je hume.

Aucun parfum de pivoine.

Aucune indication m'informant de la venue imminente de ma compagne.

— Dépêchons-nous ! L'attaque aura lieu, d'une manière ou d'une autre : l'enjeu est trop important pour cette diablesse !

Nous acquiesçons devant l'exigence de Teruki et la suivons. Enfin, nous détruisons les cônes de téléportation jusqu'au dernier.

— Es-tu certaine de tous les avoir éliminés ? je demande, soucieux.

Teruki sonde autour d'elle. Ses cheveux gambadent et s'allongent comme des antennes. Soudain, ils se déposent sur ses épaules.

— Il n'y en a plus ! Mais je vais rester vigilante. Elle trouvera un autre moyen de créer ses portails maléfiques.

— Aveline va-t-elle nous rejoindre ?

Mon amie tique.

— Ce n'est pas prévu...

Avant qu'elle ne se justifie davantage, je l'interromps.

— Aveline est en sécurité au château !

Teruki sourit devant ma clairvoyance.

— Elle est à la roseraie pour garantir l'équilibre !

J'opine du chef à plusieurs reprises.

C'est très bien comme ça !

Puisse-t-elle accompagner Horia pour son retour parmi nous !

— Je dois aller vérifier les renseignements déclarés par les De Luna, dis-je soudainement. Il y aura peut-être des éléments pour nous aider. Je n'ai aucune confiance en Orféo !

— Excellente idée, Tiago ! Tiens-nous informés, exige Léo.

Nous nous séparons et chacun repart vers la mission qui lui a été confiée.

— Alpha, as-tu besoin de moi maintenant ? demande Marko.

Je pivote et son ton soucieux m'inquiète aussitôt.

— Que se passe-t-il, Marko ?

— Je pourrais nous faire porter un repas copieux. Il y a trop longtemps que nous ne nous sommes pas nourris.

— Bonne idée !

— Tiago, je dois retourner ma peau. Toute cette magie a irrité mon loup. Je crains mes réactions en cas de danger !

— Vas-y, Marko. Prends un repos nécessaire et reviens avec de la viande, nous la mangerons ensemble.

— Je peux passer voir Falko pour qu'il te rejoigne chez toi pendant mon absence ?

J'y réfléchis sérieusement, mais rapidement cela m'embête.

— Non, je préfère que Falko demeure près de Versipalis et de la Dalle. De plus, il s'occupe aussi de la première connexion des Warous pour me soulager. Qu'il reste ici. La Dalle le requinquera plus sûrement. Nous devons tous assurer notre rôle.

Marko semble ennuyé, mais son loup, lui, est au bord de la rupture et ça, ce n'est jamais bon.

— Vas-y, Marko !

Je prends le chemin de mon chalet, m'assurant que chaque membre que je croise se porte bien. D'ailleurs, je suis heureux de voir Velkan.

— T'es-tu bien remis ?

Mon oméga sourit aussitôt.

— Oui, Alpha. Je suis totalement guéri. Prêt à combattre sous tes ordres ! (son regard s'embue de larmes) Ava est malheureuse...

Nous n'avons pas retrouvé Jade. Je soupire de tristesse.

— Les recherches vont se poursuivre. Gardons espoir !

Nous nous quittons sur ces paroles et enfin j'arrive dans ma maison. Je souffle de lassitude.

Quand allons-nous revivre en paix ?

Quand vais-je pouvoir former ce couple d'Alphas avec Horia ?

Je suis désabusé, et ma main tremble en tournant la poignée de ma porte. Je me ressaisis aussitôt. Je ne dois pas faillir. Machinalement, mes pieds dévalent les marches qui mènent à mon bunker et aux ordinateurs. Je me connecte à la base de données et commence à lire la montagne d'informations concernant les De Luna.

En épluchant leurs renseignements, on peut effectivement suspecter un trafic illicite. Les montants astronomiques s'avèrent déraisonnables au vu des activités qu'ils divulguent. Alizia est bien déclarée comme membre de la meute. Malheureusement, sa nature de sorcière n'apparaît pas. Je le note. C'est un point à éclaircir et à reprocher. Le Grand Conseil exige que les alliances surnaturelles soient identifiées.

Est-ce qu'Orféo joue double jeu en se portant comme victime ?

En revanche, je ne vois aucun contact entre les De Luna et les Vircolac.

Là aussi, on ne peut faire confiance à ces fourbes.

Malgré moi, j'entends Teruki me rappeler que nous n'avons pas de preuves !

Elle m'agace.

Soudain, du bruit surgit au-dessus de ma tête. Mon ventre gargouille, tellement j'ai faim. Marko est enfin de retour. Pourvu qu'il soit accompagné d'une belle entrecôte.

Je remonte les escaliers, heureux à l'idée de manger avec mon bêta. Je claque la porte de mon bunker, sait-on jamais ! J'arrive dans ma salle de séjour et aussitôt, je suis surpris.

— Anton ?! Que fais-tu là ?

Aucun oméga ne se permet de pénétrer chez l'Alpha sans son invitation.

Mon Warou lève la tête en entendant son prénom. Immédiatement, je décèle un problème. Ce sont des yeux de traqueur qui me font face. Ces iris luminescents ne peuvent indiquer qu'une seule chose : Anton est possédé !

— Anton, on va aller voir Versipalis.

Mon aura enfle aussitôt pour maîtriser mon Warou. Sauf que je dé-

tecte sur-le-champ l'obstacle. Mon loup n'est plus connecté.
Un rugissement puissant sort de sa gorge et il se jette sur moi !

54 – Tiago

Sous la surprise, je bondis en arrière. Néanmoins, je ne suis pas assez rapide. Sa main griffue m'effleure la joue et mon sang perle déjà. Je repousse brutalement mon assaillant, l'envoyant rouler à travers mon salon. La table basse éclate sous son poids. Le bruit tonitruant du bois qui craque résonne dans la pièce. Anton se relève et repart à la charge.

Au fin fond de moi, je ne perçois plus mon Warou. C'est comme s'il était déconnecté. En cet instant, il n'appartient plus à ma meute.

— ANTON ! je hurle pour le sortir de son état de transe démoniaque.

Ses poils poussent sur son visage. Il rugit de douleur et je comprends aussitôt qu'il est incapable de se métamorphoser. Ses crocs se jettent sur moi. Ses bras ne désirent qu'une chose : cramponner ma tête et me décapiter.

Je retourne aussitôt ma peau pour lui échapper.

J'hésite à l'éliminer. C'est mon Warou. Je dois le protéger. Il est sous l'emprise d'une créature maléfique. Anton est un agneau. Jamais il ne ferait de mal à quiconque.

Nous nous fixons au travers de mon séjour.

Ses yeux luminescents cherchent un moyen de m'attraper.

Moi, je me demande comment je vais bien pouvoir l'épargner.

Soudain, ma porte s'ouvre à la volée. Ava et Velkan pénètrent d'une démarche de prédateur. Leurs pupilles me révèlent aussitôt qu'ils sont également possédés.

Alors, Alizia a bien réussi son coup en plaçant ses loups dans ma bergerie sans que nous ne soyons capables de le détecter.

Leurs griffes jaillissent de leurs doigts, leurs crocs s'allongent. Telles des bêtes enragées, ils traquent leur proie : moi.

Mes trois Warous ne se regardent pas. Ils semblent même s'ignorer. C'est un bon point pour moi ; malgré tout, je me demande comment je vais me sortir de ce pétrin.

J'appelle Marko et Falko à me rejoindre. À trois, nous devrions pouvoir épargner mes omégas. Hélas, là encore, la connexion ne passe pas. Je perçois un plafond magnétique, mais aussi des murs.

Comment est-ce possible ?

Et je réalise qu'Alizia a semé ses artefacts au fur et à mesure. Ismérie et Teruki n'ont pas débusqué tous ses procédés.

Loin de là !

J'enrage.

Mon chalet est sous cloche et je n'ai plus accès à ma porte d'entrée.

La tempête magique !

Probablement que ce dôme maléfique a été posé pendant la tornade qui a brûlé tout le système électrique. Nous nous sommes focalisés sur mon matériel, mais le but était bien plus vaste. Il ne restait plus à la sorcière qu'à activer sa supercherie.

Je jette un coup d'œil vers les fenêtres pour détecter le meilleur angle pour m'échapper. Une fois dehors, nous pourrons les arrêter sans les éliminer. Cette seule pensée me soulage.

Je m'élance vers la plus proche. Velkan bondit sur moi et nous roulons sur le sol avant que je n'atteigne mon objectif. Un choc brutal me casse les reins et je couine de douleur. Ava rejoint Velkan et une décharge électrise me paralyse. La démone a débusqué un moyen de diversifier ses attaques au travers de mes Warous. J'en suis horrifié. Ava en profite pour me lacérer le ventre, là où la peau est la plus tendre. Je me secoue tel un taureau en furie. Velkan relâche sa prise. Aussitôt, je mords son bras. Si fort que mes crocs atteignent l'os. Je serre les mâchoires et sa main sanguinolente tombe sur mon parquet.

Une souffrance terrible me brûle l'abdomen. Je jette un œil rapidement. Par chance, mes entrailles ne peuvent sortir, mais je perds beaucoup de sang. D'un coup de crocs, je mords Ava qui recule brusquement en sifflant. Anton monte à la charge à nouveau. Même si ces trois-là sont incapables de communiquer entre eux, une chose est sûre : ils veulent tous ma mort !

Déjà, je perçois que mon ventre cicatrise. La douleur diminue. Je n'ai qu'une option : la fuite.

Mes omégas ont une force surhumaine et Alizia envoie ses attaques à travers eux.

Je dévale mon escalier. Un doigt pointe au bout de ma patte et je tape le code pour pénétrer dans mon bunker. Un de mes Warous se rue sur moi.

Anton !

Ses crocs claquent si près de mon cou que je crains qu'il ne me taillade la jugulaire. J'en frémis. D'un coup de pattes arrière, je le repousse. Il chute durement sur Ava et Velkan dans un tas de bras et jambes mêlés. Je ne m'attarde pas pour les observer se dépêtrer. Ils n'ont aucune coordination et c'est une bonne chose pour moi.

J'ouvre mon passage secret. Malheureusement, je n'ai pas le temps de le refermer derrière moi qu'ils me sautent à nouveau dessus. Leur poids me fait tomber à terre. Une nouvelle décharge électrique me secoue. Des griffes me lacèrent le dos. Je suffoque, mais serre les crocs et me faufile sous leurs coups désorganisés. Je devine qu'ils se blessent par inadvertance. Je pousse fort avec mes pattes arrière, me propulsant pour m'échapper dans ce tunnel qui me mènera dans les cachots des Duroy.

L'un de mes assaillants s'est accroché à mes poils et je rugis sous la douleur. J'entends ma peau se déchirer, mon pelage s'arracher. Encore une fois, je tais la souffrance, celle de mon corps, mais aussi celle d'être attaqué par les miens. Je me libère enfin et bondis en avant.

Je détecte aussitôt que mon bassin a morflé, car je cours de travers. Malgré tout, je suis plus rapide que mes omégas condamnés à rester sous forme humaine.

J'envoie un message d'urgence à tout va, espérant sortir de cette prison maléfique.

« *Alpha !* »

Finalement, Falko me perçoit.

Mon cœur s'emplit d'espoir.

Je lui passe les images mentales de ce qui m'arrive. Il doit prévenir les Duroy afin qu'ils ouvrent le tunnel secret, sinon je serai bel et bien pris au piège. Je suis certain d'éliminer un ou deux de mes assaillants, mais je suis à peu près sûr de mourir. Pour autant, je tenterai tout pour rester en vie.

Je cours à perdre haleine dans ce tunnel, mes omégas toujours à mes trousses. Un arc électrique éclate derrière moi dans un bruit de tonnerre. La lumière jaillit sur le mur de terre et une partie s'écroule. Je saute à l'opposé et rebondis sur la paroi. Un coup dans l'arrière-train me fait rugir de douleur. L'odeur de poils brûlés m'informe que cette fois-ci, ils ne m'ont pas raté.

Je lâche la connexion avec Falko afin de me concentrer sur ma survie.

La porte au loin, je la vois enfin. Elle demeure totalement fermée.

« Ouvrez, bon sang ! »

Ma supplique s'évapore dans ce souterrain de terre.

Les bêtes assoiffées de sang se rapprochent toujours plus.

Je ne vais pas avoir d'autre choix que de ralentir. Ce battant, je ne peux le défoncer.

Je suffoque sous la peur qui s'immisce en moi et m'ébranle.

« Mère Nature, entends-moi ! »

Mais cette porte ne s'ouvre pas !

55 – Tiago

Acculé contre la porte, je suis totalement désemparé par ces trois créatures transformées en authentiques démons.

Anton tente de m'attraper par le cou.

C'est une véritable furie fanatique.

Je le repousse tant bien que mal, toujours sous ma forme animale. Je grogne pour l'effrayer, mais rien n'y fait.

Ava et Velkan lacèrent l'air, le battant de bois, mon corps, tout ce qui est à portée de leurs griffes. Je grimace sous les coups, mais n'hésite pas à les rendre. Je ne sais plus à qui appartient tout ce sang. Je recule davantage, me ratatinant autant que possible. Je me protège comme je peux pour ne pas aggraver mes blessures.

Je ne vais pas avoir le choix. Je vais devoir les éliminer. Ça me fend le cœur d'être obligé d'assassiner les miens. Néanmoins, en cet instant, c'est eux ou moi.

Alors, je bondis. Je saute à la gorge d'Anton. Celui-ci me pousse plus fort et me fracasse l'échine contre la porte de bois, véritable monument dur comme un chêne millénaire. Ce battant ne cédera pas, et tout ce que je constate, c'est que je suis coincé. Nulle part où aller. Alors, je prends appui avec mon dos pour récupérer plus de force. Debout sur mes pattes arrière, je griffe son torse. Mes crocs se fraient un chemin vers son cou. J'ouvre grand la gueule. Une lacération me tranche à nouveau le ventre. La souffrance pourrait me faire lâcher prise, mais je tiens bon. Cette fois, la blessure est plus profonde.

Je tiens à la vie.

Je tiens à Horia.

Je tiens à ma meute.

Nous devons survivre et perdurer. Il en va de la promesse que j'ai faite à mon père quand il ne restait plus que moi.

Alors, envahi de l'énergie du désespoir, je referme mes crocs sur la chair tendre du cou d'Anton. Et soudain, je bascule en arrière et Anton s'effondre sur mon corps épuisé, sa tête roule derrière moi. J'en suis à la fois soulagé et horrifié.

— Que fabriques-tu encore, jeune loup ? s'écrie Léo avec anxiété.

La porte secrète est grande ouverte.

Des sabres commencent à voler dans les airs. Mais je me rends compte tout à coup qu'Ava et Velkan sont ratatinés au sol, gémissant, suppliant pour qu'on épargne leur vie. Le bras de mon Warou a déjà repoussé.

Je les sens de nouveau au fin fond de mes entrailles : la sorcière les a libérés.

Nous sommes connectés !

— Non, ils sont innocents. Laissez-les vivre ! je hurle.

Je n'avais même pas réalisé que j'avais repris forme humaine. La main sur mon ventre ouvert, je contiens mes viscères afin qu'elles restent là où elles sont censées être.

Teruki et Léo nous observent, aux aguets. Les vampires alentour, ceux qui sont diurnes pour faire face aux dangers qui rôdent, tous attendent mes ordres.

— Ils étaient possédés par Alizia, mais c'est fini. Je les ai retrouvés, dis-je pour les convaincre.

Je suffoque sous la douleur.

— Il va falloir que cela cesse maintenant, affirme Léo. Nous ne pouvons pas poursuivre ainsi. Nous ne pouvons pas conserver cette menace sur notre territoire !

J'acquiesce, soulagé que l'on en arrive à de telles conclusions. Je suis entièrement d'accord. D'une manière ou d'une autre, il faut en terminer avec toute cette histoire.

— Veux-tu qu'on supprime ces deux-là ? demande Teruki en observant Ava et Velkan, toujours ratatinés sur les antiques pavés.

Je les évalue et gonfle mon aura pour tester mon ascendant. Mes Warous répondent dans la foulée, plus soumis que jamais. S'ils pouvaient se fondre dans le sol, ils le feraient.

— Ces deux-là ont encore la possibilité d'être possédés par la sorcière, j'en suis persuadé maintenant. Pourtant, ce sont les miens. Ce sont mes Warous. J'ai promis de les protéger. Mon engagement d'Alpha, je ne peux le renier ! Ava et Velkan ne sont que des victimes, en aucun cas ils n'ont choisi leur sort, ils sont innocents. Laissez-les vivre ! j'insiste.

Je fixe durement Teruki pour la convaincre de leur laisser la vie sauve.

— Alors, j'ai une idée, dit-elle.

J'attends, impatient de connaître sa proposition. Mon amie réfléchit et explique :

— S'il faut en terminer, emmenons-les à la Dalle. Ils feront un appât succulent pour Alizia. Elle ne pourra refuser cette aubaine puisque nous avons supprimé tous ses cônes. Il faut y aller dès maintenant. Mes parents seront là pour nous appuyer et prendre la relève si nous n'en avons pas terminé.

J'acquiesce. Cela me paraît une excellente stratégie, en espérant qu'elle soit suffisante, bien sûr, car l'Italienne est aussi redoutable que sournoise.

— En revanche, j'ai une exigence : je veux que mes invités, les Danois et les Italiens rejoignent la dalle avec nous. Quitte à en finir, autant découvrir à qui va leur soutien. Si par malheur, ils sont contre nous, nous les éliminerons. Dans les heures qui suivent, nous aurons supprimé tous nos ennemis.

Léo analyse ma requête. Ce territoire, nous le partageons. C'est ensemble que nous retrouverons la paix.

— Ainsi soit-il ! clame Léo, le second des Duroy.

— Métamorphose-toi, Tiago, tu dois vite cicatriser, me conseille sa compagne.

J'acquiesce et m'exécute dans la foulée. J'ordonne à Ava et Velkan de rester avec les Duroy. Devant le danger qu'ils représentent, nos alliés leur posent aussitôt un collier anti-retournement. Je les rassure sur ma confiance en leur allégeance. Je leur passe tout mon espoir : tout s'arrangera. Leur résignation me fait de la peine. Mes Warous sont prêts à se sacrifier pour nous sauver, quitte à périr.

J'espère que nous n'en viendrons pas là. Ava et Velkan ne pourront pas commettre de dommages sous forme lupine. En revanche, nous n'attendons plus qu'une chose : qu'Alizia prenne à nouveau possession de mes omégas.

***

Une fois installés dans l'hémicycle, nous patientons. Warous, Duroy. Métamorphes, vampires, sorcière et mes deux chamans, nous sommes tous sur le pied de guerre.

Orféo est assis à côté de sa fille, sous haute surveillance. Idem pour les Danois. Nous les avons séparés. Nous n'avons plus de doute sur les Danois, mais mieux vaut rester vigilants. Ils portent tous leur collier et demeureront sous forme humaine. Nous les libérerons une fois que nous les saurons innocents.

Aucun n'a moufté.

L'heure est grave.

Nous sommes tous disposés de manière à encercler la Dalle. C'est ce que convoite Alizia, alors elle viendra.

Me voilà guéri et revenu sous forme humaine. Marko m'a rejoint après une belle fracture du crâne. Anton l'a surpris par-derrière. Marko n'a rien vu venir. Je suis tellement soulagé que mon bêta s'en soit remis, mais si triste d'avoir éliminé Anton. Il ne méritait pas ce sort.

— C'était lui ou toi, me rassure Marko, en écho à mes pensées.

J'acquiesce et regarde la brise se lever. Encore trois heures avant que les maîtres Duroy nous rejoignent. Clairement, Alizia ne devrait pas tarder si elle veut profiter du fait que nous avons moins de capacités. À moins qu'elle n'attende plusieurs heures que Teruki et Léo disparaissent pour se régénérer.

L'impatience me gagne. Je serre les poings.

Que faire pour activer la venue de la démone ?

56 – Horia

— Jade ! je m'écrie, en tombant à genoux pour la prendre dans mes bras.

Des larmes emplissent son visage rond et cendreux.

Que fait-elle ici ?

Comme si elle percevait ma tristesse, sa petite main potelée se pose sur ma joue. Des flashes, dans lesquels Alizia apparaît, affluent et me bombardent. Très clairement, Ava étend le linge. La poupée Gigi dans les mains de cette enfant. Des doigts se crispent de peur.

Je vois au travers des yeux de Jade.

J'entends le terrible sortilège qui a pris la vie de cette fillette sans lui donner la mort.

Sous la cape, un faciès horrible apparaît, mélange de croûtes de sang. Les lacérations et les déchirements se mêlent.

Du visage de l'Italienne, il ne reste rien !

Puis je discerne la forêt.

Un tas de branches et de feuilles…

Un monticule mortifère.

Une petite montagne qui deviendra un tombeau.

Je réalise soudain que c'est au travers d'un autre regard que ces révélations viennent jusqu'à moi.

Au sommet, des asticots ondulent sur un visage émacié. De grands yeux bleus vitreux ouverts sur l'horreur.

C'est Jade !

Elle est maintenue dans la forêt entre la vie et la mort. Devenue réceptacle d'un envoûtement, elle sert désormais les intérêts d'Alizia. C'est pour cela que je la retrouve ici, avec moi.

Mon cœur bondit dans ma poitrine. De ma gorge s'élève un rugissement. Un mélange de colère humaine et animale m'emporte.

Pas Jade !

Cette fillette ne doit pas périr.

Je refuse que sa vie soit prise ainsi.

De petites mains me touchent et me caressent comme si j'étais un précieux trésor. Les bambins me contemplent avec adoration. Ils ne sont plus ces Dévoreurs qui ne désiraient qu'aspirer ma vie.

Non, ils attendent autre chose de moi.

Je le devine dans leur regard implorant.

Tous... Même Jade espère...

Mais que puis-je faire pour eux ?

Et soudain, je saisis.

La délivrance, je peux les libérer de cette non-mort afin qu'ils puissent reposer en paix.

Malheureusement, je prends conscience par la même occasion de ce que je dois réaliser. Je gémis de douleur.

Impossible !

Je ne peux m'y résoudre.

Les spectres voltigent autour de moi comme pour m'encourager à assumer cette responsabilité.

Je peux les délivrer !

Néanmoins, pour cela, je dois aspirer cette dernière étincelle de vie qui les anime afin qu'ils partent à jamais.

J'en suis incapable.

Jamais je ne pourrai arracher la moindre parcelle de vie !

Sève de vie...

Sève de vie...

Sève de vie !

Ce sortilège revient en boucle me hanter pour me rappeler ma nature diabolique.

Les capes ondulent autour de nous, me frôlant avec la légèreté des ailes des papillons. Je ne mérite pas tant de douceur. Hélas, la caresse se fait plus tendre encore, tout comme ces petites mains. Tous ne le font que pour m'encourager.

Et je comprends enfin.

Dans les limbes, chaque parcelle d'énergie ne sert qu'à nourrir une créature ou une autre pour disparaître définitivement.

Le ver géant roule au bord de la berge. Je cille, l'observe. Ce prédateur n'est ni vie ni mort. Il est la porte vers les enfers.

Qui passe par lui ne reviendra jamais du côté de la vie !

J'écarquille les yeux comme des soucoupes devant ce rapace qui me guette.

Les ruines sont déjà en partie au-dessus des marais putrides et elles y glissent assurément, les survolant. Mais moi, je ne marche pas sur l'eau. Mon instinct m'indique que les bambins sont tout autant en danger.

Or, je sais que je peux offrir autre chose à ces victimes innocentes.

Je me lève d'un bond pour les emmener avec moi. Cependant, mon bras leur passe au travers et je suis incapable de saisir leurs membres. Seuls leurs visages ont une certaine densité.

Mais pourquoi ?!

C'est impossible !

Je suffoque sous cette triste réalité. Je dois l'empêcher. Dans le cas contraire, ce ver géant va les aspirer.

Je tombe à genoux, oubliant cette boue marécageuse, cette odeur putride qui remonte continuellement.

Aussitôt, les petites mains s'emparent de mes joues comme si j'étais le Graal. Pour ces enfants, je suis leur sauveuse, leur faiseuse d'éternité.

Alors, je m'y résous. Une fillette approche sa bouche de la mienne. Je clos mes paupières.

Va-t-elle se transformer à nouveau en Dévoreuse ?

Je m'humecte les lèvres, prête à lui donner mon étincelle de vie. Je patiente difficilement, attendant les symptômes de mon existence qui s'éteint. Mais je ne perçois rien.

Et brusquement, c'est un souffle tiède qui glisse sur ma langue. Dans un réflexe inconscient, j'aspire, et tout s'enchaîne trop vite sans que je réalise ce qui se produit.

Une nouvelle bouffée chaude apparaît. Mes doigts se faufilent sur cette joue glaciale qui s'évanouit aussitôt. J'écarquille les yeux de surprise.

Il manque des bambins. Ceux qui sont encore autour de moi me contemplent avec béatitude.

Un garçonnet avance et je me penche davantage. Il est plus petit que les autres. J'accueille maintenant avec gratitude ce souffle de vie. J'aspire jusqu'à la plus infime parcelle, jusqu'à ce que ces présences maudites en ces lieux se dissipent. Au fur et à mesure, une paix m'envahit. Une part de vie grandit en moi. Je me sens de plus en plus humaine, mais de plus en plus louve aussi. La vitalité afflue, me donnant toujours plus de force, toujours plus de courage. La solution pour partir, elle est là. C'est une révélation qui éclate en moi. Je dois récupérer un maximum d'énergie, même si c'est encore plus dangereux dans les limbes. C'est mon passe pour retourner dans la dimension des Warous.

Soudain, un cri surgit derrière moi.

— Non, Horia, il n'est pas temps !

Je sursaute. Ecaterina est derrière moi, campée sur ses deux jambes, furieuse comme jamais. J'ai inhalé la vie de presque tous ces enfants. Il reste Jade et un garçon. Je me rends tout de suite compte que ma génitrice ne les voit pas. Néanmoins, elle discerne bien une présence, et dans son regard, je devine qu'elle a saisi ce que j'avais fait.

Je fixe ma mère avec surprise.

— Je n'ai pas encore la solution pour m'adonner au sacrifice, insiste-t-elle.

— Quel sacrifice ?

Cette question idiote, je l'ai posée bien trop vite. Au fond de moi, la réponse surgit :

Mon bébé ou ma louve !

Les ruines ont avancé... encore et toujours. Les eaux remuent plus fortement que jamais. Mon front se plisse. Je dois me dépêcher.

Jade et le garçonnet me regardent avec envie.

Jade... Je ne peux pas lui prendre son étincelle de vie !

Alors, je me penche sur le bambin. En même temps que je le remercie, j'aspire son dernier souffle pendant qu'il s'évanouit enfin et définitivement. Les eaux grouillent, bouillonnent en gros remous. Le monstre avide m'a repérée.

— Tu ne t'en sortiras pas comme ça ! hurle la mégère en m'empoignant le poignet pour me voler toute cette vie qui coule plus fort dans mes veines.

— Il n'en est pas question, je gronde.

Et soudain, tout va très vite.

Le ver ignoble bondit des flots sombres. Ses crocs puants se jettent sur moi. J'agrippe le bras de ma génitrice et la lance dans la gueule béante de ce prédateur. La vieille bique braille de terreur. Le monstre visqueux hoquette de surprise devant ce moucheron qu'il a avalé par mégarde.

Ma fureur est si forte que des arcs électriques jaillissent de ce bras qui vient d'éjecter la sorcière. Je recule sous cette puissance. Le ver géant plonge dans les eaux marécageuses, m'éclaboussant au passage.

Par réflexe, je me protège le visage de mon bras. De l'autre, je saisis la tête de Jade pour lui montrer la direction, rassurée de cette tournure si soudaine et dont je n'ai rien calculé.

Essoufflée et n'en revenant pas de m'être débarrassée de la vieille folle, je me détourne. Je dois maintenant convaincre cette enfant de nous éloigner d'ici, et vite. Les spectres demeurent devant moi. Ils n'ont pas l'air de me montrer une nouvelle voie. J'en suis aussitôt déçue.

Tout à coup, les yeux de Jade s'écarquillent.

Que se passe-t-il encore ?

Je sens immédiatement la bête dernière moi. Ce ver monstrueux qui me fonce dessus pour m'engloutir, et jamais plus je ne reverrai Tiago.

57 – Tiago

« Gardiens ! »

La Dalle nous appelle d'une voix d'outre-tombe.

Elle scande si régulièrement cette fonction oubliée, comme pour s'assurer de notre présence. Seuls les Warous ressentent cet appel au plus profond d'eux-mêmes. J'en ignore les raisons, mais ni les Danois ici présents ni les Italiens ne perçoivent cette invocation.

Je la toise avec anxiété.

Cet artefact peut se retourner contre nous.

Maius m'observe, ou plutôt m'évalue. Je crois bien qu'il cherche à savoir si je vais tenir ma mission d'Alpha et être capable de repousser cette sorcière de sang.

C'est un silence de mort qui règne dans l'hémicycle.

Nous sommes inquiets. Atterrés même.

La situation est catastrophique.

Une bonne partie de nous a les yeux rivés sur la Dalle. Les autres sont répartis afin que rien ne nous échappe.

Mes chamans et Teruki, que nous avons incluse dans notre système de protection magique, sont aux premières loges. Mes Warous sont au milieu des vampires. Nous avons bien conscience que nous pouvons tomber sous la coupe d'Alizia à tout moment, passant de défenseurs de cet artefact ancestral à esclaves de la démone. Si cela devait dégénérer et que nous en arrivions à être soumis, nos alliés ont ordre de nous éliminer.

Rien que ça !

Hors de question de fournir une armée à une créature d'un tel acabit !

J'ai réuni mes Warous avant de passer à l'action. D'un commun accord, nous avons décidé de périr plutôt que de vivre à genoux.

Ava et Velkan sont au plus près de la Dalle, servant d'antennes pour faire venir cette harpie diabolique.

Sur le côté, Orféo est plus en colère que jamais. Je comprends qu'il

se sente trahi, mais son niveau de fureur dépasse l'entendement.
Fera-t-il un bon allié dans cette histoire ?
Pas sûr !

Les Danois sont calmes, à l'affût de la moindre menace. Ils me paraissent étrangers au danger qui rôde. Toutefois, je demeure prudent. Nilsa m'a assuré de son soutien. Elle espère que je plaide sa cause auprès de son père pour vivre avec son amoureux contre l'avis paternel. Je suis resté muet devant l'Alpha. Aucune promesse n'a été faite.

Nous ne savons même pas si demain nous serons encore vivants !

Le champ électromagnétique que nous dégageons est puissant. Régulièrement, la brise s'enroule et ondule en arabesques chargées d'un trop-plein de magie.

Alizia osera-t-elle se téléporter au milieu de cette démonstration de force ?

— La sorcière viendra ! annonce Maius, comme en écho à mes pensées.

Son air se veut rassurant.

— Elle ne peut ignorer une telle aubaine. Elle est déjà allée trop loin pour renoncer désormais.

J'acquiesce en signe de compréhension, mais il faut bien le dire : nous sommes tous à crocs !

Soudain, des volutes commencent à onduler dans le périmètre que nous avons laissé autour de la Dalle.

Sur nos gardes comme jamais, nous nous répartissons ces spirales à surveiller. Petit à petit, elles prennent de la consistance. Dans notre clan, la tension monte.

Nos ennemis devraient apparaître d'un instant à l'autre.

Cependant, la densité va et vient dans ces tourbillons. Tout à coup, Teruki dégaine son sabre et fend l'enroulement de masse qui se formait devant elle. Un arc électrique jaillit. Les cheveux de la vampire bondissent dans tous les sens comme pour équilibrer les forces occultes et les faire disparaître.

C'est bien Alizia qui est derrière tout cela !

Les spirales reprennent de l'épaisseur et des formes corporelles apparaissent. Je reconnais aussitôt Sabaya. La froideur de son expression est phénoménale. Elle n'a absolument pas l'attitude d'une victime. Néanmoins, elle ne s'est pas totalement matérialisée.

Léo, qui est au plus près, la toise. Son aura flambe et je devine qu'il utilise son don pour faire pression sur l'hémoglobine de cette ennemie enfin dévoilée. Rapidement, son front se plisse.

— Pas assez de consistance ! conclut-il, démuni.

Teruki pourfend à nouveau cette forme évanescente et un nouvel arc électrique jaillit.

Un ensemble de rires dédaigneux surgit au-dessus de la Dalle.

Une goutte de sueur perle à ma tempe.

Comment allons-nous nous débarrasser d'eux ?

« Gardiens ! »

« Gardiens ! »

L'appel accélère sa cadence.

Suspicieux, j'observe la Dalle. Néanmoins, je suis prêt à tout et je me battrai jusqu'à la mort.

La menace se rapproche. Mes poils se hérissent sur mes bras. Mon loup rugit pour mettre en garde nos ennemis. Mes Warous mugissent à l'unisson.

« Gardiens ! »

Un coup de vent effleure mes rouflaquettes.

Ce coup-ci, c'est Radu qui progresse pendant que Sabaya demeure en retrait. Nos ennemis semblent s'installer aux extrémités de la Dalle. Pas de signe d'Alizia ni de Demetriu.

— Traître ! vocifère Orféo derrière moi.

Je ne pivote pas. Orféo n'est pas une menace en cet instant. Le collier l'empêche de retourner sa peau et il sera décapité par un Duroy s'il bouge le petit doigt.

Radu rigole de plus belle comme si la situation l'amusait.

— Tu m'as volé MA sorcière ! insiste l'Italien.

Un coup d'œil vers Léo m'indique que nous allons les laisser parler. Les langues doivent se délier. Nous devons découvrir à qui nous avons affaire.

— Je ne t'ai rien volé du tout ! le nargue le Vircolac. Ta sorcière est une catin, tu le sais bien. Elle va au plus offrant et tu n'étais pas à la hauteur de son ambition !

— La Dalle m'appartient, elle devait rester sur la terre de mes ancêtres ! C'est ce dont nous avions convenu. Je suis le descendant direct. Il est normal qu'elle me revienne !

« Gardiens ! »

Je serre les crocs pour ne pas avoir une parole malheureuse ou décapiter moi-même cet Alpha.

Ainsi, Italiens et Roumains étaient de mèche depuis le début !

— Mais pourquoi ? demande Orféo d'un ton suppliant.

Je crispe mes poings.

Mais qu'ont-ils manigancé ?

— Nous devions en profiter ensemble ! rappelle-t-il à Radu, avec l'énergie du désespoir.

Mon loup rugit et mes Warous répondent en écho. Mes lèvres picotent, tant la magie est survoltée en cet instant.

— J'ai simplement assuré mes arrières, clame le fantôme de Radu. Au cas où Ecaterina échouerait...

Le Vircolac pivote soudain et me fixe. Le spectre de Sabaya glousse. Les mèches de cheveux de Teruki s'affolent et s'envolent.

Radu attend ma question d'un air malveillant. Au fond de moi, je suis persuadé que cela concerne Horia. Il pense me mettre à terre avec sa révélation. J'enrage !

Que pourrait-il m'apprendre de pire ?

Je l'observe, dédaigneux.

— Alors, jeune Alpha, tu ne désires pas savoir ?

— Fais-toi plaisir ! dis-je, arrogant.

Mais je dois bien avouer qu'à l'intérieur, je n'en mène pas large. Horia est un mystère. Elle résonne avec ma Dalle, alors qu'elle n'est pas une Warou. De plus, je ne peux ignorer que c'est une hybride : mi-louve, mi-sorcière de sang.

— Horia est l'enfant d'Ecaterina. J'ai moi-même ouvert le ventre de ma compagne pour donner notre enfant en offrande. Horia n'a été créée que pour ressusciter Ecaterina. Elle n'est pas l'une d'entre nous. Tu n'as aucun avenir avec elle. Horia n'est qu'un instrument, un ersatz de sorcière de sang. Son seul et unique destin est d'être sacrifiée !

Mon cœur tombe, écrasé, à mes pieds.

Je chancelle.

Alors, nous sommes condamnés !

Les Warous n'ont pas d'avenir. Tôt ou tard, nous aurions été soumis.

— Tu es pourri jusqu'à la moelle, Radu. Tu m'as trompé ! hurle Orféo.

Et moi, donc !

Moi qui rêvais de redorer le prestige des Warous.

Moi qui pensais enfin nous assurer la paix et la sécurité avec une alli-

ance solide.

Moi qui croyais vivre un amour au moins égal à celui de mes parents, grâce à mon âme sœur, grâce à Horia.

Je tombe dans un abîme vertigineux où tout n'est que faux semblants, mensonges et tromperies.

— Et en plus, tu l'as engrossée, grogne le bêta d'un ton victorieux. Je n'en demandais pas tant ! Cette vie sera un sacrifice supplémentaire.

Hébété, je ne peux que contempler le fantôme d'Alizia en train de gagner en densité. Elle lève le bras et dévoile son arme, une mâchoire métallique de vampire, prête à me décapiter !

58 – Horia

Je me débarrasse un peu par hasard de ma génitrice.
Quelle opportunité, ce prédateur !
Pourquoi n'y ai-je pas pensé plus tôt ?!
Je n'ai pas le temps de souffler que ma vie est à nouveau menacée.
La vieille bique ne pouvait pas étouffer ce monstre puant ?!
Mais non !
Le ver géant est là, érigé d'une longueur incroyable, et sa bouche béante dévoile une multitude de mâchoires emplies de crocs pointus.

Stupéfaite, je n'ose plus bouger.

Soudain, une vive douleur dans le bras me secoue et je saute sur le côté, faisant lâcher prise aux dents démoniaques. Lorsque je tourne la tête, je constate avec effarement que Jade s'est transformée en Dévoreuse !

Alors, je perçois toute cette vigueur en moi. Ma louve bondit et m'enjoint à rejoindre immédiatement le passage qui mène aux Warous. Ma folle adoratrice n'a pas perdu sa fougue. Au contraire...

Ne voit-elle donc pas que nous sommes prises en tenaille entre cette créature monstrueuse et cet aspirateur de vie qu'est devenue Jade ?

Aucun de ces deux-là ne nous permettra de retourner vivre notre amour.

Jade avance, lentement, mais sûrement.

Le ver géant bave à l'idée de me déguster. Sa glaire me tombe dessus. Côté viscosité ou puanteur, je ne pouvais mieux rêver. J'essuie ses émonctions d'un revers de bras, reculant le plus discrètement possible afin de me mettre à l'abri de cette petite Dévoreuse et de ce monstre.

Des paupières se lèvent sur des yeux jaunes globuleux. Ce prédateur me fixe au fur et à mesure de mon déplacement. Il se repaît de mon effroi. Je serai peut-être davantage à son goût totalement terrorisée.

Tout à coup, le ver bondit, écartant Jade pour m'atteindre. Instinctivement, un éclair jaillit... de ma paume. Je ne suis pas certaine de savoir comment je produis une telle décharge électrique. Mais j'ai si peur et je désire si ardemment vivre. Ce trop-plein émotionnel, il déborde sans doute sous cette forme. Mon arc luminescent percute le ver en pleine tête. Une partie de sa végétation crânienne tombe et j'ai juste le temps de m'écarter pour ne pas être touchée. Ce n'est pas le cas de Jade qui s'effondre sous le poids.

Mon cœur se serre à l'idée qu'elle soit définitivement morte.

Puis, soulagée, je la vois se relever, repousser tant bien que mal les joncs pourris, la boue puante.

Je détourne mon attention pour revenir sur mon prédateur. J'ai un peu de temps avant que Jade ne redevienne une menace.

Une balafre couverte de sang, plus noir que les ténèbres, recouvre son front putride. Malheureusement, son propriétaire semble plus enragé que jamais.

Je jette un coup d'œil sur l'enfant. Jade reprend sa progression vers la seule énergie vitale qui réside actuellement dans les limbes. Ses iris hypnotisés sont régis par cette avidité. Malgré tout, un danger bien plus grand me guette pour le moment.

L'ogre véreux ondule comme un serpent, son regard braqué sur moi. Je recule pour mettre de la distance, avoir le temps de réagir. Je pousse ma main en avant pour décharger un nouvel arc électrique. Mais ça ne marche pas. J'ai beau lancer mon bras comme pour donner la direction de mon attaque, rien.

Il ne se passe rien !

Mais comment fonctionne ce putain de pouvoir ?!

Désemparée, effrayée, je sens les larmes s'écouler sur mes joues, sans que je les en empêche.

Ma vue brouillée ne me permet de percevoir qu'une seule chose.

Je contemple avec épouvante la mort en face.

La mienne !

Le ver se projette à nouveau. Je m'élance sur le côté pour l'éviter. Mon bras se coince. Je réalise avec frayeur que ce membre est accroché dans une armée de crocs. La souffrance remonte jusqu'à mon aine et envahit mon corps.

Je hurle de douleur.

Avec l'énergie du désespoir, je pense à Tiago.

Je veux le revoir !

Je veux passer ma vie avec lui et notre enfant.

Un arc électrique jaillit à l'intérieur de la bouche puante. Tout aussi brusquement, le ver mugit d'horreur. Il prend feu.

Il m'entraîne en sombrant dans le marais fétide. J'en suffoque. L'eau noire et putride envahit ma bouche. Par réflexe, j'avale et mes poumons se remplissent. Ma louve s'arc-boute et je me redresse. Je crache tout ce que je peux. Ma main chasse la boue devant mon œil droit. Lorsque je commande à l'autre de dégager mon œil, je saisis avec horreur que mon bras gauche a été arraché. Un sanglot secoue ma poitrine, et cette souffrance intolérable, je la perçois à nouveau. Elle me ratatine tel un rouleau compresseur et m'arrache les entrailles. Je suffoque. Ma peau se recouvre d'une sueur glaciale et je me sens partir dans une inconscience libératrice.

Ma louve hurle à la mort et m'invective pour que je me bouge illico presto. Soudain, je suis bousculée. Je sursaute lorsque j'aperçois le corps du ver. L'instinct de survie me frappe et j'inspire un grand coup. Je tente de courir dans ces eaux nauséabondes, en criant de frayeur. Mes pieds s'enfoncent dans la vase des marais, sans que j'arrive à avancer. Un clapotis me brusque et me pousse, me projetant un peu plus en avant. Stupéfaite, je jette un coup d'œil en arrière.

Le monstre géant est allongé, mort, grillé.

Je hoquette sous la surprise.

J'ai perdu mon bras dans la bataille, mais j'ai réussi à l'éliminer !

Ma folle adoratrice aboie de plus belle.

« *Il faut rejoindre la Dalle !* »

Je sursaute à son injonction.

Et si tout n'était pas perdu ?

Alors, je rassemble cette énergie du désespoir, le peu de courage qui m'habite. J'oublie ce membre arraché. Ici, seule la mort m'attend. Peut-être que de l'autre côté, je peux encore vivre.

Heureusement, la berge étant proche, je me hisse douloureusement avec mon seul bras. Jade est là, devant moi.

Elle a repris son air d'angelot déchu. La Dévoreuse est partie et je constate avec effarement que je n'ai plus beaucoup de vitalité. Alors, nos mains se joignent et nous empruntons le chemin qui mène au portail pour nous ramener vers Tiago.

Une fois arrivée, je passe le relais à ma folle adoratrice. Je la supplie d'emmener Jade avec nous.

Ma louve couine en réponse et je perçois son incertitude. Je n'ai pas le temps d'analyser la situation que je me fracasse sur du granit si dur que je me demande si tous mes os ne sont pas brisés.

La Dalle !

Je mugis de douleur, incapable de bouger. Ma main est cramponnée sur quelque chose et lorsque j'ouvre les paupières, j'aperçois Jade, inanimée.

— Tiens, voilà ma consœur ! chantonne une voix aiguë.

Choquée, je lève les yeux comme je peux.

Je découvre avec effarement Tiago, blême comme jamais. Il me fixe d'un regard ébranlé. Au prix d'un effort surhumain, je parviens à relever un tant soit peu la tête.

Je distingue des Warous et des Duroy...

Des spectres... mais ce ne sont pas ceux des limbes. Non, je reconnais mon père, Sabaya, Demetriu... et une folle furieuse.

Mon instinct m'informe aussitôt que c'est une sorcière de sang.

— Ta génitrice t'a bien préparée, me dit-elle en me poussant du pied. Il n'y a plus beaucoup de vie là-dedans, mais ça devrait faire l'affaire.

Elle me retourne durement sur le dos. Je gémis de douleur et lâche Jade.

— Enfin, nous allons récupérer la splendeur qui nous est due et que nous n'aurions jamais dû quitter ! s'exclame cette sorcière maléfique.

La nausée me saisit.

J'ai réussi à me débarrasser d'Ecaterina pour retomber dans les bras d'une sorcière de sang !

— Oui, ma Divine ! Fiodor[5] serait fier que nous retrouvions l'invincibilité que seule l'alliance d'une sorcière de sang avec ses vampires et ses loups peut représenter ! annonce mon père fièrement.

Je manque de défaillir aux rires de victoire de Demetriu, de mon père, de Sabaya et de cette horrible diablesse.

---

[5] Pour découvrir son histoire, lisez *Sangs éternels forever* ^^

59 – Tiago

La sorcière nous toise d'un regard menaçant, se demandant qui va goûter cette mâchoire métallique en premier.

Alors, c'était un complot !

Depuis le début, Radu conspirait avec Ecaterina, Alizia et les vampires Vircolac. J'en reste bouche bée.

Comment avons-nous pu passer à côté de ce coup monté ?!

L'Alpha italien s'est bien fait duper lui aussi. J'en rigolerais si la situation s'y prêtait.

Orféo mugit de colère et bondit sur la Dalle pour attraper sa soi-disant sorcière. Il n'a pas le temps de me dépasser qu'une lame siffle à mon oreille et la tête de l'Italien roule à mes pieds.

Sa fille hurle de désespoir. Alizia éclate d'un rire moqueur. Son visage se lève sur le firmament et sa cape tombe sur ses épaules, découvrant sa face sanguinolente. Sa figure n'est qu'une plaie puante où brillent deux pupilles démoniaques. La surprise nous fait reculer devant cette horreur.

Teruki pourfend sa cape qui ondule dans la brise.

L'étoffe se sépare en deux. Pour autant, Alizia rit à gorge déployée. Elle n'est pas blessée.

La rage qui m'habite à présent est colossale. Je suis sur le point d'exploser.

— Grâce à toi, nous allons asservir les Warous maintenant, ma petite. Si tu te tiens bien, je ferai de toi une dent de loup ! dit-elle à ma compagne totalement terrorisée.

Affolé, j'observe avec horreur Alizia commencer à chantonner son terrible sort.

Alors, j'invite mes Warous à nous réunir instamment. Je jette un regard à Teruki et Léo afin qu'ils agissent eux aussi.

— Je peux supprimer Horia ! propose Léo.

Alizia grogne et pousse du pied le corps de Jade comme s'il la gênait.

La fillette semble plus morte que vive. Ava et Velkan gémissent et sanglotent. Je les ignore. Je ne peux rien faire pour l'instant.

Radu, Demetriu et Sabaya se posent en protection pour préserver ma compagne, et ainsi démarrer le rituel sacrificiel.

Hormis Horia, aucun n'a assez de densité pour être blessé physiquement, et potentiellement tué. Leurs corps physiques ne sont pas vraiment là.

— Non, dis-je. C'est le meilleur moyen pour qu'ils s'échappent.

Nos ennemis ne rient plus. Ils sont concentrés, déterminés à finaliser leur coup monté et à nous asservir à jamais.

— Teruki ! exige Versipalis.

Mon amie hoche à peine la tête. Pas besoin d'en dire plus. Leurs magies se fondent.

Un troisième pouvoir ensorcelé s'allie tout à coup à eux.

« Ismérie ! »

Je n'avais pas vu qu'il était si tard et que la nuit avait commencé à tomber. J'en suis heureux et accablé à la fois. Ismérie ne sera pas de trop, mais cela signifie aussi que Teruki et Léo pourraient nous quitter bientôt.

Les lames envoûtées de Sensei apparaissent à mes côtés.

— Mmm... émet-il simplement, et je comprends que Teruki et Léo l'ont informé de nos mésaventures.

Les forces obscures se déchaînent sur la Dalle. Cette dernière ne sait plus si elle doit convoquer ses gardiens ou sa maîtresse. Je vacille en sentant la fébrilité dans mon lien avec mes Warous. Alors, je redouble d'efforts.

Nous ne tomberons pas sous le joug de cette sorcière !

Horia gémit de douleur sous la torture que lui impose Alizia. Soudain, les yeux de ma bien-aimée se fixent sur moi et elle m'appelle. Sa louve est là, à supplier que je l'aide. Horia est blanche comme la mort.

Je dois faire quelque chose.

Au fond de moi, je sais que je peux la ramener du côté des Warous. Horia est un mélange de sorcière de sang et de métamorphe, mais une chose est sûre : du fait de ces deux côtés, la magie de la Dalle coule en elle.

Et si c'était Horia, la solution ?

La source de l'équilibre ?

À ce moment-là, je réalise que je dois me connecter à cette créature hybride. Après tout, elle porte mon enfant. Immédiatement, je ressens cet amour qui déborde d'elle et résonne avec le mien.

« *Retourne ta peau !* »

C'est le seul moyen pour que son bras se régénère, que son métabolisme lance la guérison et qu'elle utilise ses capacités lupines. Horia suffoque, prise dans un étau surnaturel. D'un côté, Alizia la pousse vers son côté sorcière. De l'autre, je la retranche vers les métamorphes.

— Nous régnerons ensemble ! tente de la soumettre la démone. Rejoins-moi !

Nos auras s'entrechoquent. Mes mâchoires se contractent. Mi-homme, mi-loup, c'est la bataille en moi.

Horia est à la frontière. Le visage crispé, elle lutte de toutes ses forces. Il lui en reste si peu. Il ne reste plus qu'à la faire basculer d'un côté ou de l'autre. Nous n'avons jamais été aussi proches de tout perdre.

Aussitôt, Versipalis et Irmo entrent dans la danse. Mes mages se connectent à la lune. Teruki enfonce ses racines dans la Terre et ses bras se lèvent vers le Cosmos. Ismérie vient en soutien et augmente notre potentiel.

— Elle va mourir ! souffle Léo, les yeux fixés sur Horia.

Je blêmis.

— Son corps n'est plus en état de supporter cette charge.

Horia est notre champ de bataille.

Qui la récupérera aura le pouvoir !

Je le perçois comme une évidence maintenant.

Tout à coup, une subtilité se faufile dans ce combat. Je sursaute. Le sang d'Horia se liquéfie. Avec stupeur, je pivote vers Léo sans relâcher ma puissance.

— Non, je gémis.

Il ne doit pas la tuer. Je veux vivre cet amour avec mon âme sœur !

— Fais-moi confiance, jeune loup ! Je travaille pour qu'elle supporte vos traitements !

Dépité, je n'ai pas d'autre choix que de m'exécuter.

— Moui, ça peut marcher, annonce Teruki.

J'ignore ce que ces deux-là fomentent. Toutefois, petit à petit, la frontière dans laquelle chancelle Horia se dandine comme si elle ne savait pas où se placer. Nous en profitons pour ramener ma compagne vers nous.

Mes deux bêtas sont penchés en avant sur la Dalle, en signe de recueillement. Plus forts que jamais, ils sont alimentés par Irmo. Leur puissance augmente, éloignant davantage Horia d'Alizia.

Concentré, j'entrevois à peine le bras d'Alizia se lever que la tête de Marko roule à terre. Je hurle de douleur. Les Warous m'accompagnent à leur tour. Toute notre magie chancelle sous la béance que crée la mort soudaine de Marko et l'immense chagrin qu'elle provoque dans nos cœurs.

— Reprenez-vous ! ordonne Sensei.

J'acquiesce instinctivement et me focalise à nouveau sur cette chaîne à consolider et à augmenter.

Il en va de notre survie...

Mais surtout de notre avenir !

La lame du Honjo Masamune d'Eiirin fend l'air d'un sifflement pur, et la mâchoire métallique tombe à terre. Falko s'en empare et la jette en arrière.

Alizia hurle de colère et c'est Ava et Velkan qui quittent ma meute.

Leur lien est tout à coup rompu !

60 – Horia

Autour de moi, c'est la débâcle.
Je souffre dans mon corps, dans ma chair.
Du sang partout autour de moi.
Mon sang !
Je suis si faible.

Je n'avais pas réalisé que j'avais atterri sur la Dalle sous ma forme humaine. J'en prends conscience uniquement lorsque Tiago me demande de retourner ma peau. Les yeux dans les yeux, je me laisse submerger par notre lien d'âme sœur. Tout cet amour qui nous inonde et qui grandit. C'est comme un retour à la maison. Alors, pendant cette bataille, je me cramponne à ses yeux dorés qui m'ont subjuguée dès le premier instant. Je m'accroche à cet amour, à cette meute qui peut devenir la mienne, à cette Dalle qui résonne sous moi et me tiraille.

Je me retire de plus en plus. Je laisse la place à ma louve et c'est même un soulagement de lui donner les rênes. Je n'en peux plus. Je plonge plus profondément encore dans les ambres lumineux de Tiago et la métamorphose est instantanée.

Aussitôt, c'est une nouvelle bataille qui commence. Mon sang pulse dans mes veines comme jamais. Je suis ballottée par une puissance incommensurable. Un tempo ancestral monte en moi, me submerge. Mon bras gauche repousse par vagues.

Ça fait un mal de chien !
Ou de loup...

À chaque morceau de chair produit par ce métabolisme hors norme, j'ai l'impression que je vais perdre connaissance.

« Ne me lâche pas ! » ordonne Tiago.

Alors, je conserve les yeux ouverts, plongés dans les siens. Son aura est magnifique. Je ne l'avais jamais perçue avec tant de clarté.

Soudain, le tempo s'arrête. En moi, c'est le silence et la paix. Toujours accrochée au regard de mon compagnon, je me retrouve à quatre pattes. Ces dernières prennent vie et je suis indemne, saine et sauve.

Ma louve et moi rugissons de plaisir, heureuses de nous rejoindre i-ci-bas, plus vivantes que jamais et unies dans nos âmes. Nous ne formons plus qu'une... définitivement. Et ce petit cœur qui bat dans notre giron, il est là !

Je dois regagner l'amour de ma vie. Je plie mes pattes arrière pour me propulser et m'élance. Aussitôt, je suis stoppée brutalement par une force occulte.

La sorcière de sang, l'Italienne !
Alizia !
Un nouveau cauchemar a pris vie.

Je l'avais oubliée, celle-là, tellement j'étais concentrée sur Tiago et ma guérison.

Je ne sais comment, Alizia me maintient sur la Dalle, sous son emprise maléfique.

— Oh non, petite louve, tu es à moi ! clame-t-elle, sûre d'elle.

J'observe autour de moi. La bataille magique enfle et fait rage. Nous sommes tous bombardés d'auras puissantes, de champs électromagnétiques. Il faut être une créature surnaturelle pour encaisser ces coups parapsychiques.

Je campe sur mes pattes. Je rentre la tête dans mes épaules afin de faire front. Je me sens plus forte que jamais.

Le clan de mon père est en minorité, et pourtant, grâce à cette démone, ils sont puissants, ces ennemis. C'est cette évanescence que la sorcière entretient qui les préserve et les rend invincibles.

Alizia attise ce côté obscur en moi qui est régi par le sang. Mes cellules s'emballent. Mon esprit ravive les images qui me viennent de ma lignée. Les expériences toutes plus monstrueuses les unes que les autres. Le sang qui flirte avec la vie, avec la mort au gré des désirs de sa saigneuse.

« Maîtresse ! »

La Dalle me reconnaît : je suis une sorcière de sang.

Commander le sang, c'est commander la vie et le temps !

Je vois les Warous à ma merci.

Tiago ?

J'ai oublié qui il était.

« Maîtresse ! »

La Dalle m'aspire et me retranche dans des pouvoirs occultes plus forts que je ne l'aurais imaginé. Je ploie l'échine sous la puissance de la Dalle qui m'attire et m'aspire.

J'aperçois les vampires, dont je deviens la saigneuse suprême.

« *Tous, je les contrôle.* »

« *Tous, ils se soumettent.* »

« *Tous, je les plie à ma volonté.* »

Alizia jubile. Elle gagne et me ramène de son côté. Ma louve se retire et me revoilà nue sur la Dalle, pleine de vitalité.

« *Sève de sang !* »

« *Sève de sang !* »

« *Sève de sang !* »

Autour de moi, une tempête magique s'élève, plus violente encore. Des tornades bombardent la Dalle. Je ne sais plus qui est ami, qui est ennemi.

Mon doigt trempe dans ce sang partout autour de moi et vient dans ma bouche. Je le lèche avec délectation. Soudain, je hoquette.

Les Warous grondent, menaçants. Je les entends. Ils sont en colère. Ma partie animale ne leur répond pas, c'est curieux. D'ailleurs, je ne la perçois plus.

Mais ce sang est si bon...

Le sang, c'est la vie, pour toujours et à jamais !

La nausée monte dans mon ventre.

Non ! Ce n'est pas moi, ça !

Je ne veux pas de ça !

Alors, je refuse cet héritage de sorcière de sang !

La démone gronde de colère dès qu'elle perçoit mon rejet.

Encore allongée sur la Dalle, je me recroqueville en position fœtale et je rassemble mes forces.

Ma partie animale, où est-elle ?

Je ne la perçois plus !

Je l'appelle au fin fond de moi, à me rejoindre, à continuer de ne faire qu'UNE !

Ma folle adoratrice émerge difficilement. Je la convoque instamment afin de reconquérir sa place. Elle est hésitante et a perdu de sa vaillance. Je plante à nouveau mes iris dans ceux de Tiago. Ma louve reprend brusquement du poil de la bête, pour s'associer à moi, à nous. Ma folle adoratrice surgit à nouveau, en pleine possession de ses capacités.

Tiago me sourit et m'encourage. En réponse, je le rassure. Je suis à lui comme il est à moi. Je suis l'une d'entre eux, une métamorphe complète avec quelques particularités.

La diablesse, au-dessus de moi, s'excite et me frappe de ses assauts maléfiques. Je gémis sous ses coups. Mon corps saigne à nouveau. Elle cherche à arracher ma louve, mais nous tenons bon toutes les deux.

Ensemble.

Tout à coup, Ava et Velkan s'agitent. Je ne peux voir ce qui se passe, mais je sens qu'ils sont possédés par des forces occultes à leur tour.

Je ne laisserai pas faire ça !

Je me redresse et me lève. Je fais face à Alizia.

— Non, ma Divine, ne prends pas corps ici ! crie mon père, en totale confusion.

Il a peur.

Et il a bien raison. Si la sorcière reprend corps, elle sera à la merci des Duroy, des Warous et de mes crocs.

Je n'attends que ça !

Alizia a beau puiser dans l'énergie d'Ava et de Velkan, ça ne suffit pas. Elle enrage et se détourne de mon père.

L'Alpha danois a pris position afin d'aider le clan allié à maintenir ces deux possédés. Nilsa, sa fille, les rejoint. Les parents de Jade déclinent à vue d'œil. Leur énergie vitale faiblit.

Alors, un grand tremblement vibre sous mes pieds.

Et c'est le choc !

Face à moi, en chair et en os, mon père, Sabaya, Demetriu et Alizia dans toute son horreur. Elle n'est qu'une plaie monstrueuse et béante.

Enfin, ils ont repris toute leur densité, bel et bien présents, physiquement, avec nous.

Et en sous-nombre de surcroît !

Sont-ils fous ?

Ou acculés ?

Un filet de sorcellerie passe et m'effleure, comme une invitation. Je plante mes yeux dans ceux de Teruki. C'est elle et je peux m'associer à leur magie, celle qu'elle a déjà combinée avec les chamans et sa mère. Je décèle également une parcelle de béatitude et de bienveillance. Celle-là me séduit aussitôt. Je m'immisce en eux et nous montons en puissance.

Le sang !

Toujours le sang.

Tout n'est que sang autour de moi, en moi.

Un autre pouvoir apparaît. Puissant. Tout aussi monstrueux.

Léo !

— NON ! hurlent nos ennemis dans une harmonie funeste.

Les cellules d'Alizia se mettent à bouillonner. Des lames bleues envoûtées jouent un ballet funeste. Des têtes roulent autour de moi. Je souffle pour faire baisser toute cette pression qui me comprime. Alizia explose et son sang me recouvre de la tête aux pieds.

Tous nos assaillants sont éliminés.

Comme ça, d'un seul coup !

La magie retombe.

Je respire enfin, soulagée.

J'écarte tout ce sang de mes yeux. La première personne que je vois est Léo avec son rictus de bienvenue. Je me suis associée à son pouvoir sans le savoir. Les sorcières sont là. Toutes me sourient avec bienveillance.

Consœur... C'est le mot qui me vient et fait palpiter mon cœur. Nos magies ont communié pour œuvrer pour le bien commun, pour l'équilibre et pour la paix. Je le perçois tout au fond de moi. J'ai fait le choix du « bon côté », celui où la justice règne, celui où vivre en harmonie et tous ensemble est possible.

Sensei fait tourner ses lames d'un coup vif pour éliminer ces hémoglobines souillées par l'avidité.

Autour de moi, sur la Dalle, nos ennemis sont éparpillés en plusieurs morceaux. Je n'en ai aucun regret, aucune tristesse. C'est une page qui se tourne définitivement.

Je lève le regard et découvre enfin tous les Warous, tous les Duroy. Tous sont là, à m'évaluer.

J'écarquille les yeux et vacille.

Suis-je considérée comme une menace ?

Je m'humecte les lèvres, hésitante.

— Je ne vous veux aucun mal, dis-je, incertaine. Je désire juste vivre en paix... avec vous. Je suis l'une d'entre vous !

« Gardiens ! »

« Gardiens ! »

La Dalle me reconnaît pour ce que je suis réellement. J'ai choisi, sans aucune hésitation, sans aucun remords.

« *Gardiens !* »

Les Warous s'agenouillent les uns après les autres dans un acte de soumission. Je regarde Tiago, interloquée.

— Je ne veux pas d'esclaves, je murmure, hagarde. Je veux juste que nous vivions en paix !

Tiago sourit et bondit sur la Dalle. Heureux, il me prend la main et monte nos bras au-dessus de nos têtes en symbole de victoire.

Les Warous, à genoux, frappent leur torse de leur poing et gardent cette main sur leur cœur.

Et je comprends : ils sont consentants.

Alors, tout est vraiment fini ?!

Je me tourne vers Tiago. Ma folle adoratrice ne désire qu'une chose : un baiser, et je suis totalement en accord avec elle.

Tiago se baisse, impatient, et nos lèvres se joignent dans un baiser langoureux sous la clameur des Warous et des Duroy.

J'en ai le souffle coupé. Nos cœurs bondissent et palpitent à l'unisson.

— Nous, c'est pour la vie maintenant.

Tiago avale mon murmure comme pour s'en rassasier.

— Et comment ! Nous l'avons bien gagné, cet amour. Nous n'avons plus qu'à nous en repaître !

Je suis tellement d'accord avec ça. Je me blottis au creux de ses bras. Je m'enivre de ses phéromones, de son parfum musqué débordant qui me fait oublier le sang, la peur, les morts. Mon ventre palpite entre nous, fruit de l'abondance et de l'amour.

Tout a été si vite et si long à la fois.

Après un baiser langoureux qui me laisse pantelante, Tiago lâche mes lèvres et se tourne vers les nôtres et nos alliés, un sourire de victoire sur les lèvres. Je l'imite, emplie de bonheur et de courage.

Ma vie commence maintenant !

Épilogue

Tiago.

— C'est l'heure, annonce Falko.

Avec un sourire satisfait, j'observe mon bêta sur le pas de la porte. Nous avons honoré la mort de Marko, il y a peu. Celui-ci laisse un grand vide dans nos cœurs. Dans la fournaise de nos liens, le sien demeure encore un peu et je le chéris, malgré moi, je ne suis pas prêt à le lâcher.

Nous avons dû honorer la disparition de Jade aussi. Grâce à Horia, nous avons retrouvé ce monticule de nature qui lui servait de tombeau. Elle n'est pas revenue des limbes. Pour elle, c'était trop tard, et sans doute qu'elle était trop humaine. Ava et Velkan ne s'en sont pas remis. Et probablement que ce sera long. Ce bébé, nous l'avions sauvé du sacrifice que voulait faire Ecaterina jadis. Je culpabilise de ne pas l'avoir préservé d'Alizia.

Après ce terrible combat, nous avons renvoyé Chiara, l'héritière italienne, chez elle, sous bonne escorte. La meute des De Luna est désemparée. Les disparitions de l'Alpha et d'un bêta sont une grosse perte. Nous avons signé un traité de paix et leur avons assuré notre soutien. Les Français, les Louvois, qui détiennent le Grand Conseil actuellement et qui auraient dû proposer une prétendante, eux aussi, ont pu faire toute la lumière sur leur absence. L'empêchement était un coup monté d'Orféo. En conséquence, les De Luna ont bien été obligés de faire face à leur chef véreux. Cette horde demeure le dindon de la farce. Alizia, Radu et Demetriu avaient tout organisé pour la leur faire à l'envers.

Les Louvois se sont beaucoup impliqués dans l'installation d'une paix durable en nous aidant à traiter tous les problèmes. Chaque déséquilibre peut grandir. Aucune horde ne doit prendre la suprématie sur les autres.

Les Vircolac sont plus surveillés que jamais. Les vampires sont, eux aussi, à l'amende. Demetriu n'était probablement pas le seul à soutenir Alizia.

D'ailleurs, il est très difficile de savoir s'il reste des sorcières de sang. Nous avons maintenant la nôtre et je sais que nous serons sous haute surveillance. Maius va nous observer et analyser le moindre déséquilibre. Il sera le premier à tirer la sonnette d'alarme s'il venait à avoir le moindre doute.

J'en suis serein.

Horia est superbe, en pleine forme. Son ventre s'arrondit chaque jour un peu plus. Je l'ai accueillie chez moi immédiatement. Nous bougeons ensemble, nous finissons les phrases de l'autre, sans nous regarder nous nous voyons. Notre amour est une évidence. Seul perdure son parfum de pivoine. Le stress et la peur ont disparu de ses phéromones.

— Il faut y aller, dit-elle, en déposant un baiser sur mon torse.

Je me baisse pour trouver ses lèvres et la passion nous emporte.

Un grattement de gorge nous interpelle. Falko.

Nous rigolons, penauds, devant cette alchimie que nous ne pouvons repousser. Je soupire. Ce soir, nous nous adonnons au rituel d'accouplement. Je dois m'assurer que nous sommes bien sous haute surveillance.

— Les Duroy sont bien en place ?

Falko opine du chef à ma demande.

— Les Danois les ont même rejoints pour augmenter le niveau de sécurité.

J'en suis bienheureux. Les Danois sont devenus de grands alliés. L'Alpha a accepté l'amour entre Nilsa et son bêta. Cette mésaventure sur notre territoire lui a fait comprendre que l'on ne pouvait pas aller contre certaines émotions surpuissantes.

Je perçois le cordon de sécurité au loin, formé par nos partisans, qu'ils soient vampires, lupins ou humains. Je ne suis pas inquiet. Pour l'heure, nous n'avons pas d'ennemis déclarés. Malgré tout, nous allons rester prudents.

Alors, comme il est temps, je prends la main de mon âme sœur et nous suivons Falko vers l'hémicycle. Tous mes Warous sont là et bientôt ce seront les NÔTRES.

L'intensité est énorme autour de la Dalle.

« Gardiens ! »

Notre pierre ancestrale semble plus puissante que jamais. Son champ électromagnétique résonne dans nos cœurs. Cela nous remplit de joie, d'amour et d'abondance... Versipalis a bien préparé le terrain.

Cet artefact, aussi fabuleux que maléfique, a maintenant disparu des radars de tous, excepté des Warous.

Sur conseil de Maius, nous allons entretenir le secret pour les autres, car il ne sera plus oublié chez les Warous. Nous sommes les gardiens et nous devons faire face à nos responsabilités.

Alors, tous nos sorciers ont mêlé leurs magies pour sceller un sort qui est conservé dans la roseraie par toutes ces divinités qui ont émergé sous le marteau et le burin de Kanine. Même les sorcières Duroy ne peuvent plus la sentir. Et s'il perdurait une sorcière de sang, cette dernière ne devrait pas pouvoir la percevoir.

Arrivés en haut de l'hémicycle, nous contemplons tous nos Warous, emplis de bonheur. Comme un seul loup, ils se tournent vers nous et nous acclament.

Falko se recule pour nous laisser la place et nous descendons main dans la main, Horia et moi. Je suis tellement fier d'elle, si heureux d'avoir trouvé un amour à la hauteur de mes espérances.

Nous allons nous accoupler sur cette pierre ancestrale et ce n'est qu'après que sera consacrée officiellement notre union.

Nous serons le couple Alpha !

Horia ne perçoit pas encore le lien de meute, mais si tout va bien, tout lui sera révélé pendant ce cérémonial. Cette femme est extraordinaire et je remercie chaque jour les Vircolac et Ecaterina de l'avoir placée sur mon chemin, même si ce n'était pas pour de bonnes raisons.

Ava et Velkan nous sourient. En ce moment, ils sont plus enclins à ressentir le rituel d'abondance.

Qui sait ?

Peut-être qu'un enfant naîtra enfin de leur union.

Je contemple Horia. Elle est majestueuse dans sa cape de la couleur de ses jolies prunelles. Le vert de ma forêt. La symbiose est parfaite.

Dès l'instant où nous posons un pied sur la Dalle, un silence ensorcelant s'étire et nous enveloppe. Irmo et Versipalis commencent leur litanie de la communion absolue. Leurs voix, graves et légères à la fois, montent vers la lune.

Horia.

Une vague ensorcelante me submerge. C'est divin. C'est aphrodisiaque.

Je me pourlèche les lèvres, pleine de gourmandise.

Mes yeux n'y voient plus, mais mon cœur discerne tout ce qu'il y a à contempler.

C'est trop fort.

Je perds pied.

Je hume ce parfum si chéri.

Mon loup.

J'oublie tout.

La magie nous envoûtés.

La passion s'empare de nous et nous ne sommes plus que bouches, langues, mains qui parcourent nos corps. De baisers en caresses, c'est comme un voile qui se pose sur nous. Les Warous apparaissent en moi petit à petit. C'est comme si chacun d'eux se frayait un chemin dans mes tréfonds, dans une source qui jaillit et prend vie.

Versipalis...

Innana...

Falko...

Irmo !

Le socle de notre meute est là, léger et robuste à la fois.

Puis, Ava arrive précipitamment. Au milieu de notre extase, je lui donne un peu de ce bonheur qui jaillit de la source de nos âmes sœurs. Je discerne aussitôt un minuscule battement d'ailes de papillon dans son ventre. Un petit être prend vie et c'est mon bébé qui répond en écho.

Cet enfant qui pousse dans mon giron, c'est déjà un Warou !

Velkan et les autres... Un à un, ils apparaissent et me rejoignent. C'est comme une grande farandole qui se forme. Une chaîne ensorcelée de puissance et de paix.

Mère Nature ! Tout est si beau.

C'est avec une larme à l'œil que je m'offre à Tiago, et au travers de notre lien à tous ces Warous.

Je suis eux.

Ils sont moi.

Le lien vigoureux qui vient de naître s'épanouit dans ma poitrine pour l'éternité. Ici ou ailleurs, nous serons liés à jamais !

Alors, nous consacrons notre amour sur cet autel béni par Mère Nature et le Grand Tout.

Quand nos Warous élèvent leur tête vers le Cosmos pour pousser leur cri d'allégeance, je sais que notre appartenance est scellée à jamais.

Fin de la duologie de *La Meute des Warous*.

**Pour prolonger le plaisir,
téléchargez le BONUS offert.**

**Rendez-vous sur
https://www.florencebarnaud.fr/univers-sangs-eternels-la-meute-des-warous-bonust2.php
Cliquez sur le lien
Ou**
saisissez ce chemin secret si vous avez la version broché.

Remerciements

Merci d'avoir lu la suite de cet univers qui n'a fait que grandir !
Est-ce la dernière saga ?!
Oui et non. (rire !)
Dans cet univers, je ne prévois pas de suite. En revanche, je rêve déjà d'une nouvelle saga fantasy avec une tout autre héroïne. J'embarque Kanine et Maxence !
Ah, Maxence, je ne pouvais le laisser mortellement humain ^^
Et puis, Kanine ! Oui, j'ai vraiment envie de lui offrir un rôle important dans une histoire.
Grâce à vous, chers lecteurs, chaque jour, je m'accomplis un peu plus. Alors sincèrement : merci <3
Merci aux groupes de communautés d'auteurs qui poussent un peu partout, donnent de la présence, de la bonne humeur et la joie de partager nos expériences, nos tranches de vie, nos *private jokes*.
Merci, Ingrid, chère alpha-lectrice. Et voilà, cette histoire est finie ! Nos héros nous auront emmenés cette fois dans bien des galères. J'espère que toutes ces interruptions d'écriture ne t'ont pas trop pénalisée. Je sais que tu fais cette relecture avec beaucoup de sérieux. Vraiment, très sincèrement, merci pour ton accompagnement. Comme à chaque fois, t'embarquer avec moi est une aide précieuse et suscite de bons moments d'échange. Vivement la prochaine histoire.
Merci Laurent ! Mon assistant, mon artiste, mon déménageur, mon méga calculateur, mon alpha-lecteur, parfois en galère, constamment présent. Pas facile d'être le mari d'une romancière. Merci pour tout ce que tu fais pour cette carrière dont la dernière année a été plus que chaotique.
Merci, mon comité de lecture, mes bêta-lectrices. Aurélie, Samantha, Joana. Vos retours sont toujours source de joie et de carburant pour me dépasser sur chaque roman un peu plus.
Merci, Florence, pour la correction... qui embellit mon texte et efface toutes ses coquilles.

Merci, Caroline, pour cette magnifique couverture. Ah, *Sangs éternels*, puis *Sangs éternels forever* et maintenant *La Meute des Warous*... Quelle sublime collection !

Et s'il vous reste un peu de temps, mettez plein d'étoiles à cette histoire et un joli commentaire pour convaincre les lecteurs de me lire. Quelques petits mots me soutiendront énormément et aideront de nouveaux lecteurs à choisir mes aventures romanesques. Merci.

Vous avez aimé ?

1- Vous souhaitez faire découvrir cette histoire ? Publiez un commentaire dans les boutiques en ligne m'aidera à faire découvrir mes romans. Votre avis compte.

2- Téléchargez vos lectures gratuites :

www.florencebarnaud.fr ➡ lectures gratuites

3- Retrouvez-moi sur...

Facebook : https://www.facebook.com/FlorenceBarnaudRomanciere/
Instagram : https://www.instagram.com/florencebarnaud_officiel
Par e-mail : florence.barnaud@gmail.com

4- Parlez-en autour de vous, vous êtes mes meilleurs ambassadeurs ^^

Biographie

Tel le chat, Florence Barnaud a eu plusieurs vies. Leurs empreintes cheminent dans ses histoires. Suivez la flamme qui l'anime et guide sa plume pour vous transporter vers d'autres univers, riches d'émotions, de suspense et d'humour.

De la même autrice :
Fantasy – Bit-lit – Romance paranormale
Sangs éternels, 5 tomes
Aux origines de Sangs éternels – Ismérie, Léo, Eiirin
Sangs éternels forever, 3 tomes
La Meute des Warous, 2 tomes

Fantasy – Romance paranormale – Dystopie
Nature captive, 3 tomes

Romance militaire – espionnage
(Collection "Enflammés" – Histoires indépendantes)
Combats Enflammés, 3 tomes
Baisers Enflammés
Prélude de Protection Enflammée (lecture offerte sur site auteure)
Protection Enflammée
Etreinte Enflammée
Assauts Enflammés

Romance contemporaine
Irrésistible Ennemi – réédition de Piégés à Noël

Développement personnel
 S'installer dans l'écriture – Guide de travaux pratiques pour réaliser son rêve d'écrivain
 S'installer dans la gratitude
 To Do List – S'installer dans une journée épanouie